Hildegard Grünthaler

Tödliches Erbe

Ein Australien-Reisekrimi

Reisekrimis 2

Anmerkung der Autorin:
Dieses Buch ist ein Roman. Handlung und Personen sind frei erfunden. Ähnlichkeiten mit lebenden oder toten Personen sind nicht beabsichtigt und rein zufällig.

Hildegard Grünthaler

Tödliches Erbe

Ein Australien-Reisekrimi

Reisekrimi

Impressum

Verantwortlich
für den Inhalt: Hildegard Grünthaler
Kolpingstraße19
90542 Eckental
worldtour86@freenet.de
www.schmoekerseite.de
www.wohnmobil-weltreise.de

Druck: epubli – ein Service der Neopubli GmbH, Berlin

Buchbeschreibung

Jörg Brandmüller, millionenschwerer Inhaber der Firma BraMüTec, fällt tot vom Stuhl. Vergiftet, wie sich bald herausstellt. Die Witwe und Erbin des Vermögens und ein in Australien untergetauchter betrügerischer Prokurist geraten in den Focus der deutschen und der australischen Polizei. Im Wohnmobil unterwegs in Australien sind auch Helga und Jürgen Brombacher, die nicht nur den Gesuchten immer wieder in die Quere kommen, denn längst sind auch andere Mitwisser hinter den Millionen her.

Über die Autorin

Hildegard Grünthaler ist bisher als Reisebuchautorin bekannt. Nach jahrelangen Wohnmobilreisen durch Nordamerika, Neuseeland und Australien hat die Autorin zwei Reisebücher und Fernwehschmöker verfasst, die im Conrad Stein Verlag erschienen sind.

Nach zwei Kinder- und Jugendbüchern schreibt Hildegard Grünthaler nun Krimis.

Die Highways in Nordamerika und Australien, auf denen die Autorin lange Jahre im Wohnmobil unterwegs war, sind in ihren neuen Büchern Schauplatz spannender Krimis. Doch trotz Mord und Verbrechen kommt auch der Humor in ihren Krimis nicht zu kurz.

Prolog

»Kann ich Ihnen noch etwas bringen?« Die Bedienung sah ihm tief in die Augen, beugte sich über den Tisch, um das Kaffeegeschirr abzutragen, und gewährte ihm dabei einen großzügigen Einblick in ihr offenherziges Dekolleté. Ihr Lächeln war vielversprechend, genau wie das, was ihr knapper kurzer Rock mehr ent- als verhüllte.

Er lehnte dankend ab und sie verstand, dass damit nicht nur Kuchen oder Getränke gemeint waren. Normalerweise wäre er auf den Flirtversuch sofort angesprungen, aber er konnte jetzt keine Komplikationen gebrauchen.

Lieber den Spatz in der Hand, als die Taube auf dem Dach, hatte seine Mutter immer gesagt. Der Spatz, den er bereits in der Hand hielt, war zwar ein recht dicker Spatz, aber mit dem Vögelchen wollte er sich nicht begnügen. Er hatte vor, geduldig darauf zu warten, dass die Taube vom Dach geflogen kam; war es doch eine ausnehmend fette Taube, die er auszunehmen und zu rupfen beabsichtigte.

Hätte er nicht heute Morgen eine beunruhigende SMS erhalten, könnte er wesentlich gelassener warten. Stattdessen war es jetzt erforderlich, äußerste Vorsicht walten zu lassen.

Er begnügte sich damit, die Nachmittagssonne auf der Hotelterrasse zu genießen, ließ noch einmal den Blick über den Hafen und das Opernhaus schweifen. Sydney gefiel ihm, aber er sollte besser weiterziehen. Vielleicht nach Brisbane oder noch weiter nach Cairns. Außerdem fand er es sicherer, zukünftig die Hotels zu meiden. Anmelden mit dem Reisepass schien ihm ab jetzt gefährlich und die falschen Papiere wollte er lieber sparsam einsetzen. Es war Zeit, sich nach einem bequemen Wohnmobil umzusehen. Er hatte vor, unauffällig zu bleiben und keine Aufmerksamkeit zu erregen. Mehr war im Augenblick nicht machbar. Alles lag jetzt an ihr, - dass sie die Nerven behielt, keine Fehler beging und genauestens seine Anweisungen befolgte.

Kapitel 1

Schlecht sah Jörg Brandmüller aus. Kreidebleich. Feine Schweißtropfen glänzten auf seiner Stirn. Helga Brombacher musterte den Chef und Gründer der Firma BraMüTec mit zunehmender Besorgnis. Im Grunde war es ja nicht verwunderlich, dass er gesundheitlich angeschlagen wirkte. Zu hoch waren die Summen, die plötzlich nacheinander im Nirwana verschwunden waren.

Helgas Mann Jürgen saß am PC, scrollte hin- und her, überprüfte, rechnete und entdeckte immer neue Luftbuchungen und Tricksereien. Vor zwei Tagen hatte Robert Sachmann, Jürgens ehemaliger Chef bei der Firma Baumer und Sachmann angerufen und gefragt:

»Herr Brombacher, haben Sie nicht mal wieder Lust, Ihre Nase ganz tief in Zahlen, Bilanzen und Buchungen zu stecken?«

Jürgen hatte gelacht und erwidert: »Sie werden es nicht glauben, aber mein Rentnerleben gefällt mir ausnehmend gut. Langweilig ist mir auch nicht. Unser altgedientes Wohnmobil haben wir verkauft und sind jetzt Besitzer eines neuen Reisemobils. Damit geht es demnächst ein Jahr lang rund um Australien.«

»Herr Brombacher, wenn ich Sie so höre, denke ich auch ans Aufhören. Aber ganz im Ernst: Es geht um meinen alten Freund Brandmüller. Er hegt den Verdacht, dass Hanno Jachnik, sein Prokurist, heimlich Firmengelder abzieht und ins Ausland verschiebt.«

»Dann sollte Herr Brandmüller schnellstens einen vereidigten Buchprüfer beauftragen«, hatte Jürgen vorgeschlagen. Aber Herr Sachmann hatte erklärt, dass Jörg Brandmüller keinen Wirbel und keine Unruhe wolle. Außerdem wäre Jachnik sowieso in Australien, wo er angeblich neue Kunden gewinnen und evtl. die Möglichkeit einer Dependance überprüfen wolle. Schließlich hatte sich Jürgen bereiterklärt, die Bücher zu überprüfen und leider sehr schnell festgestellt, dass Brandmüllers Verdacht berechtigt war.

Helga konnte sich noch gut an Hanno Jachnik erinnern. Er war die rechte Hand Jörg Brandmüllers, Geschäftsführer, Prokurist und heimlicher Chef der Firma BraMüTec. Ein äußerst charmanter und gutaussehender Mann. Mit seinem Grübchen am Kinn hatte er sie immer ein wenig an Carry Grant erinnert. Sämtliche Frauen in der Bank, egal ob jung oder alt, hatten für ihn geschwärmt. Aber ihr war der aalglatte Kerl nie sympathisch gewesen.

»Er war wie der Sohn für mich, den ich nie hatte«, seufzte jetzt der alte Firmenchef erschüttert. »Mit meiner ersten Frau, die bei einem Unfall ums Leben kam, hatte ich keine Kinder. Meine zweite Frau ist zwar noch jung, aber auch bei ihr hat sich bis jetzt noch kein Nachwuchs eingestellt. Ich hatte gehofft, dass Hanno später einmal die Firma weiterführt. Er ist überaus geschäftstüchtig und ideenreich.«

»Ideenreich, das kann man wohl sagen!«, pflichtete ihm Jürgen Brombacher hinter dem Monitor bei. »Er hat seine Raubzüge überaus geschickt hinter Luftbuchungen versteckt. Ein Glück, dass Sie noch rechtzeitig misstrauisch geworden sind, sonst stünde Ihre Firma bald vor dem Aus.«

»Auf welchen Konten er das Geld versteckt hat, kann ich von hier aus leider nicht feststellen«, mischte sich jetzt Helga ein. »Da müssten wir zusammen auf der Bank nachforschen. Ich fürchte, er hat es längst x-fach hin-und hergeschoben und unerreichbar auf dubiosen Offshore-Konten geparkt.«

An Frau Brombacher konnte sich Jörg Brandmüller noch gut erinnern. Es musste an die zwei Jahre her sein, dass sie in Rente gegangen war. Damals hatte sie beim Bankhaus Wiebke und Söhne die großen Firmenkunden betreut. Immer freundlich und kompetent, hatte sie stets dezent-elegante Business-Kostüme getragen, hatte perfekt frisiert, das blonde Haar meist zu einem Knoten geschlungen. Jetzt kam sie ihm wie eine andere Frau vor. Jugendlicher, obwohl sich sichtbar graue Strähnen durch ihr zu einem schlichten Pferdeschwanz gebundenem Haar mischten. Und lockerer, was sicher an ihrem sportlichen Outfit lag. In Jeans und Shirt hatte er sie vorher noch nie gesehen.

Jürgen Brombacher hatte er bisher nicht persönlich kennengelernt. Verkniffenen, blass, kurzsichtig und mit dicker Brille, weil er stets die Nase in Bilanzen, in Zahlen und Buchungen stecken hatte -, so hatte er ihn sich vorgestellt. Das Gegenteil war der Fall. Dieser Brombacher war zwar längst in Rente, ging langsam auf die Siebzig zu und das graue Haar lichtete sich zusehends, trotzdem wirkte er fit und sportlich, war braun gebrannt und trug modische Outdoorklamotten.

Die Brombachers wollten ihr neues Wohnmobil für ein Jahr nach Australien verschiffen, hatte ihm Robert erzählt. Vor knapp zwei Jahren, als auch Frau Brombacher in Rente gegangen war, waren sie mit ihrem alten Wohnmobil ein Jahr lang in Nordamerika herumgereist. Man könnte glatt neidisch werden, dachte Jörg Brandmüller. Die genießen ihr Leben. Und was ist mein Leben? Die Arbeit. Was hindert mich, mein Leben radikal zu ändern? Ich könnte die Firma verkaufen, anstatt mich zu sorgen, ob ich betrogen werde; reisen, statt das Geld auf der Bank zu horten. Und Nadine? Die kann sich zum Teufel scheren. Irene hat mir zugetragen, dass sie angeblich einen Liebhaber hat.

Gut, Irene konnte Nadine noch nie leiden. Vermutlich war sie der Meinung, wenn Nadine nicht auf der Bildfläche erschienen wäre, dann hätte ich sie geheiratet. Oh, nein - Irene als Ehefrau – das würde ich meinem schlimmsten Feind nicht wünschen.

Brandmüller wischte sich den Schweiß von der Stirn und wünschte, damit ließen sich auch die trüben Gedanken verscheuchen. Er fühlte sich heute nicht wohl. Schon seit dem Frühstück plagten ihn Übelkeit und Schwindelgefühle. Kein Wunder bei den Aufregungen. Dieser Brombacher scrollte auf dem Bildschirm hin und her, rechnete, schüttelte den Kopf, murmelte leise vor sich hin und förderte ständig neue Beweise dafür ans Tageslicht, dass seine Befürchtungen nicht aus der Luft gegriffen waren.

»Dann war mein Verdacht doch begründet. Wie konnte ich mich nur so in ihm täuschen?«, klagte er.

»Manchmal will man einfach nicht sehen, was doch offensichtlich ist«, tröstete Helga, »weil einfach nicht sein kann, was nicht sein darf.«

»Ja, Sie haben recht. Wenn ich ganz ehrlich sein will, habe ich tief im Unterbewusstsein schon länger gespürt, dass mit ihm nicht alles koscher ist. Ich habe die Zügel schleifen lassen und war froh, dass ich mich nicht mehr um alles kümmern musste.«

»Ja, aber jetzt sollten Sie handeln. Sie müssen umgehend die Konten sperren lassen, bevor Jachnik noch mehr abräumt!«, mahnte Helga.

»Und die Polizei einschalten!«, fügte Jürgen hinzu.

»Der Kerl ist in Australien. Das war ja seine Idee. Dort kann er jetzt unbemerkt untertauchen. Mir tut ja seine Frau leid. Nicole hat bestimmt keine Ahnung, was ihr sauberer Ehemann so alles treibt!« Brandmüllers kreidebleiche Gesichtsfarbe war inzwischen dunkler Zornesröte gewichen.

»Es ist zwar ein schwacher Trost«, versuchte Jürgen ihn ein wenig aufzumuntern, »aber auch in Australien gibt es Polizei!«

»Ich weiß gar nicht, über wen ich mich mehr ärgere: über diesen Betrug oder über meine eigene Dummheit und Vertrauensseligkeit. Ich fürchte, Nadine, meine Frau, wird mich einen alten Trottel nennen.«

Nein, aussprechen wird sie's vermutlich nicht, aber denken ganz bestimmt. »Ich kenne doch Ihre Frau noch aus meiner Zeit bei der Bank. Das wird sie ganz sicher nicht sagen. Jeder kann sich irren«, versuchte Helga zu trösten.

Brandmüller atmete ein paarmal tief durch. »Die Aufregung ist mir zwar auf den Magen geschlagen, trotzdem meldet sich jetzt der Hunger. Ich lasse uns Kaffee und Kuchen bringen, damit wir frisch gestärkt die nächsten Schritte in dieser unerfreulichen Geschichte unternehmen können.«

»Herr Brandmüller, vergessen Sie Ihre Pillen nicht«, mahnte Simone Kreuzer. Sie brachte eine Kaffeekanne, eine Platte mit diversen Kuchenstücken und stellte außerdem eine große Wasserflasche mit drei Gläsern auf den Tisch. »Ihre Frau hat mir aufgetragen, Sie zuverlässig daran zu erinnern.«

Sie war das Stereotyp der Chefsekretärin: Eine schlanke, modisch gepflegte Erscheinung in Businesskostüm und High Heels, mit goldblond, perfekt frisiertem Haar und manikürten, lackierten Nägeln. Verbindlich lächelnd strahlte sie Kompetenz und Diskretion aus.

»Danke, Frau Kreuzer, das hätte ich fast vergessen«, gestand Brandmüller. Er fischte eine längliche, mehrfach unterteilte Pillenbox aus der Sakkotasche. »Freitag« war an der Längsseite aufgedruckt. Er schob sie bis zur Markierung »Mittags« auf, kippte die Kapseln in die Hand und schluckte sie auf einen Sitz hinunter. »Das Herz, wissen Sie, und der Blutdruck, das Cholesterin, die Leber, - und ständig hab ich das ganze Tablettenzeug durcheinandergebracht«, bekannte er, nachdem er Wasser nachgetrunken hatte. »Mein Arzt hat deshalb zu diesem Pillenorganizer geraten und mir einen genauen Medikationsplan erstellt. Jetzt brauche ich das nur noch einmal wöchentlich zu sortieren und einzufüllen. Von Montag bis Sonntag ist da alles drin, was ich schlucken muss. Zuhause erinnert mich meine Frau an die Pillen. Sie ist allerdings am Dienstag für eine Woche zu ihrer Mutter geflogen. Die lebt, seit sie verwitwet ist, in Südspanien. Aber jetzt wurde sie krank und Nadine wollte sich ein paar Tage um sie kümmern.«

»Ein Glück, dass Sie von fürsorglichen Frauen umgeben sind«, tröstete Brombacher, während er Sahne in seinen Kaffee rührte.

Von jungen sexy Frauen, dachte Helga.

»Ja, diese Frau Kreuzer ist ein Engel. Meine vorherige Sekretärin ist seit letztem Jahr in Rente. Die war zwar supertüchtig, aber ganz ehrlich - auch ein echter Drachen - und längst nicht so jung und attraktiv wie Frau Kreuzer«, fügte Brandmüller nach einer kurzen Pause hinzu.

Die Entdeckung des offensichtlichen Betrugs hatte ihn nicht nur ziemlich geschockt, sondern war ihm auch auf den Magen geschlagen. Obwohl er vorher Hunger verspürt hatte, schaffte er nur ein halbes Stück Kuchen, trank aber drei Tassen Kaffee dazu.

»Ich soll ja weniger essen, vor allem nicht so viel Süßes und nichts Schweres, hat mein Arzt gesagt. Aber normalerweise schmeckt's mir halt so gut. Die Arbeit soll ich auch langsamer angehen lassen, hat der gute Doktor verordnet. Drum hab ich den Hanno machen lassen. Das hab ich jetzt davon, dass ich auf den Arzt gehört habe«, seufzte er.

Er griff zum Telefon. Seine Hände zitterten, als er mit schwacher Stimme Anweisungen gab, die Firmenkonten zu sperren. Jürgen nahm sich wieder die Bücher vor ...

»Der Kerl hat Sie ganz schön abgezockt«, murmelte er, nachdem er weitere Luftbuchungen entdeckt hatte. »Sie sollten das unbedingt einem Wirtschaftsprüfer übergeben, sonst sind Sie auch noch wegen Steuerhinterziehung dran.«

Jörg Brandmüller gab keine Antwort. War er vorhin noch rot vor Zorn gewesen, zeigte seine Gesichtsfarbe jetzt ein unnatürliches Weiß. Er stöhnte, krümmte sich vor Schmerz, schnappte nach Luft und kippte vom Stuhl.

Bevor Helga und Jürgen reagieren konnten, kam Frau Kreuzer aus dem Vorzimmer ins Chefbüro gestürmt. »Herr Brandmüller, was haben Sie? Geht es Ihnen nicht gut? Ich rufe Dr. Kinzel!«

»Sollten wir nicht besser den Notarzt ...«, wollte Helga vorschlagen, aber die Sekretärin hatte bereits die Kurzwahltaste gedrückt:

»Herr Doktor, schnell! Herr Brandmüller - ich glaube, es ist das Herz! Ja, wir sind im Büro! Bitte beeilen Sie sich!

«Sie legte auf und fügte erklärend hinzu: »Die Praxis ist nur zwei Straßen weiter. Er wird gleich hier sein.«

Dr. Kinzel, der alte Hausarzt und ehemalige Schulfreund Jörg Brandmüllers hatte nicht mehr so viele Patienten. Die Spatzen pfiffen von den Dächern, dass der gute Doktor sich mit reichlich Cognac über den frühen Tod seiner Frau hinwegtröstete und mitunter schon etwas angesäuselt in seiner Praxis erschien. Aber er war schnell. Keine fünf Minuten später traf er mit seinem Notfallkoffer ein. Er schob Helga, die versucht hatte, Brandmüller mit einer Herzdruckmassage wiederzubeleben, beiseite, schüttelte aber kurz darauf den Kopf. Ihm blieb nur noch, den Totenschein auszufüllen.

Kapitel 2

Wie ein schwarzer, nichtendenwollender Lindwurm schlängelte sich der Trauerzug über den Friedhof, folgte hinter Nadine Brandmüller dem blumengeschmückten Mahagonisarg zum ausgehobenen Grab. Der Bürgermeister, die Stadträte und Honoratioren Kleinaltheims, Kunden, Geschäftspartner, die Nachbarn, die gesamte Belegschaft von BraMüTec, - alle waren sie hier, um Jörg Brandmüller die letzte Ehre zu erweisen. Mit salbungsvollem Pathos hatte der Pfarrer das Lebenswerk des mit 63 Jahren viel zu früh verstorbenen Firmenchefs gewürdigt. Ein Leben nach dem Tod versprochen und all das gepredigt, was Pfarrer bei Beerdigungen an Weisheiten und tröstenden Worten so ganz allgemein von sich geben.

Langsam wurde der Sarg in die Grube hinabgelassen, der Pfarrer sprach mit getragener Stimme seine liturgischen Formeln von Erde, Asche und Staub und spritzte mit Weihwasser. Jürgen und Helga standen zusammen mit Robert Sachmann etwas abseits, sahen zu, wie die junge, attraktive Witwe im schwarzen Designerkostüm vortrat. Sie trug eine große, dunkle Sonnenbrille und einen schwarzen Hut, mit dem sie selbst am englischen Hof Aufsehen erregt hätte. Den schwarzen Schleier, der am Hut befestigt war, hatte sie übers Gesicht gezogen. Sie ließ eine Schaufel voll Erde auf den Sarg hinunterrieseln und warf mit einer großen Geste einen Strauß dunkelroter Rosen hinterher.

»Ob sie die Brille und den Schleier trägt, um die rot geweinten Augen zu verdecken - oder die Freudentränen, dass sie den Alten los ist?«, raunte Sachmann seinem ehemaligen Chefbuchhalter zu.

»Dass Ihr Männer so gehässig sein müsst«, tadelte Helga, fügte dann aber, als Simone Kreuzer ihre Blumen in die Grube fallen ließ, hinzu: »Eines muss man dem verstorbenen Brandmüller lassen: Er hatte einen exquisiten Frauengeschmack.«

»Ja, die Kreuzer sieht seiner Frau sehr ähnlich, wenn man davon absieht, dass sie noch mal gute zehn Jahre jünger ist. Nadine geht ja inzwischen schwer auf die Vierzig zu, auch wenn man es ihr nicht ansieht.«

»Da ist sie ja noch eine junge Witwe«, stellte Helga fest. »Ist sie auch eine reiche Witwe? Oder hat dieser Jachnik sich auch am Privatvermögen bedient?«

»Nein, da kam er ganz sicher nicht ran«, erklärte Robert Sachmann zufrieden. »Aber weil wir grad von Hanno Jachnik sprechen: Nachdem Sie bestätigt hatten, dass sich der Kerl am Firmenvermögen vergriffen hat, habe ich die Polizei verständigt. Die werden Sie demnächst als Zeugen befragen und wenn die Witwe und Firmenerbin offiziell Anzeige erstattet, den Jachnik vermutlich zur Fahndung ausschreiben.«

»Zeugenbefragung - na, damit kennen wir uns zur Genüge aus«, gab Jürgen sarkastisch zur Antwort.

»Ich weiß, ich weiß - aber solche Typen wie den Jachnik darf man nicht einfach ungeschoren davonkommen lassen.«

»Wer ist die ältere Frau, die hinter Frau Brandmüller steht und so herzergreifend schluchzt?«, fragte Helga.

»Das ist Irene Föhr, eine entfernte Cousine Brandmüllers. Sie spekuliert vermutlich darauf, dass er sie großzügig im Testament bedacht hat. Als Jörgs erste Frau starb, hoffte Irene, die nächste Frau Brandmüller zu werden. Sie hat sich furchtbar aufgeregt, als er Nadine geheiratet hat. Die war nämlich damals seine Sekretärin.«

»Sie kennen die Familienverhältnisse wohl sehr gut?«, fragte Helga.

»Aber ja, Jörg und ich gingen schon zusammen zur Schule. Seither sind wir befreundet.«

»Sehen Sie mal, ist das nicht Frau Jachnik? Die Frau in der schwarzen Hose und dem grauen Blazer«, Helga wies auf eine unauffällige Frau mit dunkler, glatter Kurzhaarfrisur, die jetzt Blumen und die übliche Schaufel voll Erde in die Grube warf. »Sie hatte damals auch ein Konto bei der Bank Wiebke & Söhne. Ich hab sie zwar schon lang nicht mehr gesehen, aber ich glaube, sie ist es. Soweit ich mich erinnere, ist sie eine sehr zurückhaltende Frau. Damals war sie IT-Spezialistin bei einer großen Versicherungsgesellschaft.«

»Ja, das könnte sie sein. Ich hab sie allerdings nur ein- oder zweimal gesehen.«

»Na, ob die wohl Bescheid weiß, welche krummen Sachen ihr Mann gedreht hat?«, überlegte Jürgen. »Oder steckt sie mit drin und verteilt schön brav das ergaunerte Geld auf diverse Konten?«

»Wer weiß«, sinnierte Helga, »obwohl ich es ihr eigentlich nicht zutraue.«

Irene musterte kritisch ihr Spiegelbild. Ihr zur Gänze ergrautes Haar hatte sie gefärbt. »Mahagoni« hatte auf der Packung gestanden, blöderweise war die Farbe viel zu grell ausgefallen. Mit dem Kurzhaarschnitt war sie auch nicht zufrieden. Nun, bald könnte sie sich einen besseren Friseur als diesen einfallslosen Provinz-Figaro leisten, dazu den Aufenthalt auf einer Schönheitsfarm oder sogar ein Facelifting. Im Augenblick sah man ihr jedes ihrer 54 Jahre an. Ihr blieb nichts anderes übrig, als ihre Falten und die großporige, teigige Haut kräftig mit Make-up zu überdecken.

Hätte Jörg sie damals, als seine erste Frau gestorben war, geheiratet, sähe sie heute unter Garantie jünger und besser aus. Sie hätte sich gepflegt und teure Garderobe geleistet. Was hatte sie nicht alles für ihn getan. Sie hatte ihn bekocht, ihm seine Lieblingskuchen gebacken, dafür gesorgt, dass die Putzfrau sein Haus in Ordnung hielt. Und was war der Dank? Er hatte seine Sekretärin geheiratet. Dieses junge Flittchen, das nur hinter seinem Geld her war. Dabei hatte sie selbst vor zehn Jahren auch noch besser ausgesehen.

Sie schlüpfte in ihre Kostümjacke und zupfte die Bluse zurecht. Schwarz musste sein, auch wenn ihr diese Farbe nicht zu Gesicht stand. Selbst auf die Gefahr hin, dass sich Nadine zu einer gehässigen Bemerkung würde hinreißen lassen, wenn sie in demselben Kostüm erschien, das sie schon zur Beerdigung getragen hatte. Aber in ihre schwarze Hose passte sie beim besten Willen nicht mehr hinein; und in dem altmodischen schwarzen Kleid, das im Schrank hing, durfte sie keinesfalls aufkreuzen. Außerdem konnte sie sich wegen ihres überzogenen Kontos im Moment nichts Neues leisten. Nun, ihre finanzielle Situation würde sich jetzt bessern. Jörg hatte Wort gehalten und sie im Testament bedacht, sonst wäre sie ja vom Nachlassgericht nicht zur Testamentseröffnung geladen worden.

Sie schnappte vor Entrüstung nach Luft, vergaß vor schierer Wut das Ausatmen. Dunkle Zornesröte übertönte das zu dick aufgetragene Make-up. Mit einem empörten Aufschrei stieß sie schließlich die angehaltene Luft wieder aus.

»Oooh! Du Schlampe, du Biest! Das hab ich dir zu verdanken, dass ich mit einem Almosen abgespeist werde!«, keifte Irene Föhr außer sich vor Zorn.

Schade, dass ich ihn nicht überreden konnte, dich ganz aus dem Testament zu streichen. »Nennst du 100 000 Euro ein Almosen?«, erwiderte die Angegriffene kühl. »Die hast du nämlich wirklich mir zu verdanken. Jörg hatte damals beim Notar gesagt, dass seine zänkische, nur um fünf Ecken mit ihm verwandte Cousine, keinen Cent bekommen soll. Rechtlich hast du nämlich keinerlei Anspruch. Das wird dir der Richter sicher bestätigen!«

Der Richter, peinlich berührt von der Szene, nickte.

»Er wollte sein Testament ändern! Er wollte sich nämlich scheiden lassen! Das hat er mir selbst erzählt! Stattdessen wollte er mich großzügig bedenken. Deshalb hast du gieriges Luder ihn vorher umgebracht!« Irene Föhr war aufgesprungen, hielt ihre Handtasche hoch wie einen mittelalterlichen Morgenstern, bereit, sie der Gegnerin ins Gesicht zu schleudern.

»Mein Gott, du bist ja noch viel schlimmer, als Jörg mir erzählt hat!«, entgegnete Nadine Brandmüller ungerührt.

Heftig atmend versuchte Irene Föhr den plötzlichen Schwindelanfall zu unterdrücken. Der Raum um sie drehte sich, der Richter verschwamm vor ihren Augen. Wie durch einen Nebel sah sie, dass er weiter aus dem Testament vorlas, aber ihre Ohren rauschten so stark, dass sie die nächsten Sätze, die das Testament abschlossen, gar nicht mehr wahrnahm. Wie in Trance verließ sie den Raum und wankte zur Haltestelle, um mit dem Bus nach Hause zu fahren.

Ihre Kontrahentin blieb bis zum Abschluss der Testamentseröffnung und stieg dann in ihren Sportwagen. Sie hatte einen Termin bei der Bank ausgemacht und am nächsten Tag wollte ein Immobilienmakler die Villa besichtigen.

»Ermordet, sagen Sie?«, Hauptkommissar Jan Warnecke bat die aufgebracht wirkende Besucherin, erst einmal Platz zu nehmen.

»Genau! Kaltblütig ermordet!« Die grell geschminkte Frau mit den roten Haaren zog ein Taschentuch aus der Handtasche und betupfte ihre Augen.

»Und wer wurde ermordet?«

»Jörg. Jörg Brandmüller, Inhaber der Fa. BraMüTec.«

Warnecke schaltete das Aufnahmegerät ein und legte Notizblock und Kugelschreiber zurecht.

»Gut, dann fangen wir doch am besten von vorne an: Fürs Protokoll benötige ich Ihren Namen und Ihre Anschrift.«

Sie reichte ihm ihren Personalausweis.

»Sie sind Frau Irene Föhr?«

»Genau. Jörg war mein Cousin.«

»Also der Sohn einer Tante oder eines Onkels«

»Nein, nicht so direkt. Meine Großmutter war eine Cousine seines Großonkels.«

»Also eine sehr entfernte Cousine«, stellte Warnecke fest. »Und wann geschah dieses Tötungsdelikt?«

»Am 15. Februar«, schluchzte die Besucherin.

»Am 15. Februar? Das ist ja fast vier Wochen her. Der angeblich Ermordete wurde demnach inzwischen beerdigt?«

»Ja, am 19. Februar. Angeblich hatte er einen Herzinfarkt.«

»Es wurde demnach eine natürliche Todesart festgestellt.«

»Vermutlich. Sonst hätte man ihn wohl nicht so einfach begraben.«

Hauptkommissar Jan Warnecke kratzte sich am stoppeligen Dreitagebart. Was sollte er von der seltsamen Besucherin halten? Er argwöhnte, dass sie im Testament des vermeintlich ermordeten Firmeninhabers übergangen worden war und nun auf Rache sann. Trotzdem durfte er diese Anzeige nicht einfach unter den Tisch fallen lassen, sondern musste der Sache auf den Grund gehen. Es war durchaus möglich, dass hier wirklich ein Verbrechen vorlag.

»Und wer hat Ihrer Meinung nach den Mord begangen?«

»Seine Frau natürlich! Die ist jetzt seine Witwe und erbt.« Sie schluchzte jetzt nicht mehr, vielmehr bebte ihre Stimme vor schlecht verhohlenem Zorn. Dieser Kerl, dieser Kommissar, der nahm sie ganz offensichtlich nicht ernst. Sie hatte die Blicke gesehen, die er seinem Kollegen zugeworfen hatte. Auch am Klang seiner Stimme konnte sie es hören, als er jetzt fragte:

»Und deshalb hat sie ihn umgebracht?«

»Er wollte sich nämlich scheiden lassen und sein Testament ändern. Deshalb musste sie ihn vorher umbringen.« Das reichte dem Kerl hoffentlich, um endlich aktiv zu werden.

»Und wie hat die Frau Brandmüller ihren Mann getötet?«, fragte der stattdessen.

»Das herauszufinden ist schließlich Ihr Job. Lassen Sie die Leiche exhumieren, dann werden Sie schon sehen, dass ich recht habe!«

»Nun, ganz so einfach ist das nicht. Da muss schon ein berechtigter Verdacht vorliegen. Wir werden der Sache nachgehen, Zeugen befragen, eventuelle Beweise sicherstellen. Erst danach, wenn sich der Verdacht erhärtet hat, können wir eine Exhumierung beantragen.«

»Tun Sie das! Sie hatte nämlich einen Liebhaber!«

»Das ist vor dem Gesetz nicht strafbar!«

»Aber ein Mordmotiv!«, fauchte Irene Föhr.

Warnecke atmete auf, als die Frau auf ihren viel zu hohen Absätzen endlich zur Tür hinausgestöckelt war.

Frank Becker, Hauptkommissar Warneckes Partner, war dabei, in einem anderen Fall zu recherchieren. Er hatte anfangs nur mit einem Ohr zugehört, was die rothaarige Frau an Anschuldigungen so alles vorgebracht hatte. Aber als zum wiederholten Male der Name Brandmüller gefallen war, war er hellhörig geworden.

»Es muss ja nichts heißen«, meinte er nachdenklich, als die Besucherin das Büro verlassen hatte, »aber neulich war ich zufällig wegen einer anderen Sache bei den Kollegen vom Betrugsdezernat. Dort habe ich Robert Sachmann, den Mitinhaber der Fa. Baumer & Sachmann getroffen. Ich kenne den von einem alten Fall. Er war dort, um die Kollegen von einer Veruntreuung von Firmengeldern bei der Fa. BraMüTec zu unterrichten. Der Prokurist hatte im großen Stil Firmengelder abgezogen. Die Kollegen meinten, die Witwe des Firmeninhabers müsste offiziell Anzeige erstatten. Ich weiß nicht, ob das schon geschehen ist.«

»Aha, das ist interessant!« Jan Warnecke stand von seinem Stuhl auf. »Was hältst du davon, wenn wir uns mal mit den Kollegen unterhalten?«

Kapitel 3

Das Städtchen hatte sich verändert, war größer geworden, moderner. Die liebevoll renovierten Fachwerkhäuser in der Innenstadt gaben dem Ort einen eigenen Charme. Amerikanische Touristen, gewöhnt an gesichtslose Städte, fuhren darauf besonders ab und fotografierten wie wild. Selbst die alten Bruchbuden in der Bahnhofstraße, wo er als Kind zusammen mit seiner Mutter gewohnt hatte, waren ein wenig aufgehübscht worden.

Er lenkte seine Schritte stadtauswärts. Je weiter er sich der alten Hofstetter-Villa näherte, umso mehr fühlte er sich in seine Kindheit zurückversetzt. Damals, als seine Mutter für einen Hungerlohn für die Familie Hofstetter geschuftet hatte. Sie hatte geputzt, gewaschen, gebügelt. Manchmal hatte er draußen vor dem großen Garten auf sie gewartet, denn der Bub der Putzfrau hatte das Grundstück nicht betreten dürfen. Einmal, als die Familie in den Urlaub gefahren war, hatte ihn seine Mutter, die in der Abwesenheit der Besitzer die Blumen gießen musste, mit in die Villa genommen. Noch heute hörte er das gebohnerte Parkett unter seinen Füßen knarzen, sah er die kostbaren Teppiche, die Gemälde, die hohen Stuckdecken. Damals hatte er sich geschworen, dass er einmal selbst solch eine feudale Villa besitzen würde.

In der alten Hofstetter-Villa war inzwischen die Stadtbibliothek untergebracht; der große Garten, in dem früher nur die Kinder der Familie spielen durften, war in einen öffentlichen Spielplatz umgewandelt worden. Der alte

Hofstetter, der stets von einem Chauffeur herumkutschiert worden war, hatte die Zeichen der Zeit nicht erkannt und seine Schreibmaschinenfabrik mit Pauken und Trompeten in den Bankrott geführt. Es hieß, er habe den Ruin nicht verkraftet und mit einer Kugel in den Kopf seinem Leben ein Ende gesetzt.

Die Fabrik war längst abgerissen worden. Auf dem Gelände hatte die Stadt eine neue Wohnsiedlung mit modernen Eigentumswohnungen errichtet. Heute besaß seine Mutter dort eine gemütliche Wohnung. Sie hatte nicht zu ihm nach Kalifornien ziehen wollen.

Er zückte sein Smartphone und scrollte sich durch die örtlichen Immobilienmakler. Bis auf einen hatte er schon alle abgeklappert. Er musste zurück in die Innenstadt. Als er am Kino vorbeikam, machte dort ein Hochglanzposter für seinen neuesten Film Reklame. Selbstverständlich kannte man Jason West in Kleinaltheim, aber man *er*kannte ihn nicht. Ungeschminkt und ohne das lästige Toupet, unter dem er vor der Kamera und bei offiziellen Anlässen sein langsam immer lichter werdendes, ergrauendes Haar und die beginnende Stirnglatze überdeckte, sah er wesentlich älter aus, aber das hielt die lästigen Paparazzi fern. Außerdem hatte er sich nicht im Hotel, sondern bei seiner Mutter einquartiert und benützte seinen Künstlernamen nicht. Hier war er ganz schlicht Dieter Rödel.

Das Schaufenster des ehemaligen Schuhgeschäfts war mit Hochglanzfotos und Exposés zugeklebt. Schicke Einfamilienhäuser, alte Siedlerhäuschen, praktische Reihenhäuser, renovierte Mehrfamilienhäuser, Mietwohnungen, Eigentumswohnungen, Gewerbeobjekte, Bürohäuser - Simon Wolf makelte mit allem, was der Kleinaltheimer Immobilienmarkt hergab. Geschickt verstand er es, die Vorzüge seiner Objekte ins rechte Licht zu setzen. Er genierte sich auch nicht, die letzte baufällige Bruchbude mit blumigen Worten anzupreisen.

Mit schnellem Blick taxierte er seine Kunden. Waren sie zahlungskräftig genug für die Objekte, die sie besichtigen wollten, oder verschwendete er nur seine Zeit? Jahrelange Erfahrung hatte ihn gelehrt, die einen von den anderen zu unterscheiden. Er täuschte sich selten. Und jetzt stand da dieser Typ in seinem Laden. Simon rückte seine etwas zu bunte Krawatte zurecht, knöpfte das zu eng gewordene Jackett zu und setzte sein in langen Jahren antrainiertes Maklerlächeln auf:

»Eine Fabrikantenvilla suchen Sie?« Simon musterte seinen Besucher. Der war gut und gerne eins neunzig groß, trug Bluejeans, Sneakers und ein graues Sakko über dem T-Shirt. Wie alt mochte der sein? 50? 55 oder älter? Simon registrierte zufrieden, dass das dunkle Haar des Kunden grau meliert und zu einer Stirnglatze zurückgewichen war. Das erleichterte ihm, seine eigenen Mängel des Älterwerdens zu ertragen.

»Ja, eine geräumige Villa, so wie sie in früheren Zeiten die Fabrikbesitzer hier im Ort hatten. Große Räume mit hohen Wänden, Stuck an der Decke und gebohnerte Parkettböden.«

Der Kunde, er hatte sich als Dieter Rödel vorgestellt, kam ihm irgendwie bekannt vor, sprach mit einem leichten amerikanischen Akzent.

»Allerdings sollte sie renoviert und technisch auf dem neuesten Stand sein. Kein Badezimmer von anno dazumal.«

Eine große alte Villa! Wenn der Kerl kein Hochstapler war, sondern der reiche Ami, der er zu sein schien, war dieser Typ ein echter Glücksfall - aber das konnte er sich ja nicht gleich anmerken lassen. Er kratzte sich erst einmal überlegend am Kopf und blätterte demonstrativ in seinen Unterlagen. Längst wusste er, welches Haus er ihm anbieten würde. Die Villa, die er wegen der Größe und der Preisvorstellung der Besitzerin für schwer verkäuflich gehalten hatte. Die wollte das Anwesen zwar auf schnellsstem Weg loswerden, selbstredend aber auch so teuer wie möglich. Nun, jetzt würde er hoffentlich die fette Provision einstreichen. Er blätterte, murmelte »Nein, das ist zu klein«, blätterte weiter, murmelte »Das auch nicht, es muss erst aufwendig renoviert werden«, blätterte weiter: »Aber das! Das müsste passen!«, rief er aus. »Ich glaube, ich kann Ihnen ein hochinteressantes Objekt anbieten. Die Eigentümerin ist frisch verwitwet und will so schnell wie möglich für immer zu ihrer Mutter nach Südspanien ziehen.«

Simon Wolf hatte die Gelegenheit beim Schopf gepackt und sofort für den nächsten Tag einen Besichtigungstermin vereinbart. Auch auf die Gefahr hin, dass sein Kunde ein Angeber war, der lediglich vorhatte, mal eine schicke Hütte zu besichtigen, um sich für kurze Zeit reich zu fühlen. Aber an wen erinnerte er ihn? Nachdem er sich eine Zeit lang ergebnislos das Hirn zermartert hatte, fuhr er seinen PC hoch und startete die Googlesuche.

Kostbare Perserteppiche lagen auf gebohnertem Parkett, Stuckornamente schmückten die hohen Decken, funkelnde Kronleuchter spendeten warmes Licht. Dieter Rödel fühlte sich in seinen Kindheitstraum zurückversetzt. Alles an und in diesem Haus war edel, gediegen, teuer. Die Villa umgab eine Aura von altem Geld und Macht, zeugte vom erlesenen Geschmack der Besitzer, nicht zu vergleichen mit dem glamourösen Tinnef neureicher Hollywoodsternchen. Nein, auch sein Haus im sonnigen Kalifornien konnte gegen dieses alte, stilvoll renovierte Anwesen nicht bestehen.

»Beachten Sie bitte die hochwertigen, dreifach verglasten Fenster, eine Spezialanfertigung!« Der Makler wuselte mit ehrerbietigen Gesten durch die Räume, pries die teuren Vollholztüren, die frisch renovierten Badezimmer, die hochmoderne Küche, die sparsame Heizung. Jason West, alias Dieter Rödel, oskargekrönter Hollywoodstar und bewunderter Actionheld beabsichtigte, in diesem Kleinstadtkaff eine Villa zu kaufen. Wenn er diese Sache zu einem erfolgreichen Abschluss brächte, fiele mit Sicherheit auch ein bisschen Glanz für ihn und sein Maklerbüro ab. Er *musste* dem Filmfritzen dieses Haus verticken. »Alles edel und geschmackvoll«, schwärmte er weiter, »aber Frau Brandmüller möchte nicht alleine in dem großen Haus leben.«

Die nickte zustimmend. *Mach deine Dollars flüssig, damit ich endlich abhauen kann.* »Die ständige Erinnerung an die glücklichen Jahre, die ich hier in diesem Haus mit meinem Mann verbracht habe, ist so schmerzlich, dass ich es so schnell wie möglich verkaufen will.« Nadine betupfte mit einem Taschentuch ihre Augen, vorsichtig darauf bedacht, ihr Make-up nicht zu verwischen. Sie folgte dem Interessenten und dem Makler durch die stilvoll möblierten Räume. Auch wenn sie einst als schlichte »Tippse« bei BraMüTec angefangen hatte, die große Dame hatte sie längst drauf. »Jedes Möbelstück birgt so viele Erinnerungen - ich kann nichts davon behalten.« *Ich hasse dieses dunkle alte Gerümpel, aber Jörg hatte behauptet, dass moderne Möbel in diesem Haus ein Stilbruch wären.* »Ich werde die Möbel an einen Antiquitätenhändler verkaufen, es sei denn, der Käufer möchte das Haus möbliert erwerben.« Sie wandte sich wieder ab, um diskret, aber trotzdem so, dass es bemerkt wurde, die Augen abzutupfen und die Nase zu putzen.

Mit der Trauernde-Witwe-Nummer im schwarzen Seidenkleid wärst du die ideale Seifenopernbesetzung, dachte der Hollywood-Experte und sagte dann laut: »Ich kann sehr gut verstehen, dass die vielen Erinnerungen für Sie sehr schmerzhaft sind.« Er war zwar längst Amerikaner durch und durch, aber neben dem Actionhelden hatte er auch den vollendeten Gentleman im Repertoire. Nadine Brandmüller erinnerte ihn sehr an Ehefrau Nummer drei, die ihn bei der Scheidung kräftig geschröpft hatte.

So perfekt geschminkt wie Frau Brandmüller war, das schulterlange, goldblonde Haar in kunstvolle Wellen frisiert, verbrachte sie wahrscheinlich ihre Tage beim Friseur und der Kosmetikerin, wenn sie nicht ihre schlanke Figur im Fitnesscenter trainierte. Aber das Haus, die Möbel - ein Traum. Und der parkähnlich angelegte Garten mit dem großen Pool war genau das, was er gesucht hatte.

»Wer hält denn das Haus und den Garten in Schuss?«

»Das macht meine Haushälterin, Frau Voigt. Ihr Mann kümmert sich um den Garten.«

»Wie Sie sehen«, sprang der Makler sofort darauf ein, »bräuchten Sie sich darum gar nicht zu kümmern. Das Ehepaar Voigt wäre vermutlich froh, wenn sie die Jobs behalten könnten.«

»Ich bin an diesem Haus samt dem Mobiliar sehr interessiert«, verkündete Dieter Rödel. Ich hoffe, wir können uns über den Preis einigen.«

»Oh, das werden wir ganz bestimmt«, dienerte Simon Wolf. Er hatte bereits vorsichtig durchs Fenster gespäht und festgestellt, dass sein Plan aufgegangen war. Er richtete es so ein, dass er genau neben seinem Kunden durch die Tür nach draußen trat, denn just in diesem Moment setzte das Blitzlichtgewitter ein.

»Herr West, was machen in Sie in Kleinaltheim?«

»Herr West, wollen Sie hier ein Haus kaufen?«

»Herr West, welche Rolle werden Sie in Ihrem nächsten Film verkörpern?«

Simon Wolf strahlte in die Kameras, als wenn der Auflauf ihm gegolten hätte. Nadine Brandmüller drehte jedoch erschrocken um und verschwand im Haus.

Kapitel 4

»Mordkommission?« *Nicht schon wieder!* »Wir dachten, es geht um die Veruntreuung von Firmengeldern bei BraMüTec?« Misstrauisch musterte Jürgen Brombacher den Beamten, der sich als Jan Warnecke vorgestellt hatte. Eigentlich sah der Mittvierziger mit der struppigen Mähne und dem Dreitagebart ja recht sympathisch aus. Trotzdem - die schlechten Erfahrungen, die er mit dessen Vorgänger Torsten Rabe, einem arroganten, inkompetenten Schnösel, gemacht hatte, reichten aus, um die Warnlampen in seinem Gehirn von Grün auf Gelb wechseln zu lassen. Als er dann auch noch Frank Becker am anderen Schreibtisch sitzen sah, sprangen die Warnlampen auf Rot.

»Darum geht es auch in erster Linie«, meldete sich ein dritter Kommissar zu Wort. Er stellte sich als Patrick Färber vor.

Jetzt erhob sich Frank Becker von seinem Schreibtisch. »Familie Brombacher, bitte nehmen Sie doch Platz. Wir brauchen Ihre Zeugenaussagen. Es geht um den 15. Februar.«

»15. Februar? Sie meinen den Freitag als Herr Brandmüller verstarb?«, fragte Helga Brombacher. »Ich kann Ihnen versichern, dass wir ihn ganz bestimmt nicht um die Ecke gebracht haben«, fügte sie sarkastisch hinzu. »Und seine Firmengelder haben wir uns auch nicht unter den Nagel gerissen.«

Warnecke schmunzelte. »Mein Kollege hat mir schon geschildert, dass Sie vor knapp zwei Jahren völlig ungerechtfertigt verdächtigt wurden, in eine schwere Straftat verwickelt zu sein. Aber Herr Sachmann hat uns berichtet, dass er Sie, Herr Brombacher gebeten hat, diskret die Transaktionen in der Firma seines Freundes Brandmüller zu überprüfen.«

»Das stimmt. Ich fand das zuerst etwas merkwürdig. Aber Herr Brandmüller hatte einen Verdacht, war sich aber seiner Sache nicht sicher. Er befürchtete, dass ein offizieller Buchprüfer unnötig Staub aufwirbeln würde.«

»Warum hat man ausgerechnet Sie gebeten?«, fragte Kommissar Färber.

»Ich war Chefbuchhalter bei Baumer und Sachmann und bin dort einem groß angelegten Betrug auf die Spur gekommen.«

»Aha, und was konnten Sie in den Büchern der Fa. BraMüTec feststellen?«

»Dass der Prokurist und Geschäftsführer im großen Stil Firmengelder abgezweigt hat. Geschickt unter Luftbuchungen und anderen Tricksereien versteckt, hat es Herr Brandmüller lange nicht bemerkt. Ich schlug vor, dass er sofort alle Firmenkonten sperrt. Meine Frau hat sich die Buchungen auf den Konten angesehen, konnte sie aber von dort aus nicht weiterverfolgen. Außerdem schlugen wir vor, dass er den Betrug schnellstens zur Anzeige bringt.«

»Ja, das hat uns auch Herr Sachmann so erzählt. Allerdings kam Jörg Brandmüller bekanntermaßen nicht mehr dazu, woraufhin er der Witwe vorschlug, die Sache offiziell anzuzeigen.«

»Was geschah danach, als feststand, dass wirklich ein Fall von Veruntreuung vorlag?«, mischte sich Hauptkommissar Warnecke ein.

»Es ging ihm sichtbar nicht gut«, berichtete Helga, »schon als wir ankamen, war er auffallend blass, ja fast weiß im Gesicht. Aber er bekam Hunger und wies die Sekretärin an, Kaffee und Kuchen zu bringen.«

»Getrennte Gedecke?«

»Nein. Sie brachte verschiedene Kuchenstücke auf einem großen Teller, den Kaffee in einer Kanne. Brandmüller aß nur ein halbes Stück Kuchen, trank aber mehrere Tassen Kaffee.«

»Hat er sonst noch etwas zu sich genommen?«

»Er hat Tabletten geschluckt«, erinnerte sich Jürgen.

»In welcher Form?«

Jürgen überlegte: »So genau hab ich das nicht gesehen, ob das Pillen, Kapseln oder Tabletten waren. Er hatte so eine unterteilte Pillenbox bei sich, hat uns seine sämtlichen gesundheitlichen Baustellen aufgezählt, die Medikamente in die Hand gekippt und auf einen Sitz geschluckt.«

»Was hat er nachgetrunken? Kaffee?«

»Nein, Frau Kreuzer hatte Gläser und eine Flasche Wasser gebracht. Jetzt fällt mir auch ein, dass sie ihn an die Pillen erinnert hat.«

»Stimmt«, bestätigte Helga. »Außerdem hat Brandmüller noch berichtet, dass er die Pillen früher stets vergessen hat und durcheinanderbrachte, weshalb er so einen Organizer benützt und die Medikamente einmal in der

Woche für jeden Tag vorsortiert. Auf der Box stand ›Freitag‹«.

»Kam Ihnen irgendetwas verdächtig vor, als Brandmüller vom Stuhl kippte?«

Helga schüttelte den Kopf. »Eigentlich nicht. Die Sekretärin hat umgehend den Hausarzt alarmiert. Ich denke, es war einfach der Schock darüber, dass ihn sein Prokurist so schamlos ausgenommen hat. Ich habe zwar versucht, Herrn Brandmüller wiederzubeleben, aber es war leider vergebens.«

»Haben Sie Hanno Jachnik, diesen Prokuristen eigentlich schon geschnappt?«, erkundigte sich Jürgen.

»Nein«, erklärte Patrick Färber vom Betrugsdezernat. »Die Witwe, Frau Brandmüller, verzichtet auf eine Anzeige. Sie sagt, der Betrieb wird von einem Konzern übernommen, der schon vor längerer Zeit an Brandmüller herangetreten ist. Sie will angeblich keinen überflüssigen Wirbel veranstalten.«

Helga und Jürgen Brombacher schüttelten verständnislos die Köpfe.

»Das war's eigentlich«, meinte Warnecke. »Falls noch Fragen auftauchen, werden wir uns nochmals an Sie wenden.«

»Das können Sie gerne machen«, gab Jürgen zur Antwort. »Allerdings sind wir zurzeit öfter mal für ein paar Tage unterwegs, und in Kürze bringen wir unser Wohnmobil nach Bremerhaven. Von dort wird es nach Sydney verschifft. Wir fliegen dann hinterher.«

»Oh, schon wieder eine große Reise?«, staunte Becker.

»Frau Brombacher, Ihre Berichte und die schönen Fotos von Ihrer Nordamerikareise waren ungeheuer interessant!«

Helga Brombacher stutzte: »Meine Berichte? Sie kennen meine Berichte und meine Fotos? Woher?« Sie war mehr als irritiert.

»Sie können das natürlich nicht wissen«, gestand Frank Becker, »aber Hauptkommissar Rabe hatte sich ja eingebildet, dass Sie in die Morde und den Diebstahl der ›Leopardin‹ verwickelt wären. Er hat es irgendwie geschafft, eine Onlineüberwachung genehmigt zu bekommen. Das wurde aber bald wieder rückgängig gemacht. Außerdem tauchte das Gemälde wieder auf und das Lösegeld haben wir auch zum größten Teil gefunden.«

»Ach, haben Sie das«, Helga war sichtlich irritiert.

Auch Jürgen wirkte etwas verdattert, fing sich aber schnell wieder:

»Und Sie haben tatsächlich unseren ganzen E-Mail-Verkehr gelesen?“, fragte er schockiert.

»Den hat Rabe durchforstet. Aber ich gestehe, dass ich bei der Lektüre Ihrer interessanten Reiseberichte im Geiste mit Ihnen mitgefahren bin.«

Helga hatte sich schnell wieder gefangen. Dieser lange, dürre Becker war ja im Grunde ein ganz netter Kerl. Damals war er frisch von der Polizeischule gekommen. Inzwischen wirkte er routiniert und kompetent.

»Nun«, meinte sie ironisch, »wenn es weiter nichts ist, dann geben Sie uns doch einfach Ihre E-Mail-Adresse und ich nehme Sie mit in unseren Verteiler auf. Dann müssen

Sie keinen Richter bemühen, um unsere Reisemails zu lesen!«

»Ich glaube, wir müssen uns für meinen Vorgänger entschuldigen«, sagte Warnecke versöhnlich, während er ebenfalls seine Mailadresse auf einen Zettel schrieb. »Ich leide schon lange an heftigem Fernweh und würde Ihre Berichte auch gerne lesen.«

»Na, wenn's nur unsere Reiseberichte und Fotos sind - die können Sie gerne haben«, meinte Helga. Sie steckte die Zettel mit den Mail-Adressen ein und wandte sich zum Gehen.

»Eine Frage noch«, meldete sich Becker, »sagt Ihnen der Name Irene Föhr etwas?«

Jürgen schüttelte den Kopf. »Nicht dass ich wüsste«, aber Helga dementierte: »Ist das nicht Brandmüllers Cousine?«

»Ja natürlich, jetzt erinnere ich mich auch«, bestätigte Jürgen. »Das war die Frau, die auf der Beerdigung so herzergreifend geschluchzt hat. Wir kennen die Frau eigentlich nicht. Sie ist uns nur bei der Beerdigung aufgefallen.«

Als sie draußen auf dem Parkplatz ins Auto stiegen, meinte Helga: »Wenn die wirklich das Lösegeld der Leopardin gefunden haben, dann frage ich mich, was das für Geld war, das die Göllers damals im Wohnmobil hatten.«

»Und das du dann in unserem Wohnmobil versteckt hast«, erinnerte sie Jürgen an die Abenteuer der vergangenen Amerikareise.

»Sehr mysteriös, diese Geschichte. Zumindest waren

wir ein paar Monate lang mehrfache Millionäre.«

»Ja, bis dieser zwielichtige Olaf Schipanski uns die Millionen wieder abgeknöpft hat.«

»Hoffentlich ist er dran erstickt!«, wünschte sich Helga.

»Helga, beruhige dich. Wir können uns auch so diese Australienreise leisten.«

»Sieh mal, die hat's aber ganz schön eilig!« Jan Warnecke hatte das Kleinaltheimer Tageblatt aufgeschlagen.

»Witwe des BraMüTec Inhabers verkauft ihre Villa an Hollywoodstar Jason West«

stand in großen Lettern über einem Artikel. Ein farbiges Foto zeigte nicht nur den Schauspieler, sondern auch den Makler Simon Wolf, der mit triumphierender Miene aus der Haustür trat. Im Hintergrund konnte man noch die sichtlich erschrockene Nadine Brandmüllers erkennen.

»Ja - aber verboten ist es nicht, sie hat die bescheidene Hütte schließlich geerbt. Aber nach ihrem entsetzten Gesicht zu urteilen, wollte sie wohl nicht, dass die Sache so schnell publik wird«, sinnierte Becker.

»Hat trotzdem einen seltsamen Nachgeschmack. Sie hat auch alle Konten beim Bankhaus Wiebke & Söhne gekündigt und auf eine Schweizer und andere Banken transferiert. Außerdem hat sie sämtliche Aktien verkauft und die Depots aufgelöst«.

»Ja, aber ich hab das Alibi Nadine Brandmüllers überprüft«, berichtete Frank Becker. »Sie war wirklich bei ihrer Mutter in Spanien.«

»Stiefmutter«, berichtigte Warnecke.

»Trotzdem. Das Alibi ist absolut wasserdicht. Nicht nur dass ihr Hin- und Rückflug nach Malaga von der Fluggesellschaft bestätigt wurde, sie war auch an besagtem 15. Februar in Torre del Mar mit einem verstauchten Knöchel beim Arzt«.

»Normalerweise würde ich ja sagen, dass das ein bisschen viel Alibi ist«, sinnierte Jan Warnecke.

»Schon«, gab Becker zu »aber wie sollte sie das gedreht haben, wenn sie Brandmüller wirklich ermordet hätte?«

»Keine Ahnung. Und sonst kann's ja keiner gewesen sein. Simone Kreuzer, die Chefsekretärin, hat kein Motiv. Hanno Jachnik, der kriminelle Prokurist treibt sich vermutlich noch in Australien rum. Jedenfalls war er nicht vor Ort«, rekapitulierte Warnecke. »Wir können wohl davon ausgehen, dass diese rachsüchtige Irene Föhr der Brandmüller vor lauter Zorn über das bescheidene Erbe einfach eins auswischen wollte. Und die Tatsache, dass die Witwe einen Liebhaber hatte, ist ja nicht strafbar.«

»Nein, aber ein Mordmotiv«

»Ja, durchaus«, bestätigte Warnecke gedankenverloren. »Ich hab das dunkle Gefühl, dass wir irgendetwas übersehen haben. Aber ich komm einfach nicht drauf, was das sein könnte.«

»Vielleicht sollten wir trotzdem mal der Chefsekretärin einen Besuch abstatten. Wer weiß, was diese Frau Kreuzer so alles zu erzählen hat«, überlegte Becker.

»Ja, das sollten wir«, Warnecke kratzte sich am Bart, der schon länger als drei Tage keinen Rasierapparat gesehen hatte. »Und weißt du, was wir noch sollten?«

»Anständig zu Mittag essen?«

»Auch. Aber danach statten wir dem Hausarzt einen Besuch ab.«

»Der unterliegt der Schweigepflicht!«, erinnerte Becker.

»Ich weiß, aber mich interessiert, was das für ein Typ ist.«

»Würden Sie bitte noch einen Moment im Wartezimmer Platz nehmen«, bat die Arzthelferin nach einem Blick auf die Dienstausweise, »der Doktor hat gleich Zeit für Sie.«

Das Wartezimmer war leer, die ausgelegten Zeitschriften von anno dunnemals. Der alte Arzt schien nicht mehr viele Patienten zu haben.

»Bitte die ...ren ... der ...zei ins Sprechzimmer ..ei«, kratzte es aus einem betagten Lautsprecher über der Tür. Verstanden hatten sie nichts, aber außer ihnen konnte ja niemand gemeint sein. Warnecke und Becker marschierten los. Hieß das Gekratze Sprechzimmer eins, zwei oder drei? Die Tür mit der Nummer zwei stand offen, der Arzt saß an seinem Schreibtisch.

Dr. Kinzel war zwar ein sympathischer Mann mit einer wirren, grauen Einstein-Frisur, – aber nicht nur die glasigen Augen und die gerötete Nase, sondern auch die deutliche Alkoholfahne verrieten, dass der 64-jährige Arzt dem Cognac sehr zugetan war.

»Herr Brandmüller war nicht nur mein Patient, sondern auch seit unserer Schulzeit mein Freund«, erklärte Dr. Kinzel.

Wenigstens lallt er noch nicht, dachte Warnecke, während der Arzt fortfuhr: »Auch wenn er nicht mehr lebt, unterliege ich trotzdem der ärztlichen Schweigepflicht.«

»Das verstehen wir durchaus«, beschwichtigte Becker. »Wir wollten nur wissen, ob Ihnen, als Sie zu Herrn Brandmüller in die Firma gerufen wurden, etwas ungewöhnlich vorkam.«

»Ungewöhnlich?«, der Doktor überlegte. »Nein. Herr Brandmüller war schon lange nicht mehr gesund.«

Weil die beiden Kommissare keinen Kommentar gaben, fügte er hinzu: »Leider hielt er sich auch meist nicht an meine Anweisungen.«

Die Kommissare nickten wortlos. Irritiert hakte der Arzt nach: »Das ist ja nun schon eine Weile her. Warum interessiert sich jetzt plötzlich die Polizei dafür?«

Warnecke ließ noch eine Kunstpause verstreichen, bevor er antwortete: »Wir haben Hinweise, dass es sich bei Jörg Brandmüllers Tod möglicherweise um ein Tötungsdelikt handelt.«

Der Doktor reagierte erst nach einer Weile: »Ich habe keine Anzeichen gesehen, die das bestätigen würden.«

Nachdem die Kommissare gegangen waren, holte Dr. Kinzel wieder die Cognacflasche aus dem Schreibtisch und goss sich zwei Fingerbreit in ein Wasserglas. Er rekapitulierte in Gedanken noch einmal jenen Freitagnachmittag. War das wirklich ein Herzinfarkt gewesen, an dem sein Freund gestorben war? Oder hatte er nur nicht so genau hingesehen, weil Jörg an allen nur denkbaren Zivilisationskrankheiten gelitten hatte und die Diagnose auf der Hand lag? Hatten sich in seinem Unterbewusstsein nicht Zweifel gemeldet, die er beiseitegeschoben hatte? Weil er müde und nicht mehr ganz nüchtern war? Dr. Kinzel goss sich den Rest der Flasche ins Glas und beschloss, dass es an der Zeit war, in den Ruhestand zu treten und die Praxis endgültig zu schließen.

Simone Kreuzer schloss die Tür auf und streifte als erstes ihre unbequemen Highheels ab. Wieder einmal lag ein anstrengender Tag hinter ihr. Anstrengend und stressig. Am liebsten hätte sie sofort alles hingeschmissen, sosehr nervte der neue Geschäftsführer. Lange wollte sie das nicht mehr mitmachen.

Sie widerstand der Versuchung, sich faul aufs Sofa fallen zu lassen. Aus Erfahrung wusste sie, dass sie sich danach mit Sicherheit nicht mehr würde aufraffen können, eine Runde durch den Wald zu joggen. Aber das brauchte sie jetzt, um den Kopf frei zu bekommen. Auch wenn die Füße schmerzten.

Sie tauschte ihr Kostüm gegen Laufshorts und ein Funktionsshirt und band ihr Haar im Nacken zu einem Pferdeschwanz. Gerade als sie in ihre Laufschuhe schlüpfen wollte, klingelte es.

Ihre Mutter stand vor der Tür. Na super! Joggen war damit gestrichen.

»Du kommst mich ja nie besuchen!« Der alte, mit einer Leidensmiene untermauerte Vorwurf.

»Ich muss schließlich arbeiten, stehe pausenlos im Stress, hab wenig Zeit.«

»Und ich bin einsam. Eine alleinstehende Frau mit wenig Geld! Wenn du nicht gewesen wärst, sähe mein Leben anders aus«, klagte Anja Kreuzer.

»Mama, erstens bist du nicht alt! Gerade mal fünfzig. Und zweitens kann ich nichts dafür, dass dir die Männer davonlaufen. Und dass der Typ, der mein Vater war, schon eine rechtmäßige Ehefrau und ein Kind hatte, als du von ihm schwanger wurdest, ist auch nicht meine Schuld.«

Anja Kreuzer zupfte pikiert ihre Frisur zurecht und nippte an dem Tee, den Simone aufgegossen hatte.

»Ich weiß, ich weiß«, lenkte ihre Mutter ein. »Trotzdem hatte ich es nicht leicht im Leben. Drum ist mir ja so viel daran gelegen, dass du nicht meine Fehler wiederholst. Du solltest endlich heiraten. Bei deinem Aussehen müsste es doch ein Leichtes sein, einen reichen Mann zu finden!«

»Genau, einen Verheirateten, der verspricht, sich scheiden zu lassen und dann einen Rückzieher macht, weil sonst seine Karriere auf dem Spiel steht?«

»Er war Studienrat an einem katholischen Gymnasium. Eine Scheidung hätte ihn den Job gekostet.«

»Ich weiß, drum hast du bis heute für dich behalten, wer dieser Mistkerl war.«

»Er hat für dich bezahlt. Mehr als er offiziell an Alimenten hätte berappen müssen. Das war der Deal.«

»Na, mittlerweile müsste er ja langsam Rentner oder Pensionär sein.«

»Er ist vor zwei Jahren gestorben.«

»Na, dann kannst du mir ja bei Gelegenheit mal eröffnen, wie mein Erzeuger hieß.«

Es war ein älteres, 6-stöckiges Gebäude aus den 70er Jahren, das die Kleinaltheimer »Hochhaus« nannten. Frank Becker fuhr mit dem Zeigefinger die Klingelschilder entlang:

»Hier ist es! Die Kreuzer wohnt im dritten Stock!« Er wollte gerade klingeln, als jemand das Haus verließ. Sie traten durch die offene Haustür, nahmen statt des Aufzugs die Treppe und klingelten erst, als sie vor der Wohnungstür standen.

Simone Kreuzer trug Sportkleidung. Ihr Haar hatte sie zum Pferdeschwanz gebunden. Im Flur standen orangefarbene Joggingschuhe bereit. Misstrauisch musterte sie die Dienstausweise, setzte dann aber sofort ihr antrainiertes Sekretärinnen-Lächeln auf.

»Ich wollte zwar eine Runde joggen gehen, aber bitte kommen Sie doch herein.«

Ihre kleine 2-Zimmer-Wohnung war ansprechend, aber nicht teuer möbliert. Wie es aussah, wohnte sie allein, hatte aber Besuch von einer Frau.

»Wir haben ein paar Fragen zum Tod des Herrn Brandmüller«, begann Jan Warnecke ohne Umschweife. »Aber wie wir sehen, haben Sie gerade Besuch. Das passt dann wohl nicht so gut.«

»Keine Sorge, meine Mutter wollte gerade gehen!«

Anja Kreuzer verstand den Wink mit dem Zaunpfahl und verabschiedete sich säuerlich.

»Warum interessiert sich plötzlich die Kriminalpolizei für Herrn Brandmüllers Tod? Das ist doch schon einige Wochen her.«

»Auch wenn es schon ein wenig her ist, haben sie den Tag doch ganz gewiss noch in Erinnerung. Es wäre hilfreich, wenn Sie unsere Fragen beantworten würden«, entgegnete Warnecke, ohne auf ihre Frage einzugehen.

»Natürlich, diesen schrecklichen Tag werde ich nie vergessen.«

Warnecke und Becker nickten und schwiegen, aber Simone Kreuzer ließ sich von dieser Taktik nicht einschüchtern.

»Dieser Tag hatte auch für mich einschneidende Folgen. Herr Brandmüller war nicht nur ein sehr angenehmer Chef, sondern auch das allgemeine Betriebsklima in der Firma war zu seiner Zeit wesentlich besser.«

»Und jetzt ist es nicht mehr gut?«, hakte Becker sofort nach.

»Nein. Ich bin jetzt zwar immer noch die Chefsekretärin – und zwar des Geschäftsführers, der jetzt die Geschicke der Firma leitet, aber ich denke daran zu kündigen und mir einen anderen Job zu suchen!«, erklärte sie mit sichtlichem Bedauern. »Dieses Klima der Missgunst und des Misstrauens bin ich nicht gewöhnt.«

Womöglich vermutet man, dass du mit Jachnik unter einer Decke steckst. Den Gedanken sollten wir im Auge behalten, überlegte Warnecke und laut sagte er:

»Waren Sie auch Herrn Jachniks Sekretärin?«

»Nein, nicht direkt, ich hatte nur am Rande mit ihm zu tun.« Jetzt hatte sie wieder ihr gewohntes Lächeln aufgesetzt.

»Aber Sie wissen, wo er sich aufhält!«, Becker hatte das nicht als Frage, sondern als Feststellung formuliert. Falls er gehofft hatte, sie mit diesem unvermittelten Einwurf aus dem Konzept zu bringen, hatte er sich getäuscht. Sie ließ kein Erschrecken erkennen, blieb unverbindlich freundlich.

»Als er sich das letzte Mal hier gemeldet hat, war er in Sydney. Er berichtete, mehrere potenzielle Kunden aufgetan zu haben. Seither habe ich nichts mehr von ihm gehört.«

Warnecke und Becker nahmen das kommentarlos zur Kenntnis. Übergangslos fragte Warnecke:

»War Herr Brandmüller schon vorher krank?«

»Ja, schon länger.« Sie hatte jetzt wieder ihre bedauernde Miene aufgesetzt. »Leider hat er sich nicht wirklich an die Anweisungen seines Arztes gehalten.«

»Wer war sein Arzt?«, fragte Becker, obwohl er genau im Bilde war.

»Dr. Kinzel. Er hat seine Praxis gleich in der Nähe der Firma.«

»Als Herr Brandmüller vom Stuhl kippte, wäre es da nicht besser gewesen, den Notarzt zu alarmieren?«, fragte Warnecke.

Simone Kreuzer ließ sich nicht einschüchtern. »Ich habe das einmal gemacht, als ich neu bei BraMüTec war. Der Notarzt und die Sanitäter kamen mit Blaulicht und Martinshorn und die ganze Firma war in heller Aufregung. Das war Herrn Brandmüller furchtbar unangenehm. Er hatte mir ausdrücklich aufgetragen, dass ich, sollte er wieder mal ein gesundheitliches Problem haben, Dr. Kinzel benachrichtigen solle. Die Nummer hatte ich eingespeichert und er war innerhalb weniger Minuten vor Ort. Trotzdem war das schon zu spät.«

»Nahm Herr Brandmüller regelmäßig Medikamente?«, fragte Warnecke.

»Ja, Medikamente nahm er schon lange Zeit, allerdings vergaß er sie oft. Erst als er sie in eine Pillenbox sortierte, klappte das besser. Seine Frau bat mich, ihn stets daran zu erinnern. Ganz besonders in der Zeit, als sie ihre Mutter in Spanien besuchte.«

»War an diesem Tag etwas ungewöhnlich?«, wollte Becker wissen.

»Nicht direkt, außer, dass er Besuch von einem älteren Ehepaar hatte. Ich weiß nicht genau, worum es bei dem Besuch ging, aber es hatte Herrn Brandmüller sehr aufgeregt.«

»Hat Herr Brandmüller etwas Unrechtes gegessen?«, hakte Becker nach.

»Ich hatte auf seinen Wunsch beim Bäcker in der Nähe

verschiedene Kuchen bestellt, die wurden von einem Boten gebracht. Den Kaffee habe ich selbst hier gekocht. Und zwar Herrn Brandmüllers Lieblingsmarke.« Ihr Ton klang plötzlich nicht mehr ganz so selbstsicher. Das verbindliche Lächeln war nicht mehr ganz so verbindlich. Die Mundwinkel wirkten wie festgetackert. Weil die Kommissare nicht gleich reagierten, schob sie nach: »Die Besucher haben den Kaffee übrigens auch getrunken!«

Sie denkt, dass wir denken ... Doch ja, das sollten wir wirklich mal überdenken, fuhr es Warnecke durch den Kopf. *Nicht mit Kuchen und Kaffee ... Mit Tabletten? Sie könnte seine Tabletten ausgetauscht haben. Dazu bräuchte sie Zugang zu starken Medikamenten. Und ein Motiv. Aber da sehe ich keines. Wir wissen ja nicht mal, ob beim Tod Jörg Brandmüllers wirklich jemand nachgeholfen hat. Bis jetzt haben wir nur die Anschuldigungen einer wütenden Frau, die sich ein größeres Erbe erhofft hat ...*

Schließlich fragte er: »Kennen Sie Frau Föhr?«

Augenblicklich war das Lächeln wieder zurück. Liebenswürdig, beflissen und ein wenig spöttisch.

»Ja, die kenne ich mehr oder weniger.«

»Mehr oder weniger heißt im Klartext?«, hakte Becker nach.

»Dass sie öfter im Büro auftauchte. Herr Brandmüller ließ sich dann meist verleugnen und bat mich, sie abzuwimmeln.«

Nein, da kommen wir nicht weiter, erkannte Warnecke. Sie könnte zwar theoretisch mit Jachnik unter einer Decke stecken, aber aus dem Tod von Brandmüller konnte sie im

Prinzip keinen Nutzen ziehen. Trotzdem hatte ihn das Gespräch auf etwas gebracht. Nadine Brandmüller hätte theoretisch die Möglichkeit gehabt, die Pillen auszutauschen – bevor sie nach Spanien abgereist war. Nur, nachzuweisen war das im Grunde nicht mehr.

Kapitel 5

Nadine überprüfte noch einmal ihr sorgfältiges Make-up. Kein Fältchen war mehr zu sehen, das ihre 39 Jahre verraten könnte. Die Frisur saß perfekt. Nicht ein einziges graues Haar hatte sie bisher entdeckt. Sie hoffte, dass sie es nicht färben und abschneiden musste. Bevor sie ins Schlafzimmer ging, fixierte sie ihr goldblondes Haar noch einmal leicht mit Spray.

Der Kleiderschrank war noch gut gefüllt. Die gediegenen, repräsentativen Klamotten, in denen sie als Ehefrau des Firmenbosses Geschäftspartner und Kunden begrüßt und bewirtet hatte, brauchte sie in ihrem neuen Leben nicht mehr. Das ganze Winterzeug noch weniger. Sie nahm den Blazer vom Bügel, der so gut zur dunkelblauen Hose und der cremefarbenen Seidenbluse passte und entschied sich dazu, auch noch einen leichten Pulli mitzunehmen, bevor sie in bequeme Sneakers schlüpfte. Sie benötigte in den nächsten Tagen knitterfreie und praktische Kleidung.

Ihren Flug in die Schweiz und am nächsten Tag weiter nach Malaga hatte sie im örtlichen Reisebüro gebucht. One-Way. Sie hatte nicht die Absicht zurückzukommen. Das Gepäck war überschaubar. Nur die nötigsten Kleidungsstücke und Schuhe, Kosmetik und natürlich ihr Schmuck. Sie würde sich fast immer in der Wärme aufhalten und außerdem hatte sie vor, sich neue, extravagantere oder fetzigere Klamotten nachzukaufen.

Sie war froh, diesen alten Kasten mit seinen vielen antiken Möbeln hinter sich zu lassen. Ihr wäre schon immer ein modernes Haus oder ein schickes Penthouse lieber gewesen. Aber Jörg hatte davon nichts wissen wollen. Familienerbe, so etwas verkauft man nicht. Bla bla bla. Ein Glück, dass sie es so schnell losgeworden war. Jetzt konnte dieser Jason West, oder wie immer er in Wirklichkeit hieß, darin einziehen und sein Kindheitstrauma vom armen Putzfrauensohn aufarbeiten.

Zum Glück hatte alles wie am Schnürchen geklappt. Notar, Grundbuch usw. Er hatte es eilig gehabt, weil der nächste Filmdreh bevorstand und sie natürlich auch. Ein Glück, dass sie sich nicht um das Mobiliar und den sonstigen Krempel hatte kümmern müssen, weil der Kerl das antike Gerümpel so toll fand. Na ja, ohne Schminke und Toupet sah der auch schon antik aus. Hollywood-Star - vor noch nicht allzulanger Zeit wäre sie wahrscheinlich auf den geflogen, denn der Typ hatte offensichtlich Geld wie Heu. Aber inzwischen hatte sie genug von solch alten Säcken, und Geld hatte sie jetzt selbst. Das alte Leben mit seinen gesellschaftlichen Zwängen lag hinter ihr, der erste Schritt ins neue, aufregende war getan. Draußen wartete bereits das Taxi. Als die Haustür hinter ihr ins Schloss fiel, atmete sie auf.

Karola Voigt starrte fassungslos auf etliche Dutzend grauer Müllsäcke, die sich in der Diele stapelten.

»Bitte schaffen Sie das Zeug in den Säcken zur Müllumladestation. In den Schränken hängen noch Jörgs

Anzüge und viele meiner Kleider. Machen Sie damit, was Sie meinen. Wegwerfen, oder spenden Sie den ganzen Kram der Heilsarmee oder sonst wem. Dieser Schauspieler hat das Haus komplett möbliert gekauft, einschließlich Geschirr usw. Er wird später entscheiden, was er behalten will. Seine Mutter wird Ihnen bei der Durchsicht behilflich sein. Ach ja, das restliche Gehalt für Sie und Ihren Mann habe ich auf Ihr Konto überwiesen.« Mit diesen Worten war sie grußlos zur Tür hinausgerauscht und in das wartende Taxi gestiegen.

Arrogante Kuh! »Rüdiger«, sagte die Haushälterin zu ihrem Mann, »du wirst mir helfen müssen, die ganzen Säcke wegzubringen. Wir werden den Anhänger brauchen, sonst fahren wir x-mal.«

»Klar, und dann sehen wir die vielen Kleider in den Schränken durch. Vielleicht ist da was für dich dabei.«

»Ach Rüdiger, das wäre ja schön. Aber die Klamotten passen mir leider nicht.«

Rüdiger Voigt betrachtete seine kleine, pummelige Frau mit der großmütterlichen Dauerwellenfrisur. Nein, die elegante Garderobe der großen, schlanken Frau Brandmüller war nichts für sie. Genauso wenig wie ihm die Anzüge ihres verstorbenen Ehemanns passen würden. Und überhaupt, wann und wo sollte er die tragen? »Die Sachen lassen sich bestimmt im Secondhandshop verkaufen«, entschied er. »Und für den Erlös kaufst du dir ein paar schicke Sachen, die dir passen. Ja, und eine modernere Frisur solltest du dir auch zulegen. Nur weil du bald 60 wirst, bist noch nicht zu alt dafür!«

Die Bankgeschäfte in Zürich waren schnell erledigt. Sie checkte in einem Hotel ein und flog am nächsten Morgen weiter nach Malaga. Mit einem Taxi ließ sie sich nach Torre del Mar zu ihrer Stiefmutter fahren. Am Tag darauf nahm sie die Eisenbahn. Nach mehrmaligem Umsteigen kam sie endlich in Paris an. Sie widerstand der Versuchung, eine ausgedehnte Shoppingtour durch die Modehäuser der Stadt zu unternehmen, sondern ließ sich per Taxi zum internationalen Flughafen kutschieren. Sie buchte einen Flug nach Bangkok und verbrachte eine Nacht im Flughafenhotel. In Bangkok blieb sie zum Ausspannen für zwei Tage in einem Luxus-Resort, bevor sie mit einem Return-Ticket den Flieger nach Sydney bestieg. Ohne Rückflug und ohne Visum würde man sie sonst nicht ins Land lassen.

Als der Flieger abhob, atmete Nadine auf. Erst jetzt konnte sie sich richtig entspannen, obwohl sie sicher war, dass sich ihre Spur nicht so einfach nachverfolgen ließ. Aber warum sollte das jemand versuchen. Es gab keinen Anlass, sie zu verdächtigen und schon gar keine Möglichkeit, ihr irgendetwas nachzuweisen. Und genau in diesem Moment überfiel es sie eiskalt: Sie hatte das belastende Material nicht richtig entsorgt. Zuerst hatte sie es aufgehoben, weil sie sich nicht sicher war, ob gleich der erste Versuch die entsprechende Wirkung zeigen würde. Dann hatte sie es in eine Tüte gepackt, um damit zur Müllstation zu fahren. Dummerweise hatte sich genau zu diesem Zeitpunkt der Makler angekündigt. Sie hatte die Tüte versteckt und vergessen. Erst als sie ihre persönlichen Sachen zusammengepackt hatte, war sie ihr wieder unter die Finger gekommen. Aber vermutlich war inzwischen längst alles auf dem Müll gelandet. Sie war jetzt auf dem Weg in eine der schönsten Städte der Welt, hatte für eine Woche ein luxuriöses Hotel gebucht und dann würde sie weiter nach Brisbane fliegen.

»So, das wäre die letzte Fuhre, danach nehmen wir uns die edle Garderobe der Dame vor!« Rüdiger Voigt hievte den letzten Müllsack auf den Anhänger, blieb dabei aber an einer schadhaften Außenkante hängen. Die Plastikfolie zerriss, und der Inhalt des Sacks verteilte sich klappernd auf dem Pflaster.

»Kannst du nicht aufpassen?«, schnauzte ihn seine Frau genervt an. Sie holte eilig einen neuen Müllsack und schimpfte: »Jetzt müssen wir den ganzen Krempel wieder aufsammeln!«

Der Gescholtene zuckte ergeben mit den Schultern und begann, Kosmetika, diverse Lockenstäbe und Haarbürsten, High Heels, ausgemusterte Handtaschen und anderen Kram in den neuen Sack zu stopfen. Warum er in eine undurchsichtige Plastiktüte mit dem Aufdruck eines Drogeriemarkts hineinsah, bevor er ihn zu den anderen Sachen in den Müllsack warf, wusste er selbst nicht.

»Was ist denn das für ein komisches Ding?« Das eckige Kunststoffgerät, das er in der Hand hielt, bestand aus mehreren Teilen. Eine Platte hatte runde Vertiefungen, während die andere scheinbar das Gegenstück war, denn die Zapfen passten genau in die Vertiefungen hinein. Außerdem war da noch ein Beutel mit halben, weißen Kunststoffkapseln dabei. Aber nicht nur das, in einer kleineren Tüte fand er etliche gefüllte Kapseln.«

»Ich kann dir sagen, was das ist«. Karola griff in den Beutel, der mit ›Leerkapseln, weiß, Größe 0‹ beschriftet war. »Damit kann man selbst Kapseln aus Vitaminpulver oder anderen schlecht schmeckenden Nahrungsergänzungsmitteln herstellen«.

»Aha, und warum sollte man das tun?«

»Das kommt billiger, als wenn man solche Vitaminkapseln fertig in der Apotheke kauft. Meine Tante Hedwig benützt auch so ein Ding für die ganzen Vitamine, die sie schluckt«.

»Verstehe. Drum ist sie schon so alt und noch immer fit. Aber was ich nicht kapiere: Deine Tante Hedwig bezieht nur ne kleine Rente und muss sparen. Das leuchtet ein. Diese Frau Brandmüller hingegen ist zwar knauserig, wenn es um uns geht, aber Geld hat sie mehr als genug. An sich selbst hat die bestimmt noch nie gespart. Warum sollte die sich ihre Vitaminkapseln selbst herstellen? Und sieh mal, da in dem Beutel sind ja auch ein paar fertige Kapseln drin. Was das wohl für ein Zeug ist?«

»Rüdiger, wir werden diesen Kapselfüller samt den Leerkapseln aufheben, besonders aber die vollen. Weiß der Teufel, was da drin ist.«

»Gift?«

»Gut möglich. Wir sollten damit zur Polizei gehen.«

»Karola, das gibt nur unnötiges Theater«.

»Die Brandmüller hat vermutlich ihren Mann umgebracht!«

»Das geht uns doch gar nichts an«.

»Doch, das geht uns was an!«

»Und wenn das Zeug ganz harmlos ist?«

»Egal, ich geh damit zur Polizei!«

Kapitel 6

Ein ganzes Jahr lang hatten sie geplant. Kaum dass sie von ihrer erlebnisreichen, und mitunter recht aufregenden, einjährigen Nordamerikareise zurückgekommen waren, hatten sie ihre Fühler nach einem neuen, geeigneten Wohnmobil ausgestreckt. Sie hatten bereits einige Europareisen mit dem neuen Mobil unternommen, um es auf Herz und Nieren zu prüfen, sie hatten die Route geplant und sich durch die bürokratischen Anforderungen gearbeitet. Und nun waren sie wirklich und tatsächlich hier.

»Sagenhaft, dieses Panorama!«, schwärmte Helga. Sie hatte den eben erstandenen Buschhut aufgesetzt, saß auf der Treppe des Opernhauses und genoss das Gefühl, *Down Under* in Sydney, am anderen Ende der Welt zu sein. Jürgen hatte die Spiegelreflexkamera gezückt und kommandierte: »Sag mal ‚Cheese'!«

»Wart doch noch ein wenig mit dem Foto«, schlug Helga vor. »Du kriegst doch viel zu viele Leute mit aufs Bild!« Aber Jürgen hatte schon abgedrückt.

»Wenn ich warten soll, bis du ganz alleine auf der Treppe vor *dem* Sydney-Motiv sitzt, dann steh ich heute Abend noch da. Es sind einfach zu viele Touristen unterwegs!«

»Ja ja, die Touristen sind immer nur die anderen!«, feixte Helga. »Aber die Stadt ist ein Traum! Die Lage ist einfach fantastisch! Der botanische Garten mit seinen exotischen Gewächsen, die Skyline - ich kann mich gar nicht sattsehen!«

»Es war eine gute Entscheidung, dass wir schon eine Woche vor Ankunft unseres Wohnmobils nach Sydney geflogen sind und uns in einem kleinen Hotel eingemietet haben«, bekräftigte Jürgen. »Wir können die U-Bahn benützen und mit den Fähren die anderen Stadtteile erkunden.«

»Ja, wir bummeln jetzt gleich mal zum Circular Quai wo die Boote anlegen«, schlug Helga vor. »Außerdem sollen dort immer wieder Didgeridoospieler ihr Können zum Besten geben.«

Sie hörten die charakteristischen Töne dieses archaischen Musikinstruments schon von Weitem. Eine Menschentraube hatte sich um einen Aborigine versammelt. Der saß auf einem Kängurufell und war lediglich mit einem roten, lendenschurzähnlichen Tuch bekleidet. Gesicht und Körper hatte er mit weißer Farbe bemalt und mit roten Streifen verziert. Die Zuhörer belohnten sein ausdauerndes Spiel mit Münzen, die sie reichlich in ein bereitstehendes Körbchen warfen.

Helga fasste Jürgen am Arm: »Komm, wir wollen noch ein Stück weiter vor, dann sehen wir besser!« Sie versuchten, sich ein wenig weiter nach vorne durchzuschieben, als eine Frau vor ihnen etwas zurückwich und Helga auf den Fuß trat.

»Entschuldigung«, sagte die Frau reflexartig, drehte sich um, starrte Helga einen kurzen Augenblick erschrocken an und sagte dann demonstrativ auf Englisch: »Sorry! Excuse me please! My mistake!«, und war im nächsten Moment in der Menge verschwunden.

Helga blieb eine Erwiderung im Hals stecken. »Das war doch eben ... Ja, das war Nadine Brandmüller! Ganz ohne Zweifel. Ich verstehe nicht, warum die so seltsam reagiert hat. Ich glaube, sie war erschrocken, als sie mich sah«.

»Na, so schrecklich siehst du doch mit deinem neuen Buschhut gar nicht aus!«, spöttelte Jürgen. »Außerdem, warum sollte die erschrecken. Die Frau kann tun und lassen, was sie will; auch nach Australien reisen. Im Übrigen kannst du dich getäuscht haben. Es wäre schon ein großer Zufall, ihr hier über den Weg zu laufen.«

»Ich kenne die Frau doch noch aus meiner Zeit bei der Bank. Ich habe ihre Stimme erkannt. Sie tat so, als kenne sie mich nicht. Nach ihrer reflexhaften Entschuldigung auf Deutsch kam demonstrativ eine in Englisch hinterher. Ist schon irgendwie merkwürdig!«

»Ach, zerbrich dir nicht den Kopf darüber, ob sie es war oder nicht. Kann dir schnurzegal sein. Hören wir lieber dem tollen Didgeridoospieler zu und schießen ein paar Fotos von ihm!«

»Du hast recht! Und morgen sehen wir uns den berühmten Bondi Beach an!«

»Genau, und ich werde mir ein Didgeridoo kaufen!«

»Dirk, du wirst doch nicht etwa gewachsen sein?«, witzelte Becker. »Das ist in deinem Alter ja eher ungewöhnlich!«

»Gewachsen? Was soll das«, fragte Hagemann irritiert.

»Okay, in die Breite bin ich ein Stück gegangen. Die zwei Zentner hab ich bald voll.«

Die Kollegen grinsten noch immer. »Es ist nur, weil deine Hosen auf Hochwasser stehen!«, erklärte Warnecke. »Sieht aus wie bei meinem Jüngsten, wenn der einen kräftigen Schuss gemacht hat! Er braucht dann dringend neue Jeans.«

»Ach das«, Hagemann zuckte mit den Schultern. »Das sind neue Jeans. Die Alten sind alle zu eng. Drum hab ich neue gekauft. Aber bei meiner schlanken Taille und meiner stolzen Größe von 165 cm, sind mir sämtliche Hosenbeine zu lang. Ich hab die gleich kürzen lassen und gestern Abend abgeholt. Probiert hab ich sie allerdings erst heute. Dummerweise hing die andere Hose, die noch passt, nass auf der Leine!«

»Ja ja, zweimal abgeschnitten und immer noch zu kurz!«, feixte Becker, und Warnecke prustete: »Der Schneiderin würde ich mit einem Haftbefehl drohen. Diese Hochwasserhosen sind Körperverletzung!«

»Ja, lacht nur«, schmollte Hagemann, »scheinbar wollt ihr gar nicht wissen, was in den obskuren Kapseln drin war.«

Augenblicklich waren die Kollegen wieder ernst.

»Na sag schon!«, verlangte Warnecke ungeduldig. »Wir nehmen die Hochwasserhosen zurück und marschieren stattdessen heute Abend zu dritt in den Jeansladen, zücke unsere Ausweise und Dienstwaffen und verlangen eine neue Hose. Umsonst natürlich. Notfalls lassen wir das SEK anrücken!«

Hagemann sah von einem zum anderen und atmete tief durch:

»Puderzucker!«, verkündete er. »Das weiße Zeug in den Kapseln ist Puderzucker!«

Die Kollegen sagen ihn ungläubig an. »Puderzucker? Warum sollte jemand Puderzucker in Kapseln füllen?« Becker war irritiert.

Hagemann grinste von einem Ohr zum anderen. »Ich hab doch gar nicht behauptet, dass nur Puderzucker drin war!«

»Jetzt spann uns nicht auf die Folter!«, forderte ihn Warnecke auf.

»Der Puderzucker war nur die Trägersubstanz!«

»Trägersubstanz? Für was? Jetzt lass dir doch nicht jedes Wort aus der Nase ziehen!« Beckers Ungeduld wuchs zunehmend.

»Parathion! Besser bekannt als E 605, gemeinhin Schwiegermuttergift genannt«, dozierte Hagemann. »Wirkt aber auch bei reichen, alten Ehemännern. Die Dosis in den einzelnen Kapseln war jedenfalls mehr als ausreichend, um einen erwachsenen Mann ins Jenseits zu befördern.«

»Wurde das Zeug nicht längst verboten?«, fragte Becker.

»Schon, aber ich möchte nicht wissen, wie viel davon noch in Gärtnereien, in alten Gartenschuppen und Scheunen rumsteht.«

»Zum Beispiel im Gartenschuppen der Villa Brandmüller?« Warnecke war von seinem Stuhl aufgesprungen.

»Sind Fingerabdrücke auf den Kapseln?«

»Nicht viele, aber ein paar hab ich doch gefunden! Auch auf dem Gerät. Jetzt müssten wir sie nur noch mit den Abdrücken der trauernden Witwe vergleichen.«

»Die trauernde Witwe hat sich nach Spanien abgesetzt. Aber bevor wir die spanische Polizei einschalten, sehen wir doch erst mal, ob wir noch Vergleichsabdrücke finden!«

Mit diesen Worten griff Warnecke zum Telefon:

»Frau Voigt«, sagte er, als das Gespräch am anderen Ende abgenommen wurde, »hoffentlich haben Sie in der Villa noch keinen Großputz veranstaltet!«

Kapitel 7

Er schaltete das Handy aus und schleuderte es wütend auf den Liegestuhl. Hatte er soeben noch den Strand und sein morgendliches Bad im Meer genossen, so war jetzt seine gute Stimmung dahin. *Brisbane* hatte er gesagt. Und was macht sie? Fliegt nach Sydney und quartiert sich großspurig in einem Luxushotel ein, damit sich wirklich jeder gut an sie erinnern kann. Natürlich unter ihrem richtigen Namen! Er hatte ihr lang und breit eingeschärft, dass sie so wenig Spuren wie möglich hinterlassen durfte. Ausgerechnet jetzt, wo die Polizei hellhörig geworden war, ihr Alibi überprüfte und überall herumschnüffelte. Vermutlich waren ihr irgendwo Fehler unterlaufen. Er musste unbedingt verhindern, dass sie in einen Flieger nach Brisbane stieg und weitere Spuren hinterließ. Alles war überaus sorgfältig geplant und er hatte keine Lust, sich das von ihr kaputtmachen zu lassen. Hoffentlich hatte sie seine anderen Anweisungen genauestens befolgt. Jeder Flug, jedes gekaufte Ticket konnte von der Polizei nachverfolgt werden. Bevor sie erneut buchte, musste er nach Sydney zurückfahren. Keinesfalls durfte man sie mit ihm in Verbindung bringen. Erst wenn sie ihr Aussehen verändert und falsche Papiere hatte, könnte er etwas sorgloser sein.

Seufzend hob er das Handy wieder vom Liegestuhl auf und schickte ihr eine SMS: »Bleib in Sydney. Ich hol dich dort ab!«

Sie hatten sicherheitshalber einen Durchsuchungsbeschluss eingeholt, obwohl Dieter Rödel, alias Jason West, mittlerweile rechtmäßiger Eigentümer der Villa, per Fax seine Zustimmung gegeben hatte. Er würde das Haus erst nach Beendigung seines neuen Films beziehen.

Aufgelöst wuselte die Haushälterin herum, als das Team der Spurensicherung in weißen Schutzanzügen aufmarschierte und unter dem Kommando Hagemanns die Arbeit aufnahm.

»Frau Voigt, immer mit der Ruhe!«, beschwichtigte Jan Warnecke die aufgeregte Frau. »Bitte zeigen Sie den Kollegen das Schlafzimmer und das Bad der Frau Brandmüller. Dort werden vermutlich am wenigsten fremde Abdrücke vorhanden sein. Und danach brauchen wir auch Ihre Abdrücke.«

Karola Voigt schnappte nach Luft.

»Keine Sorge, die brauchen wir nur, um sie von den anderen Abdrücken auszuschließen. Das kennen Sie doch sicher vom Fernsehkrimi.«

»Ja, natürlich. Aber Krimis im Fernsehen sind unterhaltsam, während die Wirklichkeit schrecklich ist. Wenn ich mir vorstelle, dass ich für eine Mörderin gearbeitet habe ...« Sie fasst sich ans Herz.

»Bis jetzt ist ja noch gar nichts bewiesen. Das ist erst ein Verdacht. Weiter gar nichts.«

»Jetzt stell dich nicht so an«, mischte sich ihr Mann ein. »Schließlich bist du doch selbst mit diesen Kapseln zur Polizei marschiert.«

»Ihre Fingerabdrücke brauchen wir natürlich auch.

Und zum Schluss wollen wir uns im Gartenschuppen umsehen«, fügte Warnecke hinzu.

Blumenerde, Blaukorn und Rasendünger lagen säckeweise zuunterst in einem stabilen Regal. Weiter oben standen staubige Dosen mit Schneckenkorn, Mittel gegen Ameisen und alle möglichen Spritzmittel gegen Blattläuse, Unkrautvernichter und andere Chemikalien, welche die verschiedenen Gärtner, die in langen Jahren für die Familie Brandmüller gearbeitet hatten, hier angesammelt hatten. Zuhinterst entdeckte Hagemann eine kleine Flasche. E 605 stand auf dem Etikett. Neben dem Warnhinweis »Gift« war ein Totenkopf abgebildet. Das Fläschchen war zwar auch staubig, aber dort, wo es die mutmaßliche Täterin mit Handschuhen angefasst hatte, war kein Staub mehr zu sehen. Fingerabdrücke würde er mit ziemlicher Sicherheit keine darauf finden. Aber Hagemann war sich jetzt schon sicher, dass genau diese Substanz dem Puderzucker in den Kapseln beigefügt worden war.

Die Fingerabdrücke in Schlafzimmer und Bad stimmten mit den Abdrücken auf den Kapseln und dem Füllgerät überein. Bei dieser Beweislast musste Warnecke den Richter nicht lange überzeugen, um an die gespeicherten biometrischen Daten der Nadine Brandmüller zu gelangen.

»Bingo!«, rief Hagemann. »Die Fingerabdrücke, die unsere trauernde Witwe für ihren Reisepass abgegeben hat, sind identisch mit denen auf den Kapseln!«

Hatte er alles dabei, was er brauchte? Norbert Diepold, der Friedhofsgärtner, kontrollierte noch einmal, was er auf die Pritsche des kleinen Dreirad-Pick-ups geladen hatte: Spaten, Schaufeln, Graberde, Torf und eine ausgesuchte Zusammenstellung kostspieliger und exotischer Pflanzen. Gestern hatte ihm der Steinmetz mitgeteilt, dass das Grab jetzt eingefasst und der Marmorgrabstein, das Ding war schon fast so groß wie ein Monument, fertig gereinigt war. Zu den vier Generationen der Familie Brandmüller, deren Daten in einer rückwärtigen Inschrift eingraviert waren, hatte er außerdem das Geburts-und Sterbedatum Jörg Brandmüllers hinzugefügt. Gerade mal 63 Jahre alt war der Inhaber der Firma BraMüTec geworden. Vermutlich hatte er zu viel geschuftet, hatte ohne Ende Geld gescheffelt, das ihm letztendlich doch nicht geholfen hatte. Jetzt würde seine letzte Ruhestätte bepflanzt werden. Dann konnte der alte Brandmüller das exklusive Pflanzenarrangement, das seine hinreißende, junge Witwe schon vor ein paar Wochen in Auftrag gegeben hatte, von unten ansehen.

Diepold ließ den Motor an und tuckerte langsam durch die Reihen der Gräber. »Eh, was ist jetzt? Hab ich die falsche Reihe erwischt?«, brummelte er verwirrt. Er sah noch einmal auf das Auftragsformular. Nein, er war schon richtig. Entgeistert starrte er auf das Szenario vor ihm. Dort, wo er die Bepflanzung anlegen sollte, wurde gebaggert. Ausgebaggert! Polizisten in Uniform und zivil standen dabei, als der Mahagonisarg vorsichtig aus der Grube gehievt wurde.

Der Lärm des Baggers hatte den Motor seines kleinen Gefährts übertönt. Niemand hatte ihn bisher gesehen. Instinktiv wich er hinter einen Busch zurück und zückte sein Smartphone. Er war nah genug dran am Geschehen, damit man problemlos erkennen konnte, was hier vor sich ging. *Keine unruhigen Schwenks, keine Wackler,* ermahnte er sich selbst, als er die Aufnahme aktivierte.

Er überprüfte kurz das Ergebnis und scrollte dann die Kontakte durch, bis er die Nummer seiner Tochter fand:

»Sandra, sieh dir das Video an, das ich dir gerade geschickt habe! Anschließend musst du sofort hierher kommen!«

Dieses Handyvideo war zwar keine Meisterleistung geworden, aber es würde ihr garantiert zu einer Festanstellung bei den »Daily News« verhelfen, wo sie bisher nur eine befristete Probezeit absolvierte. Sicher, er hatte sich für Sandra etwas Besseres gewünscht, als dieses reißerische Internet-Skandalblatt – aber in der Not frisst der Teufel Fliegen.

Vielleicht konnte er noch mehr in Erfahrung bringen. »Am besten einfach doof stellen«, nahm er sich vor, ließ den Motor seines kleinen Gefährts wieder an und steuerte mit einer Unschuldsmiene, die ihm sogar seine ewig misstrauische Ehefrau abgekauft hätte, auf den Ort des Geschehens zu.

»Halt! Sie können hier nicht weiter!« Mit der Autorität, die ihm seine Uniform verlieh, hielt ihn ein Polizist auf.

»Ja aber wieso ...«, stotterte er oskarreif, »... ich muss doch hier das Grab bepflanzen!«

»Das geht jetzt nicht!«, wies ihn der Uniformierte barsch zurecht.

»Aber meine Pflanzen! Die müssen doch in die Erde!«

Jetzt kam einer der Männer in Zivil auf ihn zu und zückte seinen Ausweis. »Jan Warnecke, Hauptkommissar« konnte er entziffern, obwohl er heute seine Brille noch nicht geputzt hatte.

»Wenn das Grab zur Bepflanzung freigegeben ist, bekommen Sie Bescheid!«, erklärte der Hauptkommissar ihm knapp. »Bitte würden Sie sich jetzt entfernen.«

Den Doofen zu spielen, fiel ihm gar nicht schwer. »Ach - ach sooo«, staunte er, »das ist eine Exhumierung! Jetzt hab ich's kapiert! Wurde der arme Mann etwa ermordet? Von wem denn? Von seiner Frau?«

Statt einer Antwort griff ihn einer der Uniformierten am Arm und führte ihn zu seinem immer noch vor sich hintuckernden Dreirad-Pick-up zurück. Diepold grinste zufrieden vor sich hin. Kriminalpolizei! Da konnte Sandra bestimmt eine hübsche Story draus basteln!

Sandra Diepold, die fantasiebegabte Tochter des Friedhofsgärtners, erfuhr zwar nicht, dass bei der Obduktion der exhumierten Leiche tatsächlich jenes E 605 gefunden wurde, das die Polizei im Gartenschuppen und den restlichen Kapseln sichergestellt hatte. Doch sie verfügte über genügend Fantasie, um aus den Zutaten: reicher Firmeninhaber, junge Witwe, Exhumierung und Kriminalpolizei, eine reißerische Story zu schreiben, die ziemlich nah die Wirklichkeit traf.

Die Kommissare Warnecke und Becker waren zufrieden, dass der Richter nicht umsonst die Exhumierung angeordnet hatte:

»So, und jetzt bitten wir die spanische Polizei um Amtshilfe. Die sollen unsere reiche, trauernde Witwe festnehmen und ausliefern!«, beschlossen sie. Leider fahndete die spanische Polizei vergeblich nach der mutmaßlichen deutschen Mörderin.

Kapitel 8

Liebe Freunde zuhause,
Sydney ist die schönste Stadt, die wir bisher gesehen haben! Wir sind vor lauter Begeisterung hin-und hergerissen. Schon beim Anflug hatten wir einen sagenhaften Blick auf das Opernhaus und die Harbour Bridge, was natürlich unsere Vorfreude immens steigerte.

Wir hatten den Flug so gebucht, dass wir eine Woche vor dem Wohnmobil hier ankamen. Im Stadtteil Kings Cross haben wir uns in einem kleinen Hotel einquartiert und von dort aus die Stadt erkundet. Es gibt ein ganz tolles Netz an öffentlichen Verkehrsmitteln. Dazu gehören nicht nur die U-Bahnen und Busse, sondern auch die Fähren. Zu einem supergünstigen Wochentarif kann man so ganz bequem die Stadt und die Umgebung erkunden.

Jürgen hatte tagelang die Souvenirshops durchforstet und sich nun auch einen dieser von Termiten ausgehöhlten Äste gekauft. Jetzt ist er unter die Didgeridoo-Spieler gegangen. Okay, das ist jetzt ein wenig übertrieben, denn wenn er sich damit an den Circular Quai stellen würde, wo viele Gaukler usw. ihr Können zeigen, müsste er verhungern. Aber er übt. Recht viel mehr als ein ziemlich unanständig klingendes Prusten kommt an Tönen aus diesem archaischen Aboriginal-Instrument aber noch nicht heraus.

Inzwischen sind wir wieder im Wohnmobil unterwegs. Es war eine aufregende Sache, bis wir den ganzen Behördenkram mit Carnet de Passages beim Zoll, der Quaran-

täne (das Wohnmobil musste von unten absolut sauber sein) und der temporären Zulassung beim RTA, der Roads & Traffic Authority, hinter uns gebracht haben. Vorher musste unser Wohnmobil sogar zu einer Art von TÜV.
Und dann konnte ich mich mit Lebensmitteln eindecken, ohne dass Jürgen, wie auf unserer Nordamerikareise, bei jeder Kartoffel zu viel, die Achsen brechen sah!
Jetzt sind wir auf dem Weg in die Blue Mountains.
Viele Grüße aus Down Under senden Euch
Helga und Jürgen

Es war frustrierend. Die spanische Polizei konnte Nadine Brandmüller nicht finden. Ihre Tochter wolle sich nur ein wenig das Land ansehen, die vielen Burgen, Kathedralen und Museen besichtigen, hatte Nadines Stiefmutter den Beamten erklärt. Aber die dringend Tatverdächtige schien sich in Luft aufgelöst zu haben.

Becker und Hagemann waren schon nach Hause gegangen. Auch Warnecke machte Feierabend. Es nagte an ihm, dass sie die mutmaßliche Mörderin nicht fassen konnten.

Um sich abzulenken, fuhr er nach dem Abendessen seinen Laptop hoch und checkte den Mailaccount. Die Brombachers hatten tatsächlich Wort gehalten und eine erste E-Mail geschickt.

»Da wäre ich jetzt auch gerne« seufzte er, als er den Bericht gelesen hatte. Dann klickte er sich durch die Fotos, die sie hochgeladen hatten. Wirklich eine tolle Stadt, dieses Sydney, murmelte er. Er bewunderte die Aufnahmen von der Skyline, die exotischen Bäume des Botanischen Gartens und amüsierte sich über das Foto von Frau Brombacher, die mit einem ledernen Buschhut auf dem Kopf auf den Stufen vor der berühmten Oper saß. Es war fotografisch kein tolles Bild, eben ein Souvenir, denn Jürgen Brombacher hatte die anderen Touristen nicht ausgeblendet. Rechts hinter Helga Brombacher stand eine blonde Frau, bzw. sie kam gerade die Treppe herunter. Warum er das Foto immer größer zoomte, wusste Warnecke selbst nicht so genau. Aber nachdem er es eine Zeit lang eingehend studiert hatte, griff er zum Telefon und rief Becker und Hagemann an. Jetzt wusste er, warum die spanische Polizei vergeblich nach Nadine Brandmüller fahndete.

Hagemann war kein Spezialist für Gesichtserkennung; außerdem war das Foto, das Jürgen Brombacher geschossen hatte, nur bedingt für einen Vergleich mit dem biometrischen Passfoto geeignet. Trotzdem war er sich ziemlich sicher, dass die Person auf der Treppe die per Haftbefehl gesuchte Nadine Brandmüller war.

»Vielleicht sollten wir ganz einfach mal zwei und zwei zusammenzählen«, schlug Warnecke vor. »Hanno Jachnik, der betrügerische Prokurist, hat sich bekanntermaßen nach Australien abgesetzt. Nadine Brandmüller, die trauernde Witwe, hat auf eine offizielle Anzeige verzichtet, obwohl es sich um beträchtliche Summen handelt, die sich dieser Jachnik unter den Nagel gerissen hat.«

»Genau!«, stimmte Becker zu. »Und wenn wir zusätzlich ein bisschen spekulieren, dann liegt doch der Verdacht nahe, dass Jachnik der ominöse Liebhaber ist, von dem Irene Föhr gefaselt hat.«

»Ja, da ist was dran«, meinte auch Hagemann. »Trotzdem können wir nicht mit Sicherheit sagen, dass sie und die Person auf dem Foto identisch sind.«

»Wir selbst kommen hier nicht mehr weiter«, stellte Warnecke klar. »Wir werden uns an Interpol wenden, damit die Brandmüller mittels eines internationalen Haftbefehls gesucht wird. Die können dann auch herausfinden, ob und mit welcher Airline sie in Australien eingereist ist.«

»Schätze mal, wir müssen uns in Geduld üben«, unkte Becker.

Wie üblich war sie auch jetzt nicht pünktlich. Er wartete schon seit einer halben Stunde im verabredeten Café. Jachnik bestellte sich eine weitere Tasse Cappuccino, als sein Handy den Eingang einer Textnachricht ankündigte. Die Nachricht bestand aus einem Link. Zu einem Online-Blättchen. Mit einem flauen Gefühl im Magen öffnete er ihn: »Jörg Brandmüller exhumiert!«, lautete die Überschrift in großen Lettern und mit einem dicken Ausrufungszeichen versehen. »Wurde der reiche Inhaber der Firma BraMüTec ermordet? Ist die schöne, junge Witwe eine Mörderin?« Natürlich hatte die Verfasserin des Artikels auch Fotos der mutmaßlichen Mörderin hochgeladen. Eines zeigte sie ganz in Schwarz bei der Beisetzung, auf einem anderen war sie in Großaufnahme zu sehen, sorgfältig geschminkt und zurechtgemacht für einen offiziellen Empfang.

Um ein Haar hätte er seinen Kaffee verschüttet, so sehr zitterten plötzlich seine Hände. Wo hatte sie Fehler gemacht? Der Plan war absolut wasserdicht gewesen. Ihm wäre es ja egal, wenn man sie schnappen würde. Aber es war noch zu früh, er hatte sein Ziel noch nicht erreicht. Außerdem würde sie ihn unter Garantie mit hineinreiten. Sie mussten so schnell wie möglich die belebten, touristischen Gegenden verlassen, bis Gras über die Sache gewachsen war. Denn dass die Polizei die Suche nach ihr über Deutschland und Europa hinaus ausweiten würde, war so sicher wie das Amen in der Kirche.

Er bestellte sich einen Whiskey, um seine Nerven zu beruhigen. Da ging die Tür des Cafés auf und augenblicklich zog sie alle Blicke auf sich, nicht nur die der Männer. Wie ein Filmstar über die Showtreppe schwebte sie durch das Café. Das enge, rote Seidenkleid mit dem Volant am tiefen Dekolleté und dem hohen Schlitz an der Seite, war nicht nur an Extravaganz kaum zu überbieten, sondern auch für die Tageszeit völlig deplatziert. Noch mehr auffallen ging kaum, noch mehr in der Erinnerung fremder Menschen bleiben auch nicht. Was dachte sie sich dabei? Am liebsten hätte er sie auf der Stelle erwürgt. Stattdessen küsste er sie auf die Wange und flüsterte: »Ich hab dich so sehr vermisst!« *Vor allem dein Vermögen. Hoffentlich hast du alles so gemacht, wie ich es dir erklärt habe.*

Nadine stutzte einen Moment, dann umarmte sie ihn stürmisch: »Fast hätte ich dich nicht erkannt!«, gurrte sie. Zwar auf Deutsch, aber doch eine ganze Spur zu laut. »Dein Bart! Er steht dir gut, aber er verdeckt dein Grübchen am Kinn, das ich so sehr liebe! Und die Haare hast du auch dunkler getönt und ein Stück wachsen lassen!«

Mein Gott, war das noch die stets übervorsichtige Nadine? Die untreue Ehefrau des alten Brandmüller? Wo hatte sie ihr Hirn gelassen? Er hatte sich so viel Mühe gegeben, sein Aussehen zu verändern. Jetzt musste er sie so schnell wie möglich auf den Boden der Tatsachen zurückholen. Nadine war eine Mörderin. Auch wenn in dem Skandalblättchen nur Mutmaßungen geäußert wurden, so stand sie garantiert unter dringendem Tatverdacht. Wie war es überhaupt möglich, dass der Polizei plötzlich Zweifel am natürlichen Tod des Alten gekommen waren? Schließlich hatte der Hausarzt doch eine natürliche Todesart festgestellt. Aber ohne einen gerechtfertigten Verdacht wäre der Alte nie ausgegraben worden.

Er wollte jetzt von hier weg. »Komm, lass uns gehen«, forderte er Nadine auf. »Wir haben heute noch ein Stück zu fahren.«

»Okay, hast du ein schickes Auto?«

»Ja, schick und vor allem praktisch!« Er hievte ihren Koffer aus dem wartenden Taxi und lotste sie eilig über den Parkplatz. »Hier sind wir!«

»Was ist das denn?«, rief sie entsetzt.

»Das ist mein Wohnmobil?«

»Ein Wohnmobil? Was soll das?«

»Da wohnt man drin, wie schon der Name sagt!« Er schloss auf, hob den Koffer durch die Tür und zog die widerstrebende Nadine hinterher. »Zum drin Schlafen, drin Kochen und duschen kann man auch! Und aufs Klo gehen«, vervollständigte er seine Erklärung. »Das muss allerdings regelmäßig geleert werden.«

»Das ist nicht dein Ernst!«, schnaubte sie. »Wir haben genug Geld, um in Luxushotels zu schlafen!«

»Stimmt! Und an jeder Rezeption wollen sie deinen Pass sehen!«

»Na und? Ich habe eine Anzeige gegen dich abgelehnt, und mit meinem Alibi war die Polizei zufrieden.«

Er sparte sich eine Antwort. Stattdessen klappte er seinen Laptop auf und suchte im Posteingang den Link, den er sich vorhin selbst vom Handy an seine Mailadresse geschickt hatte.

»Die denken doch ich wäre in Spanien«, sagte sie deutlich kleinlauter, nachdem sie den Artikel gelesen hatte.

»Und was ist, wenn sie zwei und zwei zusammenzählen?« Darauf gab sie keine Antwort.

»Du wirst dich in der nächsten Zeit möglichst unauffällig kleiden. Wie eine ganz normale Touristin.«

»Ja, Bermudas, schlabberige T-Shirts und Latschen!«, gab sie verächtlich zur Antwort.

»Allemal schicker als Gefängnisklamotten!« Mit diesen Worten drückte er ihr ein Baseballkäppi in die Hand und forderte sie auf: »Binde deine Haare zu einem Pferdeschwanz zusammen und setz das Käppi auf!«

»Es war gut, dass wir nach den Blue Mountains nicht gleich an die Küste runtergefahren sind«, schwärmte Helga. »Dieser Highway durch den Wollemi und Yengo Nationalpark gefällt mir. Dichter Eukalyptuswald, verwitterten Sandsteinfelsen, dazu die archaisch anmutenden Schluchten, - schade, dass man an den schönsten Stellen nicht halten und fotografieren kann!«

»Musst es halt machen wie die alten chinesischen Weisen«, witzelte Jürgen. »Im Hier und Jetzt leben, beziehungsweise alles gleich hier vor Ort ansehen!«

»Ich wette, wenn Laotse und Konfuzius anno dunnemals bereits eine digitale Spiegelreflexkamera besessen hätten, hätten sie auch fotografiert, was das Zeug hält, um zuhause alles noch einmal ansehen zu können!«

»Wenn wir den alten Konfuzius mal beiseitelassen«, meinte Jürgen, »wollen wir nicht langsam Schluss machen, und uns einen ruhigen Platz zum Übernachten suchen?«

»Ja, das wäre sinnvoll. Nach ca. 40 Kilometern müsste eine große Rest Area kommen. Vielleicht können wir dort auch eine kleine Wanderung durch den Eukalyptuswald machen!«

»Da vorne links kommt die Einfahrt zur Rest Area! Die scheint ziemlich weitläufig zu sein!«, stellte Helga zufrieden fest.

»Ja, hinten am Waldrand steht schon ein Wohnmobil. Wir sollten auch möglichst weit nach hinten fahren, stellen uns aber ein Stück weiter weg«, schlug Jürgen vor,

»damit die Leute in dem Mobil nicht glauben, wir wollen ihnen auf die Pelle rücken.«

»Diese australischen Rest Areas sind ganz nach meinem Geschmack«, schwärmte Helga. Man kann campen, ohne lange nach einem Campground zu suchen, muss keinen Cent bezahlen, und Grillmöglichkeiten sind auch vorhanden. Praktischer geht's nicht. Wie wär's, hast du Lust, zum Grillen? Oder soll ich die Hühnerbrust in der Pfanne braten?«

»Wenn du mich so fragst? Pfanne reicht!«

»Hab schon kapiert. Pfanne geht schneller, da musst du weder Holz noch Kohle zum Glühen bringen.«

»Du hast mich durchschaut!«, grinste Jürgen. »Dafür übernehm ich nachher den Abwasch«, versprach er. »Später gehen wir noch ein wenig spazieren und umrunden ganz diskret das australische Wohnmobil, das da vorne steht. Ich möchte es zumindest von außen begutachten. Es wäre ja schließlich auch eine Möglichkeit gewesen, hier eines vor Ort zu kaufen und es zum Schluss wieder zu verkaufen.«

»Schon, aber ich bin froh, dass wir unser solides, gut ausgestattetes Mobil mitgebracht haben.«

Jachnik sah von seinem Laptop auf. Er hatte richtig gehört: Ein Wohnmobil war vom Highway in die Rest Area eingebogen und steuerte zielstrebig nach hinten auf den Waldrand zu. Wollten die sich am Ende direkt neben sein Mobil stellen? Diese Wohnmobilfahrer waren doch allesamt lästig wie die Schmeißfliegen und neugierig wie alte

Waschweiber. Die würden am liebsten augenblicklich jedes fremde Wohnmobil entern und von außen und innen besichtigen und begutachten. Er atmete auf, als das Wohnmobil nach rechts schwenkte. Jetzt konnte er den großen Aufkleber am Heck entziffern: »LEFT HAND DRIVE«, was bedeutete, dass der Fahrer vermutlich Europäer war. Oder Amerikaner.

Nein, amerikanisch sah das Mobil nicht aus. Sicher waren es Deutsche. Die schwirrten hier in Massen rum. Die meisten allerdings in den Mobilen der großen Verleihfirmen. Man erkannte sie leicht an den bunten Aufdrucken. Er konnte das Nummernschild auf die Ferne zwar nicht lesen, aber der Form nach sah es deutsch aus.

Reg dich ab, dachte er. Im Gegensatz zu Nadine wirst du nicht gesucht. Außerdem wäre es schon ein ziemlicher Zufall, wenn diese Touristen über ihn oder Nadine Bescheid wüssten. Es gab keinen Grund, sich verrückt zu machen. Hanno Jachnik wandte sich wieder seinem Laptop zu. Doch er konnte sich nicht mehr konzentrieren. Seine Gedanken schweiften ab und sein Blick ging automatisch immer wieder zum Fenster. Jetzt spazierte der Typ vom Wohnmobil auch noch draußen herum. Dem Aussehen nach war es ein Rentner, der immer engere Kreise ums Wohnmobil zog.

Jachnik hatte vorgehabt, den Grill zu schüren. Das würde er jetzt lieber bleiben lassen. Nun müsste Nadine, die sich in einen Roman vertieft hatte, eben auf dem Herd kochen. Dazu verspürte sie zwar genauso wenig Lust, wie sich auf dem Campingstuhl ins Freie zu setzen, wo sie die allgegenwärtigen Buschfliegen nervten. Außerdem hatte sie stets Angst vor Schlangen und Spinnen und befürchtete, dass die Viecher überall auf sie lauerten. Nein, für ein Campingleben war Nadine nicht geschaffen. Aber er würde sie sehr bald von der Unbill des Outdoorlebens erlösen.

Rührei mit pappigem Weißbrot! Sah so das unbeschwerte Leben aus, für das sie so viel riskiert hatte? Aber Hanno hatte wegen dieses blöden Campers, der ein Stück abseits parkte, nicht grillen wollen, während sie zu einer aufwendigeren Kocherei keine Lust verspürt hatte. Schon gar nicht im Wohnmobil, ohne Spülmaschine, ohne Haushälterin. Nicht mehr lange, hatte Hanno sie getröstet. In Brisbane bekommst du australische Papiere, zwar falsche, aber immerhin.

Nadine spülte das wenig schmackhafte Abendessen mit australischem Dosenbier hinunter, bevor sie die Teller und die Pfanne in die Spüle stellte. Den Abwasch sollte gefälligst Hanno übernehmen. Sie wollte das Ausstellfenster über der Kochecke öffnen, damit die Essensgerüche abziehen konnten. Mitten in der Bewegung hielt sie inne. Da war sie schon wieder! Zusammen mit einem Mann. Vermutlich war das ihr Ehemann. Sie hatte sich in Sydney also doch nicht getäuscht. Soviel sie wusste, war diese Frau Brombacher schon einige Zeit in Rente. Ob sie wohl schon länger in Australien herumgondelte? Vermutlich wusste diese Frau überhaupt nichts über die neueren Ereignisse in Kleinaltheim. Warum also sollte sie sich verrückt machen.

»Geh weg vom Fenster!«, zischte Hanno. Er packte sie am Arm und zog sie hastig beiseite. »Das ist die Brombacher vom Bankhaus Wiebke & Söhne! Die kennt mich! Nicht dass die plötzlich an die Tür klopft und einen Plausch halten will!«

»Wäre das so schlimm?«

»Ich will's nicht draufankommen lassen.«

»Dann zieh die Gardinen zu, oder mach die Rollos dicht!«

»Nein«, entschied Hanno, »das ist zu auffällig. Das macht die erst recht neugierig. Wir hauen ab, suchen uns einen Campingplatz oder stellen uns auf die nächste Rest Area.«

Helga drehte sich um. Sie hatte richtig gehört. Der Fahrer des australischen Wohnmobils hatte den Motor angelassen. Er lenkte das Fahrzeug auf die Fahrbahn und gab so viel Gas, dass der Schotter unter den Reifen hochprasselte. Sie sprang zur Seite und sah kopfschüttelnd dem Fahrzeug nach. Der Mann am Steuer schien ein seltsamer Typ zu sein. Sein dunkles Baseballkäppi hatte er tief ins Gesicht gezogen und obwohl die Dämmerung bereits einsetzte, trug er eine große, dunkle Sonnenbrille. Auf dem Beifahrersitz saß niemand, obwohl sie doch vorhin die Silhouette einer Frau am Fenster gesehen hatte.

Ein Schild kündigte den Highway 34 an. Sollte er zur Küste abzweigen? Oder doch lieber auf dem New England Highway bleiben? Was würden die lästigen Brombachers tun? Er vermutete, dass sie sich das berühmte Koala Krankenhaus in Port Macquarie nicht entgehen lassen wollten. Deshalb entschied er sich gegen die Abzweigung und blieb auf dem New England Highway. Außerdem war es nicht mehr weit bis nach Armidale.

Das ausgiebige und überraschend schmackhafte Frühstück in einem kleinen Restaurant hatte sie milde gestimmt. Jetzt war der Zeitpunkt ideal. Es würde ihn nicht allzu viel Überredungskunst kosten. Außerdem musste er dringend etwas Wichtiges alleine im Wohnmobil erledigen. Zielstrebig parkte er vor dem größten Friseursalon der Stadt.

»Es ist zwar schade um dein schönes Haar, aber du musst es jetzt abschneiden lassen«, begann er vorsichtig.

»Nein, ich kann es ja wieder unter einer Kappe verstecken!«

»Du kannst nicht immer mit einer Kappe rumlaufen.«

»Mein langes, goldblondes Haar ist mein ganzer Stolz!«, protestierte sie.

»Das wächst wieder. Du musst dein Aussehen unbedingt verändern. Jetzt wo wir wissen, dass die Brombacher hier rumkurvt, ist es gefährlich für dich geworden. Bitte lass dein Haar so kurz wie möglich schneiden! Du willst ja nicht im Knast landen. Haar wächst wieder, der Knast wäre lebenslänglich!«

»Aber färben lasse ich es nicht!«

»Schneiden reicht erst mal!«, tröstete er sie. *Gefärbt wird erst in der nächsten Stadt. Schneiden und färben auf einen Sitz ist zu auffällig.*

Hanno hatte einen kurzen Blick in den Salon geworfen und zufrieden festgestellt, dass Nadine würde warten müssen. Unter einem Stapel T-Shirts in einem ihrer Staufächer fand er ihren Laptop. Er fuhr ihn hoch, und tippte ihr Passwort ein, das er kürzlich ausgespäht hatte. Die anderen, wirklich wichtigen Passwörter hatte sie in einer Liste bei den Dokumenten notiert. Es war nicht schwierig, sich in ihre Banken einzuloggen. Zufrieden stellte er fest, dass sie alles so gemacht hatte, wie er es ihr vorgeschlagen hatte. Jetzt hatte er nicht nur das kleine Vögelchen in der Hand, sondern die dicke, fette Taube. Die wollte er so nach und kräftig rupfen.

Nadine hatte Tränen der Wut in den Augen. »Sieh mich an, wie mich dieser vertrottelte Provinzfriseur verunstaltet hat!«, fauchte sie. »So kann ich mich ja nirgends blicken lassen!«

Oh ja, der Haarschnitt war wirklich stümperhaft. Als wenn ihr der Friseur einen Topf auf den Kopf gestülpt und außenrum alles, was drunter vorsah, weggeschnippelt hätte. Aber das kam seinen Plänen nur zugute.

»In der nächsten Stadt lässt du es noch einmal nachschneiden. Es ist ja gar nicht so kurz geschnitten. Ein guter Friseur kann dir daraus einen schicken Schnitt zaubern«, tröstete er. *Und färben kann er auch gleich.* »Und bis dahin, setzt du halt das Käppi wieder auf.«

»Da kannst du Gift drauf nehmen. So setz ich keinen Schritt vor die Tür! Und außerdem habe ich mir das Leben in Australien anders vorgestellt!«, schnaubte sie.

»Ich weiß, mein Engel. Aber bis Brisbane musst du dich noch ein wenig gedulden.«

Kapitel 9

Jason West hatte es schon immer so gehalten. Wenn er eine Rolle annahm, die irgendwo in einer Ecke der Welt spielte, die er nicht kannte, dann verbrachte er dort vorher einige Wochen, um sich einzufühlen, um ein Gespür für die Umgebung und die Menschen zu bekommen. Um Land und Leute kennenzulernen, mied er auch meist die großen Hotels, sondern bevorzugte kleine Pensionen.

Dieses Mal hatte er in Sydney einen handlichen Van gemietet. Abseits des touristischen Küstenhighways kurvte er nordwärts, verband das Angenehme mit dem Nützlichen, nächtigte auf Rest Areas oder Campingplätzen und verbrachte die Abende mit dem Studium des Drehbuchs und dem Lernen seines Textes. Das unkomplizierte Leben im Wohnmobil gefiel ihm. Er genoss mit allen Sinnen die einfachen, ruhigen Plätze inmitten ursprünglicher Natur. Morgens wurde er vom Gelächter der Kookaburras geweckt, vom Gekreisch der Kakadus oder dem Gesang der Flötenvögel. Das einzige Problem war, dass seine Kochkünste nur zum Aufgießen von Instantkaffee taugten. Grillen war auch nicht sein Ding und Dosenfutter noch viel weniger. Bevor er über den Gwydir Highway durch den Washpool und den Gibraltar Range Nationalpark an die Küste hinunterfahren wollte, hielt er in Glen Innes vor einem Restaurant.

Während er auf sein Steak wartete, begann er mit dem reichhaltigen Salat, sah sich im Lokal um, beobachtete die

Gäste und hörte plötzlich, dass in seiner unmittelbaren Nähe deutsch gesprochen wurde. Am Tisch schräg vor ihm, saßen ein Mann und eine Frau. Die Stimme der Frau kam ihm bekannt vor. Allerdings wusste er nicht so recht, wo er sie in seiner Erinnerung hinstecken sollte. Er sah sie leider nur von hinten. Sie hatte dunkelbraunes, sehr kurz geschnittenes Haar, an dem sie dauernd herumzupfte. Mit Jeans und Shirt war sie wie eine Touristin gekleidet.

»So wie ich jetzt aussehe, getraue ich mich ja gar nicht mehr unter die Leute!«, schimpfte sie. »Das ist keine Haarfarbe, das ist kackbraun!«

Jason ließ die Gabel sinken und versuchte zu verstehen, was der Mann, der ihr gegenüber saß, er mochte um die Vierzig sein, antwortete. Aber der sprach leiser. Am Tonfall ließ sich jedoch erahnen, dass er versuchte, sie zu beschwichtigen.

»Ich hab schon kapiert«, fauchte die Frau. »Bis Brisbane! Ich bin ja nicht doof!«

Woher nur kannte er die Stimme? Wieder antwortete der Mann. Leise und unverständlich.

Die Bedienung brachte das Steak und die Pommes. Jason sah auf seinen Teller, schnitt das Fleisch und beschränkte sich aufs Hören.

»Ja, ich weiß. Ein Foto auch. Und dann setz ich wieder das Käppi oder einen Buschhut auf!«

Jetzt, wo er das Visuelle ausblendete, wusste er es. Die Stimme erinnerte ihn an die elegante Frau Brandmüller. Die Frau mit den langen, goldblond glänzenden Haaren. Die Frau, deren Villa er gekauft hatte. Aber das konnte ja schlecht sein. Die war ja nach Spanien gezogen. Oder doch nicht? Wie war das damals gewesen? Die deutsche Polizei hatte um sein Einverständnis zu einer Hausdurchsuchung gebeten, weil er ja bereits der neue Eigentümer war, auch wenn er das Haus noch gar nicht bezogen hatte. Worum es bei der Aktion gegangen war, hatte man ihm nicht mitgeteilt. Er riskierte noch einmal einen Blick zum Nachbartisch, aber die Frau schwieg jetzt. Der Mann jedoch schien seine Neugier bemerkt zu haben. Er musterte ihn mit finsterer Miene. Hatte er ihn erkannt? Einfach so? Das war eher unwahrscheinlich. Handelte es sich bei seiner Begleiterin tatsächlich um die optisch veränderte Frau Brandmüller, dann wusste dieser Typ mit ziemlicher Sicherheit, an wen sie ihr Haus verkauft hatte. Dann war davon auszugehen, dass er ihn doch erkannt hatte.

Jason widmete sich wieder demonstrativ seinem Steak, konnte aber nicht verhindern, dass sich die Gedanken in seinem Kopf überschlugen. War diese Frau tatsächlich Frau Brandmüller, dann hatte sie gewiss einen triftigen Grund, ihr Aussehen so radikal zu verändern. Dann war auch davon auszugehen, dass die Hausdurchsuchung nicht grundlos stattgefunden hatte. Frau Brandmüllers reicher Ehemann war gestorben. Hatte sie nachgeholfen? Dann war sie jetzt auf der Flucht vor der Polizei. Sollte *er* die Polizei alarmieren? Die Deutsche? Oder die Australische? Aber was sollte er sagen? Hier in einem Restaurant in Glen Innes sitzt eine Frau, die hab ich zwar von vorne noch nicht gesehen und von hinten sieht sie nicht so aus wie Frau Brandmüller, aber ihre Stimme klingt so. Nein, er wollte sich lieber nicht für bekloppt erklären lassen.

Trotzdem beschlich ihn jetzt ein ungutes Gefühl. *Sei lieber vorsichtig und halt dich von den beiden fern,* ermahnte er sich selbst. Der Draufgänger und mutige Actionheld war er nur in seinen Rollen. Er beeilte sich mit seinem Steak, bezahlte und verließ das Lokal, ohne sich noch einmal nach dem mysteriösen Paar umzudrehen.

Hätte er einen Blick nach hinten geworfen, wäre ihm aufgefallen, dass die beiden hastig aufgestanden waren, ihr Dessert unangerührt stehen ließen und der Bedienung im Vorbeigehen einen großen Geldschein hinwarfen.

Er bemerkte auch nicht, dass sie beobachteten, wie er in seinen Camper stieg. Dass der Begleiter der Frau sein Handy zückte und ein Foto von seinem Nummernschild schoss, sah er natürlich auch nicht.

Jason nahm einen großen Schluck aus der Wasserflasche, wischte den Schweiß von der Stirn und setzte wieder den Buschhut auf. Er war kein geübter Wanderer. Der Weg zu den Lyrebird Falls war nicht besonders lang, aber doch recht anstrengend und anspruchsvoll. Aber er war ein Erlebnis. Nicht nur der Wasserfall, sondern auch die exotische Vegetation. Ständig hatte er fotografiert, was den Trail natürlich in die Länge gezogen hatte. Doch er wollte die Eindrücke festhalten und später, wenn er das neue Haus bezogen hatte, in seinem zukünftigen Arbeitszimmer Fotoposter aufhängen.

Jetzt war er froh, dass er wieder zurück am Camper war. Statt sich an den Picknicktisch zu setzen, der zu jedem Stellplatz gehörte, holte er lieber den kleinen Campingtisch und einen bequemen Klappstuhl aus dem Camper. Mit einem kalten Bier, Weißbrot und Schinken wollte er den Tag ausklingen lassen.

Gerade als er die Reste seines Abendbrots aufgeräumt hatte, bog ein weiteres Wohnmobil auf den Campingplatz des Gibraltar Ranges Nationalparks ein. Er konnte es zwar auf die Ferne nicht richtig erkennen, aber ihm war so, als hätte das Mobil ein deutsches Nummernschild.

Es war die Neugier, die ihn auf seinem Abendspaziergang über den weitläufigen Campground an dem bewussten Wohnmobil vorbeiführte. Es hatte wirklich ein deutsches Kennzeichen. Er wollte ja nicht neugierig erscheinen, schließlich saß ein Ehepaar vor dem Camper, aber er konnte das Schild noch nicht lesen. Er grüßte freundlich, ging ein paar Schritte näher ...

»Das gibt's ja nicht! Sind Sie tatsächlich aus Kleinaltheim?«

»Ja sicher«, gab die Frau zur Antwort. »Wenn Sie unsere Autonummer kennen, kommen Sie vermutlich auch aus dieser Ecke!«

»Ja, ich bin in Kleinaltheim geboren, und meine Mutter wohnt noch immer dort.«

»Doch Sie klingen, als lebten Sie schon länger in den USA«, stellte der Mann fest.

»Stimmt. Aber ich habe kürzlich in Kleinaltheim ein Haus gekauft und werde demnächst dort hinziehen.«

»Das ist interessant!«, fand die Frau. »Wollen Sie sich

nicht zu uns setzen und ein Glas Wein mit uns trinken?«

»Gerne, ich heiße übrigens Dieter«, stellte sich Jason mit seinem Geburtsnamen vor.

Helga und Jürgen hießen die beiden, die ihr neues Wohnmobil von Deutschland nach Sydney verschifft hatten. Sie hatten vor, ein ganzes Jahr in Australien zu bleiben. Seit Sydney fuhren sie im Zickzack vom New England Highway immer wieder hinunter zum Küstenhighway und dann zurück in die Berge der Great Dividing Range, um ja keine Sehenswürdigkeit zu verpassen. Jason fand das interessant. So viel Zeit hatte er leider nicht.

Er hatte das Frühstücksgeschirr gespült und aufgeräumt. Gewissenhaft überprüfte er noch einmal alle Klappen, vergewisserte sich, dass der Kühlschrank richtig geschlossen war, und drehte noch einmal eine Kontrollrunde um den Camper. Außen stand nichts mehr herum. Er wollte jetzt auch hinunter an die Küste fahren und ließ den Motor an. Langsam steuerte er auf die Campground-Einfahrt zu. Der ungeteerte Weg war ihm gestern gar nicht so holprig vorgekommen. Das Lenkrad flatterte unruhig. Irgendetwas schien nicht in Ordnung zu sein. Sollte er besser anhalten und nachsehen? Da sah er im Spiegel, dass Helga und Jürgen schreiend und gestikulierend hinter ihm herrannten. Er bremste. Gerade noch rechtzeitig.

Schockiert starrte Jason auf das rechte Hinterrad. Es hatte sich gelockert, hing schon schief auf der Achse. Zwei Radmuttern fehlten.

»Was ist das? Wie kann so etwas passieren?«, fragte er verdattert.

»So etwas kann überhaupt nicht so einfach passieren!« Jürgen ging um den Camper herum. »Da, schau, das linke Vorderrad hängt auch schon schief!« Entschlossen holte er sein Radkreuz. Schnell fand er heraus, dass alle vier Räder gelockert waren.

»Da hat sich ja jemand einen ziemlichen üblen Scherz erlaubt!«, stellte Helga fest.

»Nein, das ist kein übler Scherz«, widersprach ihr Mann, »das ist ein Mordanschlag. Die Fahrt nach unten zur Küste wäre vermutlich tödlich ausgegangen.«

Jason stand noch immer da wie paralysiert, während Jürgen nacheinander die gelockerten Reifen festzog.

In der Zwischenzeit waren auch andere Camper auf das Geschehen aufmerksam geworden. Ein Australier, der sich als Fred vorstellte, erklärte, dass er Automechaniker wäre.

»Ich weiß ja nicht, wen Sie da verärgert haben. Aber mir scheint, dass der Sie unbedingt ins Jenseits befördern wollte. Ich seh lieber mal nach, ob der nicht auch die Bremsleitungen manipuliert hat!« Mit diesen Worten kroch er kurzerhand unter Jasons Mietmobil.

»Die Bremsleitungen sind okay«, vermeldete Fred von unten. »Sie müssen aber unbedingt in Grafton zur Polizei gehen!«, mahnte er, als er wieder hervorgekrochen war.

Sergeant Matt Gibbons hatte bereits drei Tassen Kaffee intus und war immer noch nicht richtig wach. Er hatte die vergangene Nacht bis in den frühen Morgen hinein die Hochzeit seines jüngsten Bruders gefeiert. Feuchtfröhlich gefeiert. Und jetzt war er hundemüde und hatte obendrein einen Kater. Nicht nur das; in seinem Kopf summte und brummte ein ganzer Bienenschwarm herum. Ausgerechnet jetzt kam dieser amerikanische Tourist mit einer wilden Story an, der er aber wegen des Bienenschwarms im Kopf nicht so richtig folgen konnte. Und dann hatte dieser Kerl auch noch so einen komischen Namen, der überhaupt nicht amerikanisch klang: Dieter Rödel. Das reichte aus, um selbst einem stocknüchternen australischen Polizisten die Zunge zu brechen. Er sei gebürtiger Deutscher, erklärte der Kerl jetzt, und hätte auch noch einen deutschen Pass. Matt sah den Pass noch einmal genauer an und entdeckte einen zweiten Namen. Er rieb sich die Augen. Er hatte gestern definitiv ein paar Bier zu viel getrunken. Soll ja vorkommen, dass man im Rausch doppelt sieht. Aber zwei Namen? Unterschiedliche Namen. Er blinzelte.

»Wie heißen Sie jetzt wirklich?«, fragte er und gab sich Mühe, seiner Stimme einen strengen Tonfall zu geben.

»Das eine ist mein richtiger Geburtsname. Jason West ist mein Künstlername.«

»Künstlername ...« Matt musterte den Besucher über den Rand seiner Lesebrille. »Was für ein Künstler sind Sie denn?«

»Ich bin Schauspieler!«

»Hey Matt«, meldete sich jetzt der junge Constable hinter seinem PC, »Das ist *der* Jason West! Erinnerst du dich an ›*Gefährliche Rückkehr*‹?«

Matt Gibbons setzte die Lesebrille ab und rieb sich die Augen.

»Ich war damals ein Ende jünger. Außerdem trage ich beim Drehen immer ein Toupet«, erklärte Jason.

»Und jetzt sind Sie hier, um in Australien Urlaub zu machen?«

»Nicht nur. Zum Sightseeing habe ich nur ein paar Wochen Zeit. Wir drehen hier in Australien einen neuen Film. Die Handlung spielt an mehreren Orten, aber hauptsächlich im Red Center. Deshalb fliege ich demnächst nach Alice Springs.«

Jetzt schoss der Constable hinter seinem Computer hervor: »Mister West, ich hätte gerne ein Autogramm! Und anschließend erzählen Sie bitte noch einmal die Sache mit den gelockerten Reifen. Meinem Kollegen geht's heute nicht so gut. Er hat gestern was Unrechtes gegessen.«

Matt Gibbons kratzte sich am Kopf, als Jason die Ereignisse noch einmal geschildert hatte. »Haben Sie einen Verdacht, wer Ihnen nach dem Leben trachten könnte?«

»Nur einen sehr vagen Verdacht. Beweisen kann ich natürlich nichts.«

Jason schilderte die Begegnung im Restaurant, den Kauf seines Hauses und die Anfrage wegen der Hausdurchsuchung. Was die Polizei gesucht und ob sie etwas gefunden hatte, vermochte er nicht zu sagen, aber jetzt war Sergeant Matt Gibbons schlagartig nüchtern.

»Finn«, forderte er den Constable auf, »frag doch mal bei den verschiedenen Fluggesellschaften nach, ob diese Dame kürzlich in Australien eingereist ist!« Er reichte ihm einen Zettel, auf dem Jason den unaussprechlichen Namen Nadine Brandmüller notiert hatte.

»Ist Ihnen auf dem Campground etwas Verdächtiges aufgefallen?«, wandte er sich wieder dem Besucher zu.

»Nein. Als ich ankam, standen dort ein oder zwei Wohnmobile und Wohnwagen. Ein Zelt hab ich auch gesehen. Aber die Camper waren wohl alle auf den Wanderwegen unterwegs, und auch ich bin zu den Lyrebird Falls marschiert. Eigentlich war es nur während dieser Zeit möglich, an meinem Camper herumzuschrauben.«

»Matt«, meldete sich jetzt wieder der Constable: »Diese Frau ist tatsächlich vor drei Wochen in Sydney eingereist. Sie kam mit Thai Airways direkt aus Bangkok.«

»Aha!«, rief der Sergeant inzwischen fit und putzmunter. »Wie es scheint, hat sich Mister West doch nicht getäuscht. Da fragt man sich natürlich, warum sie so radikal ihr Aussehen verändert hat?«

»Warum? Ganz einfach!«, der Constable hatte inzwischen weitergescrollt, »Die Dame wird mit einem internationalen Haftbefehl gesucht! Mordverdacht!«

Kapitel 10

Sie kannten sich schon seit der Zeit am Gymnasium. Schon damals hatte Lars Schulte stets krumme Dinger am Laufen. Er hatte mit Hasch gedealt, später mit härteren Drogen. Und er war schon damals ein begnadeter Fälscher gewesen, hatte Zeugnisse getürkt, die Ausweise seiner Mitschüler präpariert, sodass sie als vermeintlich Volljährige Zutritt zu Diskotheken hatten und Alkohol und Zigaretten kaufen konnten. Lars hatte allerdings niemals Alkohol und Zigaretten gekauft – er hatte das Zeug lieber geklaut. Als Lars 17 war, wurde sein Vater von dessen Firma für drei Jahre nach Australien geschickt. Die Familie hatte ihn begleitet und Lars war in Australien geblieben. Sein Kontakt zu Hanno war jedoch nie abgebrochen, auch nicht, als man Lars in Australien für ein paar Jahre eingebuchtet hatte.

Jetzt war Lars Schulte wieder auf freiem Fuß und lebte in einer der Suburbs von Brisbane. Sein Haus war erstaunlich gepflegt, denn er hatte nicht nur die Zeit, sondern auch das Geld, um es in Schuss zu halten. Nach wie vor zog er das schnelle Geld krimineller Machenschaften den Mühen eines ehrlichen Broterwerbs vor. Im Knast hatte er jedoch gelernt, dass man das große Geld nicht als kleiner Ganove verdient. Deshalb legte er Wert auf ein gepflegtes Äußeres, trug stets hochwertige Markenkleidung, ließ sein schwarzes, gelocktes Haar nur von angesagten Modefriseuren in Façon schneiden. Er hatte sich seiner nach außen hin »ehrbaren Kundschaft« angepasst.

Nadine hatte er einen Termin bei seinem bevorzugten Friseur vereinbart und ihr Tipps gegeben, in welchen Boutiquen sie die Klamotten kaufen konnte, die zwar edel und teuer, aber trotzdem lässig waren. Sie war unter Garantie, den ganzen Tag damit beschäftigt. Hanno hatte ihr nochmals eingeschärft, keinesfalls Kreditkarten zu benützen und dafür gesorgt, dass sie reichlich Bargeld dabei hatte.

»Der Führerschein ist am einfachsten zu fälschen«, erklärte Lars. »Er ist ein amtliches Dokument und eine offizielle Identifikation. Einen Personalausweis gibt es in Australien nicht. Pass braucht sie keinen, weil sie ja das Land nicht verlassen will.« Er musterte das Foto. »Ja, das ist gut, das kann ich so gut einarbeiten. Jetzt brauchen wir nur noch einen Namen. Wir sollten einen Nachnamen wählen, der in Australien weit verbreitet ist und natürlich auch einen Allerweltsvornamen aussuchen.«

»Na, da wird sie begeistert sein. Nadine hätte es gern exklusiv.«

»Wenn sie exklusiv im Knast landen will, kann ich ihr gerne einen hochtrabenden Namen aussuchen«, witzelte Lars. »Ich kenn mich aus. Nimm als Nachnamen Brewer, Smith oder Walker und als Vorname Amy, Lara oder Sally!«

»Versteh schon. Sie wird hier in Down Under zukünftig Sally Walker heißen!«, entschied Hanno.

»Was deinen anderen Wunsch angeht«, sagte Lars, nachdem er die Daten für Nadines falschen Führerschein notiert hatte, »kann ich persönlich dir dabei nicht weiterhelfen. Aber ich kann dir die Adresse eines ehemaligen Mithäftlings geben. Der wohnt in der Nähe von Cairns und ist ein echter Spezialist auf dem Gebiet. Der wird dich mit allem ausstatten, was du brauchst – auch zu deiner eigenen Sicherheit.«

»Okay, dann werden wir morgen nach Cairns weiterfahren«, entschied Hanno.

»Damit er dich nicht abweist, werde ich ihm Bescheid sagen!« Lars zückte sein Handy, scrollte durch die Kontakte und stellte die Verbindung her.

»Okay«, sagte er, als er das Gespräch beendet hatte. »Chris ist im Moment auf Tasmanien bei seinen Eltern. Er wird erst in zwei Wochen wieder zuhause sein. Aber er weiß jetzt Bescheid.«

»Okay, dann bin ich in zwei Wochen in Cairns!«

»Wie du meinst. Aber ganz ehrlich – ich weiß ja nicht, was du genau vorhast – aber ich denke mir, dass sich dies viel einfacher lösen ließe«. Er zwinkerte seinem alten Schulfreund vielsagend zu.

»Schon möglich. Aber wir sind hier schließlich in Australien!«

»So etwas muss man erlebt haben!«, schwärmte Helga. »Eine Badelagune mit Sandstrand mitten in der Großstadt. Einfach herrlich!«

»Anstatt mit Bus oder Straßenbahn zu fahren, mit der Fähre auf dem Brisbane River herumgondeln, ist auch ein Vergnügen. Dieses Brisbane ist wirklich eine tolle Stadt.«, pflichtete ihr Jürgen bei.

Helga trocknete ihr vom Schwimmen nass gewordenes Haar ab und klaubte ihre Kleider zusammen. »Ich geh mich jetzt umziehen. Danach sollten wir zu der kleinen Eisdiele gehen, an der wir vorhin vorbeigekommen sind. Dort standen so viele Leute, die haben bestimmt gutes Eis!«

Jürgen saß an einem der kleinen Tischchen, die vor dem Eiskiosk aufgestellt waren. Er hatte die Kamera vor sich liegen und sah von Zeit zu Zeit durch den Sucher. Hin und wieder schoss er ein Foto. Von der Menschenmenge vor dem Kiosk, über dem ein Schild mit der Aufschrift »LUIGI'S ITALIAN ICE CREAM« prangte, von den Touristen, die geduldig auf ihre kalte Leckerei warteten oder bereits genüsslich daran schleckten. Er liebte solche Impressionen, während Helga eher die begeisterte Landschaftsfotografin war. Jetzt stand sie ungeduldig in der Menge und wartete auf italienisches Eis im australischen Brisbane.

Fast wäre sie ohne Eis wieder gegangen. Geduldig warten gehörte nicht zu Helgas Stärken. Aber jetzt stand nur noch ein Mann vor ihr. Er orderte zwei Becher mit Erdbeere, Mango, Schoko und Stracciatella. Seine Stimme kam ihr irgendwie bekannt vor, sie wusste nur nicht woher. Etwas irritierte sie. Jetzt sah sie ihn im Profil. Er trug einen großen Buschhut, eine dunkle Sonnenbrille und hatte einen Bart. Nein, sie musste sich getäuscht haben. Den kannte sie wohl doch nicht.

Der Eisverkäufer stellte die Becher auf der Theke ab, der Bartträger griff in die linke Hosentasche, zückte den Geldbeutel und reichte mit der rechten Hand einen Geldschein über die Theke.

Wie elektrisiert starrte Helga auf diese Hand. Die Hand, die damals so oft bei ihr Unterschriften geleistet hatte. Sie kannte diese Hand. Genauer gesagt erkannte sie das charakteristische Mal auf dieser Hand. Ein großes rotbraunes Dreieck. Von der Spitze zwischen Daumen und Zeigefinger zog es sich fast bis zum Handgelenk. Jachnik! Es war seine Stimme. Natürlich! Neben dem veränderten Aussehen hatte sie auch irritiert, dass er Englisch gesprochen hatte. Sie sah ihm nach, wie er zu einem der vorderen Tischchen ging, an dem eine Frau saß. Sie trug einen breitrandigen Strohhut und eine Sonnenbrille. Sollte das am Ende die Brandmüller sein?

»Welches Eis hätten Sie denn gerne?« Helga fuhr herum. Der Eisverkäufer wartete auf ihre Bestellung. Sie hätte doch beinahe vergessen, warum sie hier anstand.

Mit Erdbeer, Vanille und Pistazie in Waffelbechern, schlängelte sie sich durch die vielen Tischchen zurück zu Jürgen, bemüht, nicht in Richtung Jachnik und seiner Begleiterin zu sehen. Sie war sich nicht sicher, ob man sie erkennen würde, denn auch sie trug zum Schutz vor der Sonne einen großen Strohhut und eine Sonnenbrille.

Das Eis war wirklich gut, aber sie löffelten es schneller als beabsichtigt und nahmen sich anschließend die Kamera vor. Leider war auf dem kleinen Display nicht genug zu erkennen. Sie mussten sich gedulden, bis sie die Fotos am

Abend auf den Laptop laden konnten. Vielleicht hatte Jürgen unbeabsichtigt Jachnik und seine Begleiterin abgelichtet.

Hauptkommissar Jan Warnecke öffnete seinen Posteingang. Es war wieder mal eine Mail von den Brombachers da. Genauer gesagt waren es zwei Mails. In der ersten schwärmte Helga Brombacher von der Natur Australiens, von den Erlebnissen und Wanderungen. Außerdem hatte sie noch einen Link zu Ihrem Australien-Album beigefügt. Ja, da wäre er auch ins Schwärmen gekommen, wenn er das erleben könnte.

Die zweite Mail war nicht an die Freunde daheim andressiert, sondern direkt an die Kommissare. Helga Brandmüller war sich sicher, Hanno Jachnik erkannt zu haben. Außerdem waren einige Fotos angehängt. Auf diesen Bildern Jachnik oder die Brandmüller zu erkennen, war allerdings fast nicht möglich. Von Jachnik kannte er ohnehin nur einige offizielle Fotos. Aber Frau Brombacher war sich sicher, ihn erkannt zu haben. Leider nützte das wenig. Gegen ihn lag keine offizielle Anzeige vor.

Dass Nadine Brandmüller in Australien unterwegs war, hatten bereits die Beamten von Interpol bestätigt. Außerdem war eine Beschreibung ihres veränderten Aussehens beigefügt. Warnecke war sich ziemlich sicher, dass es sich bei dem unbekannten Begleiter um Hanno Jachnik handelte. Vermutlich war er der Drahtzieher der Ermordung Brandmüllers.

Nadine starrte entgeistert auf ihren neuen Führerschein: »Sally Walker? Was soll das denn?«

»So wirst du ab jetzt heißen!«

»Spinnst du? Seh ich etwa aus wie eine Sally?«

»Sally ist ein häufiger, sehr beliebter Name.«

»Das ist ein Name für einen Trampel aus dem Outback!«

»Das ist ein unverfänglicher und damit unauffälliger Name.«

»Ich will nicht unauffällig sein!«

»Das weiß ich schon. Nur hast du dummerweise irgendwann und irgendwo einen riesigen Fehler gemacht. Sonst hätte man den Alten nicht wieder ausgegraben. Wenn du dich genau an das gehalten hättest, was ich geplant habe, könnten wir es uns längst in einem luxuriösen Hotel gut gehen lassen.«

Nadine gab keine Antwort. Sie wusste, welcher schwerwiegende Fehler ihr unterlaufen war. Vermutlich hatte die Haushälterin in den Müllsäcken gekramt.

»Jetzt müssen wir abwarten, bis Gras über die Sache gewachsen ist. Ich persönlich finde das Leben im Wohnmobil sehr angenehm. Außerdem habe ich in zwei Wochen noch etwas Wichtiges in der Nähe von Cairns zu erledigen.«

»Was willst du denn in Cairns? Mir dauert das alles viel zu lange!«

»Wärst du gleich nach Brisbane geflogen, so wie ich es dir gesagt habe, wäre das alles längst erledigt!«

»Ich wollte doch nur Sydney ansehen!«

»Sydney wäre dir schon nicht davongelaufen! Jetzt musst du dich eben noch etwas gedulden. Außerdem sollten wir uns in abgelegenere Gegenden verdrücken. Vielleicht finden wir ja irgendwo ein schönes Haus mit Pool, das wir mieten können. Eine Haushälterin kriegst du überall!«

Nadine schluckte die Antwort, die sie auf der Zunge hatte, hinunter. Lange würde sie dieses primitive Leben nicht mehr mitmachen.

Kapitel 11

Liebe Freunde zuhause,
Je weiter wir nach Norden vordringen, umso interessanter wird die Strecke. Noch immer fahren wir im Zickzack, damit wir nichts verpassen.

Im Cania Gorge Nationalpark sahen wir wieder einmal frei lebende Wallabys herumhüpfen. Das ist ein ganz anderes Erlebnis, als die Tiere in einem Zoo zu bewundern.

Beim Wandern durch die Schlucht aus verwittertem grauen und roten Sandstein wurde uns wieder einmal bewusst, dass vor gerade mal 200 Jahren das Land noch den Aborigines gehörte.

Ein ganz besonderes Erlebnis ist der tropische Regenwald. Vom nördlichen Kalifornien und dem südlichen British Columbia kennen wir den Regenwald der gemäßigten Breiten. Dort herrschte eine fast mystische Stille. Hier hingegen raschelt, kreischt und flattert es ringsherum. Und erst die exotische Vegetation mit ihren Würgefeigen und schlanken Palmen. Ihr könnt Euch gar nicht vorstellen, wie groß ein Ficus werden kann, welch riesige Brettwurzeln der bildet. Etliche Pflanzen, die hier riesengroß wuchern, kümmerten bei uns auf der Fensterbank so lange vor sich hin, bis sie eingingen.

Natürlich haben wir auch schon eine Zuckermühle besichtigt, denn hier wird überall Zuckerrohr angebaut.

Jetzt fahren wir wieder hinunter an die Küste, um die Mangrovenwälder anzusehen, in denen es auch Krokodile gibt. Aber keine Sorge, wir passen auf.
Aus Queensland grüßen Euch
Helga und Jürgen

»Das ist ein wunderbar abgelegener Campingplatz«, stellte Hanno zufrieden fest. »Wir stehen hier ganz allein, nur drüben bei den Tagesbesuchern parken ein paar Autos.«

»Mir wäre ein schönes Hotel mit Swimmingpool lieber«, nörgelte Nadine.

»Mit einem Hotel musst du dich noch ein klein wenig gedulden, aber kleine, glasklare Pools gibt es entlang des Babinda Creeks auch«, versuchte er, sie zu beschwichtigen.

»Ich hab doch jetzt den falschen Sally-Führerschein. Auf was warten wir denn noch?« Ihre wachsende Ungeduld wurde langsam zum Problem.

»Ich muss mich in der Nähe von Cairns noch mit jemandem treffen, der momentan auf Tasmanien ist.«

»Und was willst du von dem?«

Was könnte ich von dem wollen? »Okay, ich verrat es dir. Eigentlich wollte ich dich ja damit überraschen.«

»Überraschen? Mit was?«

Mit was? Ja, mit was – verdammt, lass dir was einfallen! Hanno atmete tief durch, während seine Gedanken rotierten: »Dieser Typ, – also dieser Typ, mit dem ich mich treffen will, ist ein Freund von Lars, dem Fälscher.«

»Aha!«

»Er heißt Ian Roberts - und ist - ein geschasster Ex-Bulle von Interpol!« *Ha, das war jetzt echt ein Geistesblitz im letzten Moment!*

»Interpol?«

Mist, jetzt ist sie misstrauisch ...

»Dieser Ian Roberts kann sich noch immer in deren Datenbanken hacken. Lars behauptet, dass der Kerl es schafft, dich aus den Fahndungslisten zu löschen. Das wird zwar eine Kleinigkeit kosten, aber du hättest deine Freiheit wieder! Na, wie klingt das?«

»Nicht schlecht. Da hab ich jetzt direkt Lust, mit dir zu diesen Babinda Boulders zu laufen!«

»Das wird dir gefallen. Der Weg durch üppigen Regenwald entlang des Babinda Creeks ist Australien pur.«

»Puh, Devils Pool! Das klingt ja gruselig!« Nadine stand am Rand des türkis schimmernden Pools, dessen glasklares Wasser sich dort, wo das Gelände abfiel, talwärts strudelnd durch gewaltige, glatt geschliffene Felskugeln zwängte.

»Ja, eine Legende der Ureinwohner erzählt von Oolana, einer schönen, jungen Frau, die mit einem mächtigen, alten Mann aus ihrem Stamm verheiratet wurde. Sie verliebte sich aber in einen jungen Mann aus einem anderen Stamm und beide flohen.«

»Kommt mir bekannt vor«, witzelte Nadine. »Nur, dass ich Jörg freiwillig geheiratet habe.« Die Aussicht, bald unbeschwert ihren Reichtum zu genießen, hatte ihre Laune schlagartig gebessert.

»Verständlich, das Geld des alten Brandmüller war ja wirklich attraktiv!«, schmunzelte Hanno. Dann las er weiter die Legende vor, die auf einer großen Tafel stand:

»Der junge Mann wurde gefasst. Oolana hieb in ihrer Wut und Trauer auf den Bach ein, sodass das Gelände ringsum bebte und sich die großen Felskugeln bildeten. Sie rief vergebens den Namen ihres Geliebten und stürzte sich in ihrer Verzweiflung in den Pool, der sich gebildet hatte und ertrank. Es heißt, dass man Oolana noch heute rufen hört.«

»Schöne Story«, pflichtete ihm Nadine bei. »Aber der Pool scheint wirklich gefährlich zu sein. Auf der Warntafel steht, dass in den letzten Jahren 19 Menschen darin ertrunken sind.«

»Ja, die Strudel haben sie in die Tiefe gezogen. Es heißt aber, dass dies meistens junge Männer waren.«

»Was daran liegt, dass junge Männer generell zu Leichtsinn und Übermut neigen. Aber Frauen würden darin sicher genauso ertrinken, das besagt ja schon die Legende von Oolana.«

Genau! Ein Schubs und meine Probleme wären gelöst! Hannos Gedanken überschlugen sich. Sie standen alleine am Devils Pool. Die anderen Besucher amüsierten sich wahrscheinlich viel weiter oben, wo der Bach harmlose Pools zum Schwimmen gebildet hatte. Nadine stand, fasziniert von der gruseligen Legende, nahe am gefährlichen Pool. Ja, nur ein Schubs! Er stand halb hinter ihr. Noch etwas zögernd hob er die Hand, – doch gerade als er zum Stoß ansetzen wollte, hörte er Stimmen und Gelächter. Er ließ die Hand sinken. Eine Familie kam den Pfad entlang. Die Gelegenheit war vorbei.

»Komm, wir gehen zum Wohnmobil zurück«, schlug er vor. »Ich könnte später Steaks grillen.«

Auf dem kleinen Campingplatz standen inzwischen zwei weitere Wohnmobile. Ein australischer Van und ein Mobil mit deutschem Kennzeichen. Die verflixten Brombachers! Vermutlich waren sie auf einem der Pfade durch den Wald unterwegs. Er musste die endlich loswerden! Wer weiß wie lange die noch vorhatten, hier in ‚Australien herumzukurven. Warum nicht gleich dafür sorgen, dass sie ihm zukünftig nicht mehr in die Quere kamen? Ohne lange zu zögern, holte er das Bordwerkzeug aus dem Wohnmobil.

Kurz entschlossen setzte er den Radmutterschlüssel an, um am Camper der Brombachers die Muttern des rechten Vorderrads zu lockern. Da tippte ihm jemand auf die Schulter:

»Hey Kumpel, mit dem mickerigen Stängelchen, das du da in der Hand hast, kriegst du die Schrauben nie auf!«

Erschrocken fuhr er herum. Hinter ihm stand ein Australier. Ein wahrer Kleiderschrank von einem Mann. Er hielt ihm ein Radkreuz hin: »Hier, nimm das. So was sollte man immer dabei haben. Besonders auf ungeteerten Straßen hast du schnell mal nen Platten gefahren! Erst recht, wenn ihr dann raus ins Outback fahrt. Ihr seid hier nicht in den dicht besiedelten Städten!«

Augenblicklich hatte sich Hanno wieder gefangen: »Oh, vielen Dank!« Er nahm das Radkreuz und zog die Muttern wieder fest. »Ich werde mir gleich morgen in Cairns eines besorgen!«, erklärte er dem hilfsbereiten Aussie, als er das Werkzeug zurückgab. Dann hatte er es eilig, ging schnellen Schrittes auf sein eigenes Wohnmobil zu und startete den Motor.

Der Mann mit dem Radkreuz sah ihm erstaunt nach. »Was sollte das denn?«, murmelte er. Im nächsten Moment wurde ihm klar, dass er sich das Kennzeichen hätte merken müssen. Dass es eine Queensland Autonummer war, hatte er aber noch erkennen können.

Wenig später kamen Helga und Jürgen Brombacher gut gelaunt zu ihrem Wohnmobil zurück. Davor hockte ein Australier auf einem Campingstuhl. Er hielt ein Radkreuz in der Hand und empfing sie mit den Worten: »Ihr solltet zuerst alle Radmuttern kontrollieren und dann zur Polizei gehen!«

Während sich Helga und Jürgen schockiert anhörten, was der aufmerksame und hilfsbereite Mann zu berichten hatte, hielt Jachnik auf einem abgelegenen Parkplatz an und tauschte seine Queensland-Nummer gegen ein vorsorglich gestohlenes Kennzeichen aus West Australien.

Kapitel 12

»Amüsiere dich gut!«, rief ihr Hanno vom Anleger aus zu.

Ja, das werde ich bestimmt. Endlich mal nicht im Wohnmobil sitzen! Endlich mal keine Ermahnungen, dass ich aufpassen soll, damit man mich nicht erkennt. Mir geht das alles derart auf den Geist. Wenn dieser Exbulle es schafft, mich aus den Datenbanken zu löschen, werde ich diesen nervigen Hanno abservieren. Der ist ja schon genauso lästig wie es mein spießiger, alter Ehemann war, der stets Bedenken hatte, dass ich mich nicht respektabel genug gebe. Mir reicht's, ich will jetzt endlich meinen Reichtum in Ruhe genießen!

Der Katamaran beschleunigte, als er den Hafen verlassen hatte. Wie gerne hätte sie jetzt ihr Haar im Fahrtwind flattern lassen – wäre etwas zum Flattern da gewesen. Sie drückte wieder ihren Strohhut auf die streichholzkurzen Stoppeln, band ein zusammengefaltetes Seidentuch von oben über den Hut und setzte die große Sonnenbrille auf. In Zukunft würde sie ihr Haar wieder wachsen lassen. Den heutigen Tag wollte sie genießen. Zum Tauchen und schnorcheln hatte sie zwar keine Lust, aber mit dem Glasbodenboot die Unterwasserwelt des Great Barrier Reefs betrachten, könnte ihr sogar Spaß machen.

Nach dem letzten Gebäude in der Forest Lane geht es noch 300 Meter auf der ungeteerten Straße in den Busch bis zum Haus, hatte Ian Roberts am Telefon erklärt. Jachnik folgte der holprigen Piste, die vor einem heruntergekommenen Schuppen endete. War diese Hütte das Haus? Er parkte das Wohnmobil neben einem verrosteten Pick-up und sah sich um. In einem eingezäunten Verschlag gackerten ein paar Hühner, ein struppiger, brauner Köter, der daneben angekettet war, ließ ein drohendes Knurren hören.

Mit einem Quietschen öffnete sich die Fliegengittertür des Schuppens.

»Guten Tag, ich bin Hanno. Wir haben vorhin telefoniert.«

»Okay Kumpel, ich bin Ian.« Ian grinste von einem Ohr zum anderen und legte dabei ein paar Zahnlücken und schwarze Stummel frei. Er zog die drei Nummern zu weite Hose, die an ausgeleierten Hosenträgern hing, ein Stück in die Höhe und stopfte das graue Unterhemd, das herauslugte in den Bund zurück. »Komm ins Haus!«, forderte er seinen Besucher auf, während er sich ausgiebig am Bauch kratzte.

Hanno folgte Ian ins Innere des Schuppens, der nicht nur mit einem durchgesessenen Sofa und einem Campingkocher möbliert war, sondern darüber hinaus auch als Werkstatt diente. Und nicht nur das. Selbst das, womit Ian Roberts handelte, bewahrte er hier auf.

»Wie ich sehe, konnten Sie mir das, was ich benötige, besorgen!«

»Aber klar doch Kumpel, sofern Sie das dabei haben, was ich benötige!«, antwortete er und machte eine reibende Bewegung mit Daumen und Zeigefinger.

Hanno zog ein Bündel Scheine aus der Hosentasche, woraufhin Ians Grinsen noch breiter wurde.

Eine Stunde später verstaute Jachnik eine kleine, unscheinbare Holzkiste im Außenstauraum des Campers.

»Denk dran«, mahnte Ian zum Abschied, »fahr nicht unnötig lang damit rum!«

»Bald hast du das Leben im Wohnmobil hinter dir«, tröstete Hanno. »Es dauert noch ungefähr zwei Wochen, bis Ian alle Daten ausfindig gemacht und gelöscht hat.«

»Und in welche Einöde fahren wir jetzt?« Nadine blickte irritiert aus dem Fenster. Die Fahrbahn war nur noch einspurig, bei Gegenverkehr musste jedes Fahrzeug zur Hälfte aufs staubige Bankett ausweichen.

»Ian hat mir einen Geheimtipp verraten. Ein Schaffarmer vermietet ein Ferienhaus direkt an einem herrlichen Pool mit einem kleinen Wasserfall. Es ist abgelegen, aber wir müssen uns um nichts kümmern, weil wir von der Farmersfrau bekocht werden. Na wie findest du das?«

»Zwei Wochen halt ich noch aus. Dann will ich nach Brisbane, in ein schönes Resort, und endlich mein Leben genießen!«

Sie hatten an einer kleinen Rest Area geschlafen. Das Ehepaar mit dem Wohnwagengespann, das ebenfalls den Rastplatz zum Übernachten genützt hatte, war zeitig abgefahren. Nadine stand noch in dem kleinen Bad, das mit einer engen Duschkabine, Toilette und Waschbecken ausgestattet war, und putzte die Zähne.

Jetzt! Jetzt ist der richtige Moment! Mit einem Griff zog er das stabile Holz, das er vorbereitet hatte, unter der Matratze hervor, klemmte das rund ausgesägte Ende unter den Türgriff und stemmte das andere gegen den Küchenblock. Die Tür war bombenfest blockiert. Er schloss von außen die Campertür und holte die Holzkiste aus dem Außenstauraum. Vorsichtig kletterte er damit über die Heckleiter aufs Dach.

»Hanno, was machst du da oben?«

Sie hat noch nicht bemerkt, dass sie eingeschlossen ist.

»Ich muss die Solarelemente kontrollieren!«

»Wenn wir komfortable Campingplätze benützen würden, bekämst du Strom aus der Steckdose!«, rief sie zwischen Gurgeln und Ausspucken nach oben.

Das kleine Bad verfügte über kein Fenster, sondern wurde nur über eine Dachluke belüftet, die offen stand. Hanno klappte die Luke ganz auf.

Nadine stellte den Zahnputzbecher ab und blickte nach oben.

»Hanno, was soll das?«, schimpfte sie, als er durch die Dachluke auf sie heruntergrinste. Sie spülte die Zahnbürste aus und wollte die Tür öffnen.

»Was ist mit der Tür? Sie klemmt!«, schimpfte sie und rüttelte kräftig an der Klinke.

Hanno sparte sich die Antwort. Stattdessen stülpte er Ians Holzkistchen mit dem Schiebedeckel nach unten über die Dachluke. Es passte perfekt über die Öffnung. Er packte die kräftige Schlaufe, die am Schiebedeckel befestigt war.

»Hanno was soll das?«, rief Nadine. Sie warf sich wütend gegen die Badtür.
Hanno zog mit einem Ruck den Deckel der Kiste auf. Dann Setzte er sich hinters Steuer und fuhr los. Ohne anzuhalten. Von hinten war nichts mehr zu hören.

Kapitel 13

Helga hatte die Fotos ihrer Kamera auf den Laptop geladen und klickte sich durch die vielen Aufnahmen. »Die Strecke von Cairns hinauf nach Kuranda, über die Atherton Tablelands und den Wasserfallzirkel bei Mareeba war besonders beeindruckend!«, schwärmte sie.

»Blickst du überhaupt noch durch, welches Foto was ist?«, spöttelte Jürgen. »Du siehst ja die Welt nur noch durch die Linse!«

»Stimmt nicht. Ich genieße es mit allen Sinnen!«, protestierte sie.

»Ich wette, du kannst die vielen Wasserfälle, die du in sämtlichen Formaten und Belichtungszeiten aufgenommen hast, gar nicht mehr auseinanderhalten!«

»Von wegen! Sieh her, das sind zum Beispiel die Milaa Milaa Falls, und das ...«

»Ja, ja, ich weiß, du hast alles notiert und katalogisiert und bei nächster Gelegenheit schickst du wieder die schönsten Fotos nach Hause.«

»Vergiss nicht mein ausführliches Tagebuch!«, witzelte Helga.

»Nun, morgen wirst du nicht so viele Motive vor die Kamera bekommen. Die Gulf Developmental Road soll relativ eintönig sein.«

»Dann machen wir morgen Strecke. Wenn wir nicht vorher einen schönen Platz entdecken, fahren wir durch bis Georgetown oder Normanton.

»Ganz so eintönig, wie behauptet wird, ist der Highway aber nicht!«, stellte Jürgen am nächsten Tag zufrieden fest.

»Ich finde ihn sogar sehr interessant«, pflichtete ihm Helga bei, »Termitenhügel und Eukalyptusbäume – das ist jetzt wirklich das Outback!«

»Und kaum Verkehr!«

»Na ja, bis auf die Roadtrains! Pass auf da kommt schon wieder einer mit einem Affenzahn angebrettert!«, warnte Helga.

Jürgen bremste ab und steuerte aufs Bankett hinaus. Die über 50 Meter langen Laster waren ihm nicht geheuer. Die vielen überfahrenen Kängurus zeugten davon, dass diese Ungetüme kaum Hindernissen ausweichen konnten. Auch die Rinder, die nach dem Motto »Auf der anderen Seite der Straße ist das dürre Gestrüpp stets grüner«, immer wieder vorwitzig über die Fahrbahn tappten, endeten oftmals unter den Rädern der Roadtrains.

Helga zückte ihren Kugelschreiber und brachte ihre tiefschürfenden Gedanken über tote Rindviecher, die in den hungrigen Mägen der aasfressenden Raben landeten, zu Papier. Sie würde das am Abend in ihren Tagebucheinträgen festhalten.

»Sieh mal, da vorne!«, unterbrach Jürgen ihre Notizen. »Da stehen Leute und winken ganz wild!«

»Die haben womöglich eine Panne. Halt mal an, die brauchen vermutlich Hilfe.«

Dort, wo die beiden Frauen winkend am Straßenrand standen, führte eine Fahrspur zu einem Billabong hinunter. Ein kleiner Van parkte da unten.

»Haben Sie ein Funkgerät?«, riefen sie aufgeregt, kaum dass Jürgen gehalten hatte.

»Ein Funkgerät? Nein, aber ein Handy!«

»Das nützt hier nichts, hier ist kein Empfang!«

»Haben Sie Probleme?«, fragte Helga, »vielleicht können wir helfen?«

»Nein, wir selbst haben kein Problem, aber dort hinten, wo der Pfad in den Busch führt, liegt eine tote Frau!«

Es brauchte keine medizinische Ausbildung, um zu sehen, dass die Frau tot war. Starke Schwellungen hatten nicht nur ihr Gesicht entstellt, sondern zogen sich blau verfärbt über den ganzen Körper.

Helga schlug entsetzt die Hände vors Gesicht. Ganz automatisch griff sie zum Handy, probierte verschiedene Standorte, reckte sich in die Höhe – vergeblich. Gerade als sie zusammen mit den Frauen beratschlagten, wer am besten zum nächsten Ort weiterfahren solle, hielt ein Pick-up neben der Straße. Auf der Ladefläche saßen zwei Hütehunde, die neugierig die Ohren spitzten. An der Stoßstange des Pick-ups war eine große Antenne befestigt.

»Ja, ich hab ein Funkgerät«, erklärte der Farmer, der aus dem Fahrzeug stieg. »Ist jemand verletzt?« Ohne eine Antwort abzuwarten, holte er einen Notfall-Koffer aus dem Auto. »Wenn es nötig ist, kann ich über Funk die Flying Doctors erreichen.«

»Die werden der Frau dort hinten nicht mehr helfen können«. Jürgen lotste den Farmer zu der Stelle, wo die Frau lag.

»Nein, da hilft kein Arzt mehr. Die ist vermutlich schon ein paar Stunden tot. Sieht fast nach einem Schlangenbiss aus. Typisch Touristin aus der Stadt: Mit Flipflops im Busch herumlaufen!«, entrüstete er sich. Dann sah er sich um: »Wo ist denn das Fahrzeug der Frau?«

»Stimmt, da haben wir gar keines gesehen«, überlegte Jürgen.

»Okay, ich funk jetzt mal die Flying Doctors an. Die werden vermutlich die Polizei schicken.«

Sergeant Sarah Cormack wischte sich den Schweiß von der Stirn und drückte sich wieder die Kappe aufs kurz geschnittene, von grauen Strähnen durchzogene Haar. Sie stemmte die Hände in die Hüften und beobachtete wie Jack, der junge Constable, noch einmal die Leiche der Touristin untersuchte.

»Na, was meinst du?«

»Schlangenbiss! Ganz eindeutig. Man sieht hier auch gut die Bissstellen! – Aber ...«

»Ja?« Sarah sah ihn forschend an.

»Schlangen kriechen am Boden. Sind scheu, sie spüren die Erschütterung des Bodens, wenn sich ein Mensch nähert. Normalerweise verkriechen sie sich.«

»Genau! Und was fällt dir noch auf?«

»Wenn sie gereizt werden, richten sie sich zwar drohend auf und manchmal beißen sie auch zu, aber allenfalls in die Beine oder in die Hand, wenn man Holz fürs Lagerfeuer sammelt.«

»Eben! Und diese Frau hier hat Bissspuren am Hals, an der Schulter und an den Armen. Das ist sehr mysteriös!«

»Ich wusste auch gar nicht, dass Schlangen mehrmals beißen«, sinnierte Jack.

»Ich weiß das ehrlich gesagt auch nicht so genau«, gestand Sarah, »aber wenn, dann ist das wohl eher die Ausnahme.«

»Vielleicht ist sie gestolpert und in ein Schlangennest gefallen?«, überlegte der junge Polizist. »Das könnte die Bisse an Hals und Schulter erklären.«

»Na, ich weiß nicht so recht ...«

Unter den strengen Augen seiner Chefin nahm sich Constable Jack Adams den kleinen, leichten Rucksack vor, der neben der Toten lag.

»Wasserflasche, Müsliriegel, Geldbeutel«, zählte er auf. »Kein Handy! Das ist schon merkwürdig!«

»Hier ist alles merkwürdig!«, pflichtete ihm Sergeant Sarah Cormack bei. Sie inspizierte den Geldbeutel: »300 Dollar in bar, keine Kreditkarten, aber ein Führerschein! Er ist ausgestellt auf eine Sally Walker, geb. 10. Februar 1986 in Brisbane. Nun, auf dem Foto sah sie gesünder aus als jetzt.«

Der Constable kratzte sich am Kopf: »Ich frag mich, wie die hierhergekommen ist! Per Anhalter?«

»Möglich. Aber sieh doch noch einmal genau hin«, forderte ihn die Chefin auf. »Hier sind Schleifspuren. Sie ist nicht auf ihren eigenen Füßen hierher gekommen. Sie wurde geschleift!«

»Ja, jetzt sehe ich das auch«, gestand der Constable. »Das ist mir vorher gar nicht aufgefallen.«

»Wir werden uns mal die Leute vorknöpfen, die hier übernachten wollten. Denn lang kann die Frau noch nicht tot sein«, entschied Sergeant Sarah Cormack.

Warum nur geraten wir immer wieder in solch vertrackte Situationen, fragte sich Helga. Sie erinnerte sich noch gut an die verfahrene Situation vor knapp zwei Jahren, als ein unfähiger Kommissar sie verdächtigt hatte, in ein Verbrechen verwickelt zu sein. Und das nur, weil sie als erste am Schauplatz eines Mordes angekommen waren und über den Notruf die Polizei alarmiert hatten. Und nun gerieten sie schon wieder in den Strudel der Vernehmungen. Immerhin waren die beiden Frauen, die hier am Billabong in ihrem Van übernachten wollten, zuerst hiergewesen.

Diese uniformierte Walküre und ihr eifriger Constable hielten sie trotzdem für verdächtig. Das war nicht zu übersehen. Vielleicht hätten sie nicht sagen sollen, dass sie und Jürgen die Tote möglicherweise sogar kennen. Helga konnte nicht mit Sicherheit sagen, dass es sich bei der Frau wirklich um Nadine Brandmüller handelte. Nicht nur, wegen der kurz geschnittenen, dunkel gefärbten Haare, sondern auch, weil die Gesichtszüge verschwollen und verfärbt waren.

»So, sie glauben also, dass sie möglicherweise die Identität der toten Frau kennen!«, hatte die Polizistin zu ihr gesagt und sie aufgefordert, ihren Verdacht zu begründen. Ohne eine Miene zu verziehen, hatte sie zugehört und zweifelnd die Augenbrauen gehoben als sie von Hanno Jachnik erzählte. Nachdem Helga geendet hatte, erklärte der junge Polizist, dass die Frau laut Führerschein Sally Walker hieß.

Jetzt waren die beiden zu ihrem Einsatzfahrzeug zurückgegangen und berieten sich.

»Sarah, was hältst du von der Räuberpistole, die uns diese deutsche Touristin da aufgetischt hat?«

»Ich weiß nicht so recht. Ich glaube, das ist ein Fall für die Detectives. Trotzdem sollten wir mal per Funk nachfragen, ob eine Nadine Brandmüller bekannt ist. Und dann sperren wir die Zufahrt zum Billabong ab. Die Camper sollen nach Georgetown weiterfahren und sich dort auf den Campingplatz stellen. Dort müssen sie sich für die Detectives bereithalten.«

Kapitel 14

Sie hatte sich gelangweilt durchs Abendprogramm gezappt. Auf nichts mehr konnte sie sich konzentrieren, egal ob Krimi oder Liebesroman, egal ob Dokumentation oder Musik, ständig schweiften ihre Gedanken ab. Die Warterei nervte. Hatte er sie reingelegt? Am liebsten würde sie aufs Geratewohl einen Flug buchen – aber wie sollte sie ihn finden? Das war so gut wie unmöglich. Frustriert schaltete sie den Fernseher ab und ging ins Bad, um sich abzuschminken und bettfertig zu machen. Obwohl ihr klar war, dass sie sich vor lauter Unruhe wieder stundenlang schlaflos im Bett herumwälzen würde. Ganz sicher war sie auch morgen früh wieder unausgeschlafen und hundemüde. Dabei musste sie arbeiten und topfit sein. Gerade als sie die Zähne putzte und den Mund voll Zahnpasta hatte, hörte sie den Klingelton, der auf ihrem Prepaid-Handy den Eingang einer Textnachricht anzeigte. Sie spuckte die Zahnpasta aus, ging eilig ins Wohnzimmer und öffnete die SMS. Sie enthielt nur ein einziges Wort: »Erledigt!«

Sofort war die Müdigkeit wie weggeblasen. Sie fuhr ihren Laptop hoch und suchte nach Flügen. Aber wohin sollte sie buchen?

Sie nahm ihr Handy, tippte: »Wohin?«, und drückte auf Senden.

Die Antwort kam umgehend: »Warte noch etwas!«

»Verdammt! Wie lange denn noch?«, fluchte sie und warf das Handy wütend aufs Sofa.

Detective Greg Nolan und sein Partner Ron Finlay saßen im Wohnmobil der Brombachers, ließen sich den deutschen Filterkaffee schmecken, den Helga frisch aufgebrüht hatte, und zeichneten diskret die Aussagen der beiden mit dem Smartphone auf. Das, was das deutsche Ehepaar da erzählte, hörte sich wirklich wie eine Räuberpistole an. Ob es sich bei der mysteriösen Toten tatsächlich um die deutsche Staatsbürgerin Nadine Brandmüller handelte, würde sich anhand der Fingerabdrücke schnell klären lassen. Dass der Führerschein, der auf den Namen Sally Walker lautete, gefälscht war, hatten sie schnell überprüfen können. Aber was sollten sie von dem Verdacht halten, dass ein gewisser Hanno Jachnik hinter allem stecke? Sie mussten schnellstens überprüfen, ob dieser Jachnik wirklich in Australien eingereist war. Und dann wollten sie sich mit der deutschen Polizei in Verbindung setzen. Das Ehepaar hatte ihnen Namen und Adresse der zuständigen Polizeibehörde aufgeschrieben. Außerdem hatten sie auch die E-Mail-Adressen, der zuständigen Kommissare. Angeblich um Fotos und Reiseberichte zu schicken.

»Glaubst du, die beiden haben etwas mit dem Tod der Frau zu tun?«, fragte Greg seinen Partner, als sie zum Van der beiden Frauen hinübergingen, die die Tote als erste entdeckt hatten.

»Eher nicht. Obwohl die Story, die sie uns da aufgetischt haben, schon ziemlich wild klingt.«

»Harriet wird uns morgen vermutlich mehr sagen können«, hoffte Greg.

Die Detectives rieben sich Menthol unter die Nase und hielten respektvoll Abstand zu der Leiche auf Dr. Harriet O'Briens Tisch.

»Die Frau ist vermutlich Ende 30 oder Anfang 40. Ihr allgemeiner Gesundheitszustand ist als gut zu bezeichnen. Die Haare sind gefärbt. Ihre natürliche Haarfarbe ist goldblond.«

»Goldblond? Meist geben sich die Frauen doch alle Mühe, um ihr Haar goldblond zu färben. Nicht andersherum«, wunderte sich Ron Finlay.

»Ich vermute, sie wollte nicht erkannt werden. Konntet ihr die Fingerabdrücke, die ich ihr abgenommen habe, inzwischen zuordnen?«, erkundigte sich Harriet.

»Ja«, bestätigte Greg Nolan. »Es handelt sich wirklich um die deutsche Staatsbürgerin Nadine Brandmüller. Sie steht in Deutschland unter dringendem Tatverdacht ihren Ehemann getötet zu haben und wird mit einem internationalen Haftbefehl gesucht.«

»Na, da würde ich mir auch die Haare absäbeln und färben!«, kommentierte die Rechtsmedizinerin.

»Wär echt schade drum«, bemerkte Ron schmunzelnd, auch wenn man Harriets karottenrote Lockenmähne unter der Schutzhaube nur erahnen konnte. »Aber woran genau ist sie denn nun gestorben?«

»An drei Schlangenbissen!«

»Sagtest du wirklich drei?«

»Ja. Die Bisse stammen von einem Inlandtaipan. Und zwar von einem Einzigen, der jedoch mehrfach zugebissen hat.«

»Als Städter kenn ich mich mit Schlangen ja nicht so sonderlich gut aus. Aber soviel ich weiß, ist diese Schlange sehr selten und extrem scheu. Soweit ich mich an den Biologieunterricht in der Schule erinnere, ist der Inlandtaipan die giftigste Schlange der Welt.«

»Das stimmt«, bestätigte die Medizinerin. »Ein einziger Biss kann innerhalb einer Stunde zum Tod führen. Die Schlange hat aber dreimal giftig zugebissen. Vermutlich ist die Frau in Panik geraten und hat wild um sich geschlagen. Das verteilt natürlich auch das Gift sehr schnell im Körper. Sie war mit ziemlicher Sicherheit innerhalb einer halben Stunde tot. Aber wie gesagt, man muss den Inlandtaipan schon extrem in die Enge treiben, damit er zubeißt. Und dann gleich dreimal. Noch ungewöhnlicher ist, dass sich die Bisse nicht wie üblich im Bereich der unteren Extremitäten befinden, sondern an Hals und Schulter und am Oberarm.«

»Demnach müsste die Schlange von oben gekommen sein«, konstatierte Ron, »aber sogar wir Städter wissen, dass Schlangen auf dem Boden kriechen.«

»Sie muss mit der Schlange in einem sehr engen Raum gewesen sein, darauf lassen jedenfalls die vielen Blutergüsse schließen. Vermutlich hat sie die Schlange abgewehrt und sich mehrfach gestoßen.«

»Was für ein enger Raum könnte das sein? Eine Telefonzelle, so wie man sie früher hatte?«, überlegte Greg.

»Möglich, aber der Taipan muss von oben gekommen sein«, erinnerte Dr. Harriet O'Brien.

Ein enger Raum und von oben, schoss es Ron durch den Kopf. Im Geiste sah er das Wohnmobil des deutschen Ehepaars vor sich. Er hatte es bewundert und die Frau hatte ihm gezeigt, wie wunderbar man damit lange Zeit verreisen könne. Die gut ausgestattete Küche mit dem großen Kühlschrank, das kleine Bad mit der separaten Dusche. Er erinnerte sich an die Dachluke. Dort könnte man doch ... Allerdings waren in den Dachluken des deutschen Wohnmobils Ventilatoren mit einem festen Fliegengitter verschraubt. Könnte man sicher abmontieren ... Sollte er das Wohnmobil auf verdächtige Spuren durchsuchen lassen? Nein, die wären nicht so blöd, dann dort noch einmal vorbeizufahren, wo die Tote abgelegt war. Aber in Australien gab es ja auch genügend Camper. Vielleicht nicht so komfortabel, doch so einen Raum für Dusche und Toilette hatten die sicher auch.

»Von oben,«, überlegte Ron, »vielleicht die Nasszelle eines Campers?«

»Ja, das wäre gut möglich!«, bestätigte die Medizinerin, die selbst gerne im Wohnmobil durch die Lande zog. »Auf jeden Fall könnt ihr davon ausgehen, dass jemand versucht hat, die Frau mit Hilfe der Schlange zu töten.«

»Ja, und dann legt sie dieser Jemand irgendwo im Outback ab. Mit einem Rucksack und ner Wasserflasche, damit es aussieht, als wäre sie eine leichtsinnige Touristin, die sich verlaufen hat«, folgerte Greg.

»Dieser Hanno Jachnik ist Deutscher«, überlegte Ron

Finlay. »Ziemlich unwahrscheinlich, dass der sich mit australischen Schlangen auskennt, und noch unwahrscheinlicher ist, dass er diese seltene, hochgiftige Schlange selbst gefangen hat.«

»Genau! Wir sollten rausfinden, wie man an solche netten Tierchen kommt. Ich schätze mal, dass der Umkreis, in dem wir suchen müssen, nicht sehr groß ist, denn lang wird er mit ner Giftschlange im Gepäck nicht rumgekurvt sein. Wer handelt mit Schlangen?«, fragte Greg.

»Fühlt mal Ian Roberts in Cairns auf den Zahn«, schlug Harriet vor. »Der züchtet Schlangen, melkt sie und verkauft das Gift, damit daraus Serum gegen Schlangenbisse hergestellt werden kann. Aber er ist ein zwielichtiger Typ und für Geld macht der alles.«

»Es ist Zeit, dass wir uns mit der deutschen Polizei in Verbindung setzen«, stellte Detective Ron Finlay fest. »Zum einen sollten sie wissen, dass die gesuchte Nadine Brandmüller nicht nur tot aufgefunden, sondern vermutlich sogar selbst einem Tötungsdelikt zum Opfer gefallen ist. Denn auch wenn sie durch die Bisse einer Schlange starb, hat hier jemand ganz massiv nachgeholfen. Außerdem interessiert mich, was die Kollegen über den verdächtigten Hanno Jachnik zu sagen haben.«

»Fest steht, dass er mit Quantas in Sydney eingereist ist. Auch, dass er Australien noch nicht verlassen hat«, erinnerte Greg.

Ron sah auf die Uhr: »Acht Stunden Zeitunterschied. Warten wir bis um vier am Nachmittag, dann rufen wir die deutschen Kollegen an.

»Okay, dann telefonieren wir erst mit den Kollegen in Cairns!«

Der Rückruf aus Cairns kam schnell. Ian Roberts hatte sich das Passfoto von Jachnik angesehen und zugegeben, dass er ihm einen Inlandtaipan verkauft hatte. Angeblich hatte Jachnik behauptet, dass die Schlange für ein medizinisches Institut bestimmt sei, berichtete der Kollege. Natürlich könne man Roberts nichts Gegenteiliges nachweisen. Aber die Aussage reichte aus, um australienweit nach Jachnik zu fahnden.

Jan Warnecke legte den Hörer auf. »Na das ist ja ein Ding!«, staunte Frank Becker. Er hatte Jans Gespräch mit der Queensland-Polizei am anderen Apparat mitverfolgt.

»Ja, das kannst du laut sagen. Wobei, dass Jachnik und die Brandmüller unter einer Decke stecken, haben wir ja schon vorher vermutet, sonst hätte sie wegen der Unterschlagung Anzeige erstattet. Aber wie es jetzt aussieht, ist er der Drahtzieher. Vermutlich hat er sie zum Mord an ihrem Ehemann angestiftet. Gleichzeitig hatte er mit seinem Australienaufenthalt ein schönes Alibi. Davon, dass jetzt die Aussies nach ihm fahnden, hat er sicher nicht geträumt.«

»Was hältst du davon,« schlug Frank Becker vor, »wenn wir uns mal mit seinem Umfeld hier in Deutschland beschäftigen. Schließlich wissen wir ja so gut wie gar nichts über ihn. Die Kollegen vom Betrug haben sich ja auch nicht näher mit ihm befasst. Aber jetzt geht es um ein Tötungsdelikt und das ist unser Bier.«

»Ja, das sollten wir unbedingt machen. Hat der Jachnik hier eine Ehefrau oder andere Verwandte?«

»Das finden wir raus!« Becker wandte sich seinem Computer zu. Ein paar Minuten später vermeldete er: »Der Jachnik hat hier ne Frau. Nicole Jachnik, geb. Gaiger, IT-Spezialistin bei einer Versicherung. Es liegt nichts gegen sie vor. Aber wir sollten der Dame mal einen Besuch abstatten.«

Sie kam gerade von der Arbeit und fuhr ihr Auto, einen älteren Kleinwagen, in die Garage.

»Geschickte Tarnung?«, spekulierte Becker. »Oder hat sie wirklich von den Raubzügen ihres Ehemanns keine Ahnung?«

»Hören wir einfach mal, was sie uns zu erzählen hat.«

Nachdem Frau Jachnik im Haus verschwunden war, parkte Warnecke vor ihrer Garage.

»Ja bitte?« Sie begutachtete die Ausweise genau, bevor sie die Beamten hereinbat. Warnecke und Becker sahen sich um. Es war dem Stil nach ein älteres, geschmackvoll modernisiertes Haus.

»Ich habe es von meiner Großmutter geerbt«, erklärte sie. »Wir haben sehr viel Mühe, Geld und Arbeit in die Renovierung gesteckt. Aber ich glaube nicht, dass sie gekommen sind, um mein Haus anzusehen.« Sie zog ihre Pumps aus und schlüpfte in Gesundheitslatschen. »Sie entschuldigen, aber mir tun die Füße weh. Bitte kommen Sie mit mir ins Wohnzimmer und nehmen Sie Platz.«

Das Wohnzimmer war geschmackvoll möbliert. Trotzdem wirkte es seltsam kühl und unpersönlich. Es passte zu dieser Frau mit dem glatten Haar, die dezent, aber mit Stil gekleidet und kaum wahrnehmbar geschminkt war.

»Wir hätten von Ihnen gerne gewusst, wo sich Ihr Mann aufhält«, sagte Warnecke ohne Umschweife.

»Mein Mann ist in Australien«, erklärte sie ohne größere Regung.

»In Australien? Was macht er dort?« Becker tat erstaunt.

»Er wollte dort für BraMüTec neue Kunden gewinnen und evtl. auch einen geeigneten Standort für eine neue Niederlassung suchen.«

»BraMüTec wurde verkauft«, warf Warnecke ein. Falls er mit einer Regung gerechnet hatte, wurde er enttäuscht. Ihre Miene blieb kühl, unverbindlich.

»Ich weiß, deshalb will er jetzt selbst etwas aufziehen.«

»Womit?«, fragte Becker und Warnecke fügte sofort hinzu: »Mit dem Geld, das er bei BraMüTec unterschlagen hat?« Falls Warnecke geglaubt hatte, dass sie dieser Schuss ins Blaue aus der Reserve locken würde, hatte er sich getäuscht. Ihre Miene blieb unverändert regungslos.

»Das ist eine Unterstellung!«

»Ihr Mann wird in Australien polizeilich gesucht. Gegen ihn liegt ein Haftbefehl vor. Er wird verdächtigt, Nadine Brandmüller getötet zu haben.«

»Nadine Brandmüller ist in Spanien!«, entgegnete Nicole Jachnik ungerührt.

An der ist ein Pokerspieler verloren gegangen, dachte Warnecke. Bin gespannt, ob es uns nicht doch noch gelingt, sie aus der Reserve zu locken.

»Nein, sie wurde von der Polizei in Queensland anhand ihrer Fingerabdrücke zweifelsfrei identifiziert«, entgegnete Becker.

Ein kaum wahrnehmbares Lächeln war die einzige Reaktion. Warnecke registrierte es zufrieden. *Na also Mrs. Pokerface, so langsam zeigst du ja doch Gefühle.*

»Wussten Sie, dass sie die Geliebte ihres Mannes war?«, schob Becker sofort nach.

»Nein, aber wenn, dann war sie sicher nicht die Einzige. Ich seh das nicht so eng.« Ihre Miene war wieder undurchdringlich. Sie verschränkte die Arme, schlug die Beine übereinander. Warnecke spürte, dass es ihr auf diese Weise leichter fiel, den Eispanzer aufrechtzuerhalten.

»Wo genau hält sich Ihr Mann zurzeit in Australien auf?«

»Er hat mir vor ein paar Tagen gemailt, dass er in der Nähe von Adelaide eine interessante kleine Firma gefunden hat, die für sein Vorhaben geeignet wäre.«

»Adelaide?« Becker hob zweifelnd die Augenbrauen. »Soviel ich weiß ist das Südaustralien. Dabei hat er gestern in Queensland Nadine Brandmüller ins Jenseits befördert.«

»Da sehen Sie mal, dass er es gar nicht gewesen sein kann!«

»Würden Sie uns diese Mail bitte zeigen?«

»Nein, das geht Sie nichts an«, entgegnete sie in einem

ungewöhnlich scharfen Ton. »Das ist mein privater Laptop, mein privater Posteingang. Sie haben kein Recht dazu, denn gegen mich liegt ja wohl nichts vor!«

Warnecke zuckte mit den Schultern. Er hatte auch nicht damit gerechnet, dass sie kooperieren würde.

Nicole Jachnik stand auf: »Ich denke, Sie sollten jetzt gehen. Ich habe Ihnen gesagt, was ich weiß und sehe diese Unterhaltung oder was immer das sein sollte, als beendet an!«

Kapitel 15

Irene hatte trotz des hohen Preises der Verlockung nicht widerstehen können. Die Designerschuhe waren todschick, der Traum jeder modebewussten Frau. Ihre Kolleginnen beneideten sie. Sie biss die Zähne zusammen und versuchte, ein gut gelauntes Lächeln aufzusetzen, was ihr anfangs auch mehr oder weniger überzeugend gelungen war. Doch was morgens nur als leichtes Zehendrücken begonnen hatte, grenzte zum Ende des Achtstunden-Arbeitstags an Folter. Ihre Füße brannten inzwischen wie höllisches Feuer. Als sie dann im Bus keinen Sitzplatz ergattern konnte, hätte sie am liebsten geheult. Die letzten fünf Minuten Fußweg nach Hause legte sie humpelnd auf Strümpfen zurück. Jetzt wollte sie nur noch sitzen und die Beine hochlegen.

Sie fischte den Schlüssel aus der Handtasche und öffnete gewohnheitsmäßig den Briefkasten. Ein hellgrauer Umschlag fiel ihr entgegen. Vom Finanzamt! Was wollten die von ihr? Sie schleppte sich die zwei Stockwerke zu ihrer Wohnung hoch und schleuderte die Folterschuhe ins Eck. Bevor sie sich aufs Sofa fallen ließ, riss sie den Brief vom Finanzamt auf. Diese Geier verlangten doch tatsächlich von ihren mickerigen 100.000 Euro sage und schreibe 30% Erbschaftssteuer! Zornbebend nahm sie die Zahlungsaufforderung und steckte sie in dieselbe Schublade, in der auch die Abschrift des schändlichen Testaments lag. Sie hatte es bis jetzt noch nicht über sich gebracht, das Schriftstück in Ruhe durchzulesen. Ihr reichte schon die

Erinnerung daran, dass sie mit bescheidenen 100.000 Kröten abgespeist worden war. Wie hatte Jörg nur solch ein schofeliges Testament verfassen können!

Zum x-ten Mal scrollte Irene Föhr durch den Online-Artikel der Daily News. »Jörg Brandmüller exhumiert! Wurde der reiche Inhaber der Firma BraMüTec ermordet? Ist die schöne, junge Witwe eine Mörderin?« Wie oft hatte sie das jetzt schon gelesen. Jedes Mal wenn sie sich einloggte, hoffte sie darauf, dass statt der großen Überschriften und vielen Fragezeichen nun endlich ein paar Fakten dabeistünden. Aber dem Käseblatt reichten die Mutmaßungen. Fakten waren für seriöse Zeitungen, und an Fakten waren die Leser von Skandalblättchen nicht interessiert. Nun, da musste sie sich eben selbst um die Fakten bemühen. Denn wenn die verhasste Nadine wirklich eine Mörderin war, konnte sie nicht erben. Sie war dann erbunwürdig, das hatte sie im Internet recherchiert. Jörg hatte außer ihr keinerlei Verwandte, also müsste ihr nicht nur das viele Geld, sondern auch die Villa zufallen. Die hatte Nadine zwar schon an diesen Filmfritzen verhökert, aber das Geld, das der Verkauf eingebracht hatte, war schließlich auch nicht zu verachten. Zwar würde das Finanzamt auch dafür nicht zu knapp Steuern kassieren wollen, aber unterm Strich bliebe für sie immerhin eine stolze Summe übrig.

Wer wusste am besten darüber Bescheid, ob Nadine nun gemordet hatte oder nicht? Die Polizei natürlich!

Warnecke und Becker stöhnten und verdrehten genervt die Augen. Der Beamte an der Pforte hatte telefonisch ankündigt, dass eine Frau Föhr die Herren von der Mordkommission sprechen möchte. Gleich darauf kam sie angestöckelt, mit neuer, frischgefärbter, dauergewellter Frisur, hautengen, schwarzen, seidig glänzenden Jeans, und einem knapp sitzenden, grellbunt geblümten Shirt, das gnadenlos jede einzelne ihrer zahlreichen Speckrollen betonte. Ihr Make-up war mittlerweile sicher teurer, aber immer noch zu dick aufgetragen. Außerdem klebten an ihren Lidern jetzt extralange, extradichte falsche Wimpern.

Warnecke bot ihr höflich einen Stuhl an. Immerhin hatte sie mit ihrem Verdacht richtig gelegen.

»Wie sieht es aus?«, begann sie ohne langes Drumherumreden, »Haben sie inzwischen die Ergebnisse der Exhumierung?«

»Ja, die sind uns mittlerweile bekannt«, bestätigte Warnecke.

»Und, was sagen die Spezialisten?«

»Dass Herr Brandmüller keines natürlichen Todes starb.«

»Na also. Haben Sie Nadine Brandmüller schon verhaftet?«

»Nein.«

»Sie sagten doch gerade, dass mein Cousin Jörg keines natürlichen Todes starb! Also hat sie ihn ermordet!«

»Das sagen die Ergebnisse nicht. Aber Frau Brandmüller steht, beziehungsweise stand, unter dringendem Tatverdacht«, erklärte Warnecke geduldig.

»Was heißt stand? War es wohl jemand anderes?«

»Vermutlich nicht. Aber als Mörder gilt nur, wer vor Gericht wegen Mordes schuldig gesprochen wurde.«

»Ach so, na dann wird es Zeit, dass sie vor den Kadi kommt!«

»Frau Föhr, das hätten wir auch gerne. Leider ist das nicht möglich.« Warnecke warf Becker einen amüsierten Blick zu. Der saß verdeckt hinter seinem Monitor und grinste von einem Ohr zum anderen. Im Grunde könnte Warnecke dieses Gespräch ja abkürzen. Er ahnte, worauf diese Frau Föhr hinauswollte und ließ sie noch ein wenig zappeln.

»Natürlich, das Miststück hat sich vom Acker gemacht, ist untergetaucht. Logisch! Warum lassen Sie nicht nach ihr fahnden?«

»Liebe Frau Föhr, Sie werden es nicht glauben, aber das haben wir. Sie wurde sogar von Interpol gesucht.«

»Und immer noch nicht gefunden?«, entrüstete sich Irene.

»Doch, Frau Föhr. Nadine Brandmüller wurde in Australien gefunden!«

Irene Föhr sprang von ihrem Stuhl auf: »Na also, dann muss sie ausgeliefert werden!«

»Dummerweise lebte sie da nicht mehr!«, fügte Jan Warnecke hinzu. »Die australischen Kollegen haben uns mitgeteilt, dass Nadine Brandmüller an mehreren Schlangenbissen starb.«

Jetzt hatte es Irene Föhr tatsächlich die Sprache verschlagen. Warnecke sah, wie es in ihrem Kopf rotierte, bis sie schließlich doch zum Punkt ihres Besuchs kam: »Und was ist jetzt mit dem Erbe? Das müsste doch nun mir zustehen!«

Warnecke zuckte mit den Schultern. »Da sind sie bei uns an der falschen Adresse.«

Irene Föhrs Gedanken überschlugen sich. Während sie zur Tür hinausstöckelte, fasste sie einen Entschluss: *Zur Bank! Ich muss erst mal zur Bank, damit ich weiß, was überhaupt da ist, dann sehe ich weiter.*

Nils Lehmann grinste still in sich hinein. Seine Mutter lobte den zusammengeklatschten Nusskuchen der stets peinlich aufgedonnerten Nachbarin, rührte Sahne in den dünnen Kaffee und gab vor, interessiert deren Geschwätz zuzuhören. In all den Jahren, in denen Frau Föhr in der Nachbarwohnung wohnte, hatte sie kaum einen Gruß erwidert, vermutlich weil sie sich stets für »etwas Besseres« gehalten hatte. Bis sie vor zwei Tagen überraschend an der Tür geklingelt und seine Mutter zum Kaffee eingeladen hatte.

»Wirst sehen, die will was!«, hatte seine Mutter zu ihm gesagt.

»Klar. Ich weiß auch ganz genau was«, hatte er seiner Mutter geantwortet. Logisch, dass deren Neugier geweckt war. Freude heuchelnd, hatte sie die Einladung angenommen. Nils wusste, der Kaffeeklatsch hatte im Grunde ihm gegolten, aber einen 19-jährigen Bank-Azubi einzuladen, war ihr vermutlich zu vordergründig erschienen.

Sie hatte aber mit ziemlicher Sicherheit in den Flur hinausgelauscht, denn kaum, dass er beim Nachhausekommen den Schlüssel ins Schloss gesteckt hatte, war ihre Tür aufgegangen und Irene Föhr hatte mit zuckersüßer Stimme geflötet:

»Ach Nils, Ihre Mutter ist bei mir zum Kaffeetrinken, möchten Sie nicht auf eine Tasse mit hereinkommen?« *Du elender Saufratz, räum gefälligst deinen Roller aus dem Weg!* So hatte sie ihn früher angeschnauzt.

»Aber gerne«, hatte er ihr genauso zuckersüß geantwortet. Und nun drückte er ihren misslungenen Kuchen hinunter und wartete mit stillem Vergnügen darauf, dass sie die Katze aus dem Sack ließ. Dabei hatte sie ihn, als sie vorige Woche in die Bank kam, vollkommen ignoriert und, als sie bei der Kollegin mit ihrem Anliegen nicht weitergekommen war, lautstark nach dem Bankdirektor verlangt. Aber auch beim Filialleiter hatte sie auf Granit gebissen, woraufhin sie wutschnaubend zur Tür hinausgerauscht war.

Nachdem sie sich noch ein wenig über das schlechte Wetter ausgelassen hatte, waren ihr endgültig die Small-Talk-Themen ausgegangen und sie kam über ein paar Umwege doch endlich auf den Punkt:

»Sind Sie schon lange beim Bankhaus Wiebke & Söhne, lieber Nils?«

»Ein knappes Jahr. Ich bin in der Ausbildung.«

»Das ist sicher sehr interessant dort. Haben auch Privatpersonen bei Euch Konten?«, erkundigte sie sich immer noch ein wenig um den heißen Brei herum.

»Wenige. Meist sind es Großkunden oder Firmen.«

»Wissen Sie, ich habe kürzlich ein paar Euro geerbt. Die wurden von Ihrer Bank ausbezahlt.«

Da hattest du Glück, du alte Scharteke, dass du die Hunderttausend geholt hast, bevor die Brandmüller alle Konten aufgelöst hat. »Das ist schön für Sie, liebe Frau Föhr!«

»Einerseits ja – aber andererseits stünde mir eigentlich das ganze Erbe zu, denn es hat sich ja herausgestellt, dass Nadine Brandmüller erbunwürdig ist, weil sie ihren Mann ermordet hat und ich Jörg Brandmüllers einzige Verwandte bin. Jetzt muss ich natürlich wissen, was vom Geld noch da ist, oder ob Nadine Brandmüller schon alles verbraten hat. Leider war man da in Ihrer Bank nicht sehr kooperativ«, seufzte sie.

»Es gibt ein Bankgeheimnis. Sie müssten zum Nachlassgericht, dann kann Ihnen die Bank weiterhelfen.«

»Ach, das ist doch alles mit Ärger verbunden. Ich will doch nur wissen, ob noch was da ist.«

Nils wusste genau, dass auch für ihn als Azubi das Bankgeheimnis galt. Das war so ziemlich das Erste, was man ihm eingetrichtert hatte, aber der »elende Saufratz« und andere Nettigkeiten waren noch ziemlich frisch, weshalb er sich nicht verkneifen konnte, ihr die ungeschminkte Wahrheit zu sagen:

»Bankgeheimnis hin oder her – ich kann Ihnen nur so viel sagen, als dass nichts mehr da ist. Nadine Brandmüller hat umgehend ihre Konten aufgelöst und teils in die Schweiz, teils nach Spanien, teils auf Offshore Konten transferiert. Ich vermute mal, dass mittlerweile alles auf dubiosen Offshore Konten liegt«, erklärte Nils mit vorgegebenem Bedauern.

Er genoss es, wie ihr vor Schreck der Unterkiefer nach unten klappte. Irene Föhr war tatsächlich sprachlos. Nils vermutete, dass dies in ihrem bisherigen Leben noch nicht oft vorgekommen war.

»Und wie finde ich jetzt raus, wo das ganze Geld ist?«, stieß sie hervor, als sie ihre Sprache wiedergefunden hatte.

Nils zuckte mit den Schultern: »Keine Ahnung. Sie können ja mal einen Detektiv engagieren.«

»Einen Detektiv?«

»Warum nicht. Zum Beispiel einen Wirtschaftsdetektiv. Ich kenne da jemanden, der hat sich auf verstecktes Geld spezialisiert.«

Fabian Krämer, Wirtschaftsdetektiv

Das Messingschild am Hauseingang machte richtig was her. Sicher, die Gegend rund um die Bahnhofstraße machte weniger her, auch wenn sie in den letzten Jahren ein wenig aufgehübscht worden war. Aber er konnte sich kein Büro in einer schickeren Umgebung leisten. Er konnte sich überhaupt kein Büro leisten, weshalb er das Sofa, den Fernseher und anderen Kram aus dem Wohnzimmer kurzerhand ins Schlafzimmer geräumt hatte. Das war jetzt verdammt vollgestopft und eng und er musste ständig übers Bett klettern, wenn er etwas aus dem Schrank wollte. Aber seit seine Beziehung in die Brüche gegangen war, ließ sich die Unbequemlichkeit ertragen. Das Wohnzimmer hatte er zum Büro umfunktioniert, hatte die Sessel der alten Couchgarnitur für Besucher vor dem riesigen Schreibtisch positioniert, den er gebraucht im Sozialkaufhaus entdeckt hatte. Ebenso wie die Büroschränke, die mit nahezu leeren Ordnern bestückt waren, aber zumindest den Eindruck eines viel beschäftigten Detektivs vermittelten. Nur der teure Laptop war neu. Das war sein unverzichtbares Haupthandwerkszeug. Er checkte seine Homepage, die er kürzlich erstellt hatte. Vollmundig pries er sich als erfolgreicher Wirtschaftsdetektiv, diskret, schnell und zuverlässig und so weiter, und so weiter. Aufgepeppt hatte er das Ganze mit gefakten, selbsterstellten Bewertungen und Dankesschreiben.

Nun schien die schlimmste Durststrecke überwunden. Er schrieb eine gesalzene Rechnung für seine *aufwendigen* Dienste: Fahrt zu mehreren Banken in Zürich, Anfragen bei den Behörden der Kaiman Inseln und anderen Offshore Geldverstecken. Alles mit Quittungen und Belegen versehen – selbst gebastelt aus dem Drucker – einschließlich der Hotelrechnung.

Natürlich musste er Nils eine Provision zahlen. Die alte Scharteke wäre nie von selbst zu ihm gekommen. Seit sie ihn bei der Bank rausgeschmissen hatten, war es schwierig, einen neuen Job zu bekommen. Er könnte sich heute noch die Haare ausraufen, wenn er daran dachte, wie dumm er sich angestellt hatte. Der Bankkunde, den er hatte erpressen wollen, weil er hinter dessen kleine, schmutzige Geheimnisse gekommen war, hatte nicht gezahlt, sondern ihn angeschwärzt. Sehr schnell hatte sich herausgestellt, dass er sich nicht nur in die Konten, sondern auch in die Computer der Bankkunden gehackt hatte. Bank und Kunde hatten darauf verzichtet, ihn anzuzeigen. Im eigenen Interesse, und natürlich um Aufsehen zu vermeiden. Sie hatten ihn nur umgehend an die Luft gesetzt. Außer mit einem allgemein gehaltenen Rundschreiben, das daran erinnerte, die Passwörter regelmäßig zu wechseln, waren die Kunden nicht explizit gewarnt worden.

In Nadine Brandmüllers Computer hatte er sich schon vor längerer Zeit, noch vor ihrer großen Erbschaft, gehackt, was nicht schwierig gewesen war. Sie hatte nicht mal die Firewall aktiviert. Er konnte problemlos verfolgen, wie sie ihr Geld hin und her geschoben hatte. Und mysteriöserweise wurde, obwohl die Frau ja tot war, noch immer Geld verschoben. Auf andere Konten. Er wusste, wem die Konten gehörten.

Fabian Krämer steckte die gesalzene Rechnung in einen Umschlag und adressierte ihn an Frau Irene Föhr.

»Ich brauche einen Anwalt, der meine Forderung beim Erbschaftsgericht durchsetzt!«, war ihre erste Reaktion gewesen, als sie die Summen auf den diversen Konten auf rund 12 Millionen Euro addiert hatte. Krämers Rechnung war zwar heftig, aber die Investition hatte sich gelohnt. Dachte sie.

Sie hatte das Testament aus der Schublade geholt und war umgehend bei Christian Gerauer, dem Anwalt, den ihr Fabian Krämer empfohlen hatte, aufmarschiert. Der hatte praktischerweise gleich in der Nachbarschaft seine Kanzlei.

Sie hatte zwar bisher noch nie mit Anwälten zu tun gehabt, aber durchaus eine feste Vorstellung, wie die Vertreter dieses Berufsstandes sein sollten: distinguiert, seriös, gepflegt, gut und dezent gekleidet. Nichts von alledem traf auf den Typen im zerknautschten, viel zu engen Anzug zu, der ihr die Tür geöffnet und sich dann hinter seinen Schreibtisch gesetzt hatte. Das schüttere, aschblonde Haar hatte schon länger kein Shampoo mehr gesehen, Kopfschuppen sprenkelten die Schultern des Sakkos, das aufgeschwemmte Gesicht mit den dicken Tränensäcken zeugte von zu viel Alkohol, die gelben Finger von zu viel Nikotin. Aber jetzt war sie schon mal hier.

Christian Gerauer, hatte Jörg Brandmüllers letzten Willen aufmerksam durchstudiert und fragte dann ganz unverblümt:

»Sagen Sie mal, Frau Föhr, haben Sie das Testament jemals ganz durchgelesen?«

»Durchgelesen?«

»Ja, durchgelesen. Hier steht schwarz auf weiß, dass für den Fall, dass Frau Nadine Brandmüller das Erbe nicht antreten kann, das gesamte Vermögen an diverse Wohltätigkeitsinstitutionen geht. Da aber Frau Brandmüller das Erbe angenommen und auch angetreten hat, bekommen diese hier aufgeführten Organisationen nichts. Deshalb sind Sie auch als einzige Verwandte Brandmüllers aus dem Spiel.«

Aus dem Spiel! Irene schnappte nach Luft. Plötzlich fiel ihr der Tag der Testamentseröffnung wieder ein. Sie war so wütend gewesen, dass das, was der Richter verlesen hatte, gar nicht bis in ihr Hirn vorgedrungen war. Zum Schluss war sie einfach davongerannt.

»Aber sie hat - sie hat ihn doch umgebracht«, stotterte sie. »Da ist sie doch erbunwürdig!«

»Sie wurde nie verurteilt. Die verstorbene Frau Nadine Brandmüller ist jetzt die Erblasserin. Das Vermögen geht an ihre Nachkommen!«, erklärte der Anwalt.

»Ja aber – sie hat doch gar keine Kinder. Auch keine Verwandten. Ihr Vater ist tot, ihre Mutter starb, als sie fünf war, Geschwister hat sie auch nicht. Eine Stiefmutter hat sie, aber die zählt doch ganz bestimmt nicht.«

»Wenn sie kein Testament gemacht hat, das die Stiefmutter begünstigt und auch sonst keine Verwandten gefunden werden, fällt das Erbe dem Staat zu!«

Dem Staat! Die ganzen 12 Millionen! Wie in Trance wankte sie nach Hause. Und dann, gerade als sie die Haustür aufsperrte, fiel es ihr wieder ein. Nadine hatte einmal einen Onkel erwähnt, einen Bruder ihres Vaters. Ja, das war auf der Hochzeit gewesen. Sie erinnerte sich, wie Nadine gewitzelt hatte, dass dies ein verschrobener, alter Junggeselle wäre. Egal, auf jeden Fall wäre er bald ein reicher, alter Junggeselle.

Längst hatte sie einen Entschluss gefasst. Sie würde noch einmal Fabian Krämers Dienste in Anspruch nehmen. Er musste diesen Onkel für sie aufspüren.

Horst Federle, geb. am 3. März 1962, ledig, wohnhaft in Hoffheim, Hauptstraße 15 im ersten Stock. Im Erdgeschoss betreibt Horst Federle eine Buch-und Schreibwarenhandlung, hatte Fabian Krämer herausgefunden und für seine Dienste ein saftiges Honorar verlangt. Eigentlich wusste Krämer noch mehr über Horst Federle. Aber das behielt er vorerst für sich. Dieses Wissen ließ sich bestimmt zu Geld machen.

Hoffheim ist nicht aus der Welt, fand Irene. In den Nachbarort fuhr sogar der Bus. Und Schreibwaren? Das war auch praktisch. Da konnte sie ganz unverfänglich irgendeine Kleinigkeit kaufen und dabei den Junggesellen, der vermutlich noch nichts von seinem zukünftigen Reichtum ahnte, in Augenschein nehmen. Sie würde den schon bezirzen. So hässlich konnte ein Mann gar nicht sein, dass ihn 12 Millionen nicht attraktiv machten. Sie inspizierte ihren Kleiderschrank, holte die neuen Designerschuhe heraus, stellte sie aber sofort wieder zurück. Nein, mit diesen Dingern an den Füßen hätte sie nach zehn Minuten ein schmerzverzerrtes, verkniffenes Gesicht, was absolut ungeeignet wäre, einen eingefleischten Einspänner aus der Reserve zu locken. Sie benötigte dringend ein weiteres Paar neuer Schuhe, notfalls sogar flache Sneakers, Hauptsache, sie wären schick und bequem.

Was hatte sie erwartet? Einen verschrumpelten Gnom? Einen ungepflegten Opa mit Zahnlücken in schlabberigen

Cordhosen? Einen rotgesichtigen Kerl mit Glatze und Schmerbauch? Alles und noch Schlimmeres – aber nicht das! Verdammt, der Mann sah gut aus! Sehr gut sogar. Schlank, gepflegt, sportlich, modisch gekleidet. Das dunkle Haar war nur leicht grau meliert, die Fingernägel manikürt. Hinter der Designerbrille blickten sie blaue Augen freundlich an. Mein Gott, dieser Horst Federle sah um mindestens 15 Jahre jünger aus, als er in Wirklichkeit war.

»Wie kann ich Ihnen helfen?« Sogar die Stimme war angenehm.

Irene schluckte. Sie hatte sich darauf eingestellt, einen potthässlichen Kerl zu bezirzen. Einen, der dankbar für die Aufmerksamkeit eines weiblichen Wesens war. Aber auf den mussten ja die Frauen fliegen. Vermutlich war er nicht verheiratet, weil er wenig Lust hatte, sich an eine einzige Frau zu binden.

»Ich suche – «, sie stockte und sah sich im Laden um. Federle verkaufte Schreibzeug, Schulbedarf, Zeitschriften und Bücher. Die Marmorstatue neben der Kasse, die augenscheinlich als Brief- und Zettelbeschwerer diente, irritierte sie. Ein nackter Mann, vielleicht 25 Zentimeter hoch. Ein nackter Mann mit einem Körper wie ein antiker Gott.

»Michelangelos David. Nicht der Echte, der wäre eine wenig zu groß für meinen Laden. Nur ein Souvenir aus Florenz. Aber den verkaufe ich nicht«, erklärte Horst Federle schmunzelnd.

»Ja klar. Ich suche ...« *Ja was suche ich denn?* »... einen Kugelschreiber!« *Blöde Kuh, stell dich nicht so an!*

»Einen Rutschfesten, der gut in der Hand liegt.«

Während Federle ihr vom billigen Plastikschreiber im Fünferpack bis zum hochpreisigen Edelmodell im luxuriösen Etui diverse Schreibgeräte vorlegte, wurde ihr jede einzelne ihrer zahlreichen Speckrollen bewusst, jede Falte, alle ihre körperlichen Mängel. Dann fiel ihr wieder ein, dass sie vorgehabt hatte, verführerisch mit ihren falschen Wimpern zu klimpern, was ihr aber nicht so recht gelingen wollte. Schneller als beabsichtigt, entschied sie sich für einen sündhaft teuren Edelschreiber im eleganten Etui. Beim Bezahlen fiel ihr Blick auf ein Buch, das neben der Kasse lag. Ein Buch mit einem Lesezeichen drin. Offensichtlich las es dieser Federle, wenn keine Kundschaft im Laden war. Das Buch lag für sie auf dem Kopf, sodass sie den Titel nicht richtig lesen konnte, aber sie erkannte auf dem Cover den Ayers Rock. Es musste also ein Buch über Australien sein. Sie würde morgen wiederkommen und sich ausgiebig die Bücher ansehen.

Zuhause klickte sie sich am Laptop durch die Buchplattformen, suchte Romane über Australien und schrieb sich einen Titel heraus. Das Cover sah ähnlich aus, aber sie war sich nicht sicher, ob es das Buch war, das bei Horst Federle auf der Theke gelegen hatte. Egal, wenn er es nicht im Laden hatte, müsste er es bestellen und sie hätte einen neuen Grund dort aufzukreuzen.

»Das Buch habe ich leider nicht vorrätig«, erklärte Horst Federle. Er suchte nach dem Titel im Computer und sagte:

»Ich kann es aber gerne besorgen. Morgen Nachmittag können Sie es abholen.«

»Oh, das ist lieb von Ihnen«, flötete Irene.

»Auf welchen Namen darf ich es bestellen?«

»Föhr – Irene Föhr«, hauchte sie mit einem verführerischen Augenaufschlag.

»Dann bis morgen, Frau Föhr«, verabschiedete er sie freundlich.

»Auf Wiedersehen! Bis morgen!«

Diesen Mann samt seinem Millionenerbe, von dem er unter Garantie noch nichts weiß, darf ich mir nicht durch die Lappen gehen lassen, sagte sie sich, als sie an der Bushaltestelle stand, um wieder nach Hause zu fahren. Sie nahm sich vor, an ihrer Figur zu arbeiten. Die Speckrollen mussten weg. Sie würde sich im Fitnessstudio anmelden, Yoga üben, joggen gehen. Sie brauchte Joggingschuhe! Die kaufte sie gleich im Anschluss in Kleinaltheim.

Brutales Seitenstechen und einen gewaltigen Muskelkater hatte ihr die gestrige 10-Minuten-Joggingrunde eingebracht. Sie biss die Zähne zusammen, als sie aus dem Bus stieg um in Federles Laden ihre Bestellung abzuholen.

»Soll ich es als Geschenk einpacken?«, fragte er als sie bezahlte.

»Danke, das ist nicht nötig, ich will es selbst lesen!«

»Dann wünsche ich Ihnen viel Vergnügen mit dem Buch!«

»Oh, vielen Dank, das habe ich bestimmt!« *Was für ein charmanter Mann! Was könnte ich denn morgen kaufen?*

Ein weiteres Buch? In Gedanken versunken, wäre sie fast über die Stufe zur Tür hinausgestolpert.

»Vorsicht, die Stufe!« Horst Federle war augenblicklich neben ihr und stützte sie am Arm.

»Oh, wie ungeschickt von mir!«, rief sie erschrocken.

»Hoffentlich haben Sie sich nichts verstaucht?«

»Nein, nein, vielen Dank! Ich war nur unaufmerksam!« Sie sah ihm tief in die Augen und wäre um ein Haar noch einmal gestolpert.

Zuhause suchte sie sich einen weiteren Australienroman aus und notierte Titel und Autor. Den würde sie morgen bestellen.

»Sie interessieren sich wohl sehr für Australien?«, fragte Federle, als er am nächsten Tag den neuen Titel im Computer suchte.

»Oh ja, sehr!«, log sie. *Schlangen, Giftspinnen, Giftkröten, Krokodile – da würden mich keine zehn Pferde hinkriegen.*

»Ja, ich auch. Ich sehe mir alle Dokumentationen über Australien im Fernsehen an!«

»Tatsächlich? Ich liebe die auch!«, rief sie enthusiastisch aus. *Tödlich langweilig war die Sendung, bei der ich neulich kurz beim Durchzappen hängen geblieben bin: Kängurus, Kakadus, Emus, Sandpisten und Gestrüpp.*

»Ja dann, bis Montag am Nachmittag sollte das Buch da sein. Ich wünsche Ihnen ein schönes Wochenende!«

Puh, einen Hässlichen oder Doofen zu umgarnen, wäre vermutlich einfacher. Jetzt bleibt mir gar nichts anderes übrig, als den Schinken zu lesen, den ich bei ihm gekauft habe. Notfalls muss ich auch noch in den Mediatheken nach Australiendokus suchen. Oh Gott, im Fitnesscenter wollte ich mich ja auch noch anmelden und die Yogaübungen auf YouTube ausprobieren. Ein Glück, dass ich Samstag und Sonntag nicht arbeiten muss.

Mit schmerzenden Muskeln und schwirrendem Kopf stieg sie am Montag aus dem Bus und steuerte auf Horst Federles Laden zu. Sie hatte sich im Büro nicht konzentrieren können. Ständig waren ihr Fehler unterlaufen, weil sie sich den Kopf zermarterte, wie sie diesen gut aussehenden, zukünftigen Millionenerben zu mehr als nur geschäftstüchtiger Freundlichkeit animieren könnte, ohne dass es wie plumpe Anmache aussah. Dann sah sie schon von Weitem, dass ein relativ großes Schild an Federles Ladentür hing. Was sollte das bedeuten? Trotz der Schmerzen in Bauch und Beinen beschleunigte sie ihren Schritt.

Liebe Kunden,
In der Zeit vom 01.08. bis zum 20.08. bin ich im Urlaub. Mein Laden bleibt während dieser Zeit geschlossen. Zum Schulbeginn bin ich selbstverständlich wieder für Sie da.
Horst Federle

Urlaub! Laden geschlossen! Und dann auch noch so lang! Welches Datum haben wir heute? Den 12. Juli rief sie sich in Erinnerung. Es blieb also noch etwas Zeit, den eisernen

Junggesellen zu umgarnen. Sie hatte ihren Urlaub auch in dieser Zeit eingeschrieben, allerdings noch nichts gebucht, weil sie auf ein Last-minute-Angebot irgendwo im Süden gehofft hatte. Ja, Urlaub wäre ein gutes Gesprächsthema.

»Ihr Buch ist da«, begrüßte er sie.

»Das ist ja wunderbar, das andere hab ich nämlich fast ausgelesen.«

»Hat es Ihnen gefallen?«

»Oh ja sehr!«, schwärmte sie.

Ein fader Liebesroman über Leute, die blöd genug sind, im hintersten Outback Schafe zu züchten.

»Nun, da haben Sie ja jetzt neuen Lesestoff.«

»Ja, bevor Sie Ihren Laden für so lange Zeit schließen, muss ich mir noch einige Bücher aussuchen. Wohin fahren Sie denn?«

»Fahren? Ich fliege nach Australien!«

Australien, ach du liebe Güte. »Oh, Sie sind ja ein Abenteurer!«, rief sie in gespielter Verwunderung. »Das ist doch sicher gefährlich?«

»Aber nein. Ich habe eine geführte Busreise gebucht. Das ist ganz bequem und sicher. Man wird in einem klimatisierten Bus zu allen Sehenswürdigkeiten gefahren, bekommt alles erklärt und am Abend übernachtet man in gebuchten Hotels. Man muss sich um nichts kümmern. Alles andere wäre mir zu stressig.«

»Das ist ja interessant. Ich wusste gar nicht, dass es so etwas gibt.«

»Oh doch, da gibt es viele Anbieter, aber ich habe bei Down-Under-Tours gebucht. Start ist in Alice Springs, zurück geht es von Darwin. Auf dem Weg von Süd nach Nord nehmen die alles Sehenswerte mit, was rechts und links der Strecke liegt.«

Down-Under-Tours, das muss ich mir merken. Vielleicht ist da noch was frei. »Oh, das ist ja beneidenswert! Da wünsche ich Ihnen jetzt schon eine gute Reise!«

Zuhause setzt sie sich an ihren Laptop und rief die Seite dieser Reisegesellschaft auf. »Es sind noch zwei Plätze frei«, hatte ihr die Dame vom Reisebüro mitgeteilt, weil ein Ehepaar im letzten Moment stornieren musste. Sollte sie buchen? Der Preis war happig und ihr Erbe hatte die galoppierende Schwindsucht. Bevor sie wirklich buchte, musste sie erst noch etwas klären.

»Nein, Freundin hat Horst Federle keine«, teilte ihr Fabian Krämer wahrheitsgemäß und natürlich nicht umsonst mit. - Woraufhin Irene umgehend bei Down-Under-Tours buchte. Es war der letzte noch freie Platz.

Kapitel 16

Er ließ ein Tütchen Zucker in seinen Kaffee rieseln, rührte um und führte die Tasse zum Mund. Angewidert verzog er das Gesicht. Geschmacklose Plörre! Jachnik kippte ein weiteres Zuckertütchen in den Kaffee. Süße Plörre! Nicht besser als Geschmacklose. Das Gebäckstück, das auf seinem Teller lag, war altbacken. Aber was hatte er von einem Roadhouse im Nirgendwo erwartet?

Es wurde langsam Zeit, Nadines Reichtum wie geplant zu genießen, in luxuriösen Hotels, oder einem schicken Haus in angenehmer Lage, umsorgt von diskreten, dienstbaren Geistern, mit einer anschmiegsamen Frau an der Seite. Trotzdem wollte er erst noch ein paar Wochen sein Solodasein genießen. Er hatte es nicht eilig, nach Darwin zu kommen. Frauen hatten nicht viel übrig für ein Zigeunerleben im Wohnmobil. Sie wollten Luxus und Bequemlichkeit – und natürlich teure Kleider sowie die passende Umgebung, um die Kreationen der angesagten Modeschöpfer entsprechend auszuführen. Das traf vielleicht nicht auf alle Frauen zu, aber auf die meisten.

Hanno kippte den Kaffee hinunter und ließ das trockene Gebäck angebissen auf dem Teller liegen.

»Hat es Ihnen geschmeckt?«, leierte die Bedienung, eine derbe Outbackschönheit mit Pferdegebiss, kräftigem Damenbart und der Figur einer Preisboxerin, gewohnheitsmäßig vor sich hin.

»Nein!« Jachnik warf einen Geldschein auf den Tisch, stand auf und blieb wie angewurzelt stehen. Der Gast vom Nachbartisch hatte seine Zeitung liegen lassen.

Der unfreundliche Kerl, der ihr nur ein mageres Trinkgeld gegeben hatte, starrte auf die Zeitung, als hätte er ein Gespenst gesehen. Dann griff er sich die mit Fettflecken verzierten *Queensland News*, stieg in das große Wohnmobil, das auf dem Parkplatz vor dem Roadhouse stand und fuhr augenblicklich davon. Es war ein australisches Wohnmobil, das erkannte sie sofort, - und zwar ein neues modernes. Es war auch keines dieser Mietmobile, in denen die vielen Touristen im Eiltempo von Highlight zu Highlight kurvten. Außerdem hatte sie noch bemerkt, dass der Camper ein Kennzeichen von Westaustralien hatte.

Sie ging zurück ins Roadhouse, wo auf der Theke noch einige Exemplare der *Queensland News* zum Verkauf bereitlagen. Was den Mann so erschreckt hatte, stand gleich auf der ersten Seite. Sie setzte sich mit der Zeitung an einen der Tische und begann zu lesen. Ja, das war er, der Gesuchte! Der Typ, dem ihr Kuchen so wenig geschmeckt hatte, dass er ihn angebissen auf dem Teller hatte liegen lassen. Sie las den Artikel ein zweites Mal und dann griff sie zum Telefon und wählte die angegebene Nummer.

Er fuhr. Fuhr, ohne anzuhalten, als könne er so der drohenden Gefahr, die diese Zeitung darstellte, davonfahren. Er hielt erst an, als er eine wenig ansehnliche Rest Area, an der keine Menschenseele parkte, entdeckt hatte. Die Kellnerin, dieser reizlose Trampel aus dem hintersten Outback hatte ihm nachgesehen, das hatte er förmlich im Rücken gespürt. Hatte sie auch sein Kennzeichen gesehen und sich womöglich gemerkt? Er musste es umgehend gegen die Nummernschilder aus Südaustralien austauschen, die er letzte Woche von einem Van geklaut hatte. Erst danach könnte er sich die Zeitung vornehmen.

»Gesucht wird der deutsche Staatsbürger Hanno Jachnik«, stand in großen roten Lettern neben seinem vergrößerten Passfoto. *»Hanno Jachnik wird verdächtigt, die deutsche Staatsbürgerin Nadine Brandmüller ermordet zu haben. Jachnik ist 1,85 Meter groß, und hat sein Aussehen verändert. Vermutlich trägt er inzwischen einen Bart und dunkel getöntes Haar. Zwischen Daumen und Zeigefinger der rechten Hand erstreckt sich fast bis zum Handgelenk ein gut sichtbares dreieckiges rotes Mal. Sachdienliche Hinweise bitte an folgende Telefonnummer oder an die nächste Polizeidienststelle melden.«*

Jachnik wurde abwechselnd heiß und kalt. Wie konnte es sein, dass er plötzlich in den Fokus der polizeilichen Ermittlungen geraten war? Hatte ihn Ian Roberts, der komische Kauz aus Cairns verpfiffen? Oder am Ende gar sein alter Kumpel Lars Schulte? Wer sonst wusste von dem Mal? Die Brombacher! Natürlich, die Brombacher! Wie oft hatte er bei ihr in der Bank Unterschriften unter alle möglichen Dokumente gesetzt. Sie kannte das Mal. Und sie trieb sich zusammen mit ihrem Mann hier in Australien herum. Mein Gott, wie er diese Frau hasste. Sie und ihren Mann! Er musste sie loswerden! Alle beide! Dringend! Ihm würde schon was einfallen. So blöd wie bei dem Versuch, die Reifen zu lockern, würde er sich nicht mehr anstellen.

Aber am vordringlichsten war sein Aussehen. Der dichte Bart musste ab. Nicht ganz, nur so viel, dass man das Grübchen am Kinn nicht sah. Und dann das Haar blond färben. Nein das ging nicht, dann müsste er auch täglich einen Dreitagebart färben. Also Bart ab und ein Pflaster aufs Kinn kleben. Und das Mal an der Hand verschwinden lassen. Am besten sofort! Er zerrte den Verbandkasten unter dem Beifahrersitz hervor und klebte ein Pflaster auf die Hand. Mist, das war nicht groß genug und außerdem hielt es nicht richtig. Ein Verband! Das wäre besser! Er riss ein Päckchen Verbandmull auf, hängte das Ende der Binde zwischen Daumen und Zeigefinger und begann zu wickeln, mit dem Ergebnis, dass das Ende des Verbands davon rutschte. Fluchend begann er, vom Handgelenk aus nach oben und wieder zurückzuwickeln. Die Mullbinde mit der linken Hand mit einer Klammer zu fixieren, war schwieriger, als er gedacht hatte. Jetzt hielt der Verband, war aber verdreht und sah alles andere als professionell aus. Unpraktisch war er obendrein. Er konnte diese Prozedur nicht nach jedem Händewaschen und Duschen wiederholen. Es musste eine bessere Lösung geben. Eine Handgelenkstütze mit Klettverschluss, das wäre es. Dazu müsste er einen größeren Ort aufsuchen. Mount Isa? Das war zu umständlich und gehörte außerdem zu Queensland. Oder sollte er ein paar Tage Verband wickeln und weiterfahren bis nach Alice Springs? Das lag im Northern Territory. Aber in Alice Springs wimmelte es vermutlich nur so von Touristen. Dann eben in die andere Richtung nach Tennant Creek.

Verbandmull in allen Breiten und Längen, Elastikbinden in Weiß und Hautfarben, Pflaster in sämtlichen Größen – aufmerksam suchte er die Regalreihen ab. Er wollte unauffällig so eine Stütze in den Einkaufskorb legen, an die Kasse gehen, zahlen und wieder verschwinden. Vielleicht sollte er nicht so lang rumsuchen, sondern sein Glück in einer anderen Apotheke versuchen. Er wollte gerade wieder gehen, als er das Fach mit der Aufschrift »Wrist Support« entdeckte. Ja, das musste das Richtige sein. Blöderweise war das Fach leer.

»Kann ich Ihnen helfen?« Diensteifrig lächelnd stand plötzlich eine Apothekerin neben ihm.

»Ich habe meine Hand verstaucht, ich suche eine Handgelenksstütze mit Klettverschluss.«

Die Apothekerin verschwand in einem Nebenraum und kam kurz darauf mit einem Karton zurück.

»Rechts oder links?«, fragte sie gewohnheitsmäßig und stellte im nächsten Moment mit Blick auf seinen Verband, der bereits anfing, sich wieder zu lösen, fest: »Oh ich sehe, es ist die rechte Hand. Wir haben hier verschiedene Modelle. Dieses hier ist leicht und kurz. Wir haben aber auch sehr starke Modelle, die bis über den Unterarm ...«

»Ich nehm das Kurze!« Verbesserte sich aber gleich darauf, denn er hatte gesehen, dass das Teil am Daumen nicht breit genug war. »Nein, doch nicht. Geben Sie mir das Längere.«

»Wenn das Handgelenk geprellt ist, kann ich Ihnen vorher noch eine kühlende Salbe auftragen, dann ...«

»Nein, nein, vielen Dank, das muss nicht sein«, unterbrach er die eifrige Apothekerin.

»Dann bezahlen Sie an der Kasse bitte 36 Dollar.«

Obwohl er sich bemühte, kühl und gelassen zu bleiben, konnte er nicht verhindern, dass ihm der Schweiß aus allen Poren brach. Ob die Apothekerin die Zeitung gelesen hatte? Womöglich wurde sogar im Fernsehen nach ihm gefahndet!

Raus! Er musste hier raus! Sofort! An der Kasse zahlte er mit zwei Zwanzigern, ließ das Wechselgeld liegen, ignorierte, dass ihm die Kassiererin wegen der vier Dollar Rückgeld nachrief und verließ fluchtartig die Apotheke. Zwei Seitenstraßen weiter hielt er an, um seinen Atem zu beruhigen. Er musste die Panik, die ihn befallen hatte, in Griff bekommen. Bisher hatte er doch stets kühl und überlegen gehandelt, warum nur drehte er mit einem Mal durch? Die Antwort war nicht schwierig. Bisher war Nadine die Gesuchte. Das war zwar manchmal hinderlich, aber auch praktisch, weil er sie auf diese Weise wunderbar in Schach hatte halten können. Jetzt hatte er darauf gehofft, noch eine Weile ungestört seine Freiheit zu genießen.

»Bleib cool«, befahl er sich. »Wenn du dich unauffällig verhältst, erkennt dich niemand!« Er verdrückte sich in einen stillen Winkel, packte die Handgelenksstütze aus und legte sie an. Das verräterische Mal war augenblicklich unsichtbar! Als Nächstes musste der Bart dran glauben.

Verdammt, jetzt hatte er sich auch noch beim Rasieren geschnitten! Das war kein Drama. Es ließ sich leicht mit einem zweiten Pflaster lösen. Eines auf der Wunde und eines auf dem Grübchen. Schwieriger war die Sache mit seinem zweifarbigen Gesicht. Die obere Gesichtshälfte war von der australischen Sonne gebräunt, die untere weiß mit roten Flecken. So konnte er sich schlecht blicken lassen. Sollte er die untere Hälfte mit Make-up abdecken? Das wäre eine Lösung. Dummerweise hatte er mit Ausnahme ihres Laptops, nicht nur sämtliche Kleider Nadines, sondern auch ihre Schminkutensilien, weggeworfen. Daran, dass sein halbes Gesicht weiß sein würde, hatte er auch nicht gedacht, als er im Supermarkt ein Haarfärbemittel gekauft hatte, um zukünftig blond zu sein. Immerhin war er schlau genug gewesen, eine Haarschneidemaschine mit verschiedenen Aufsätzen zu kaufen. Auf diese Weise benötigte er vorerst keinen Friseur. Ihm blieb nur eines: Einen abgelegenen Stellplatz suchen und sein Gesicht ein paar Tage lang bräunen lassen.

Sein Navi hatte ihm eine Rest Area neben dem Highway angezeigt und er hatte auf dem trockenen, staubigen Platz für zwei Tage die Handbremse angezogen. Nachts waren die Roadtrains vorbeigedonnert, tagsüber sah er nur graues Gestrüpp und den vorbeifahrenden Verkehr. Er hatte sich hinters Wohnmobil gelegt, die untere

Hälfte seines Gesichts in die Sonne gehalten und den oberen Teil mit einem Tuch abgedeckt. Jetzt war die Haut, die der Bart bedeckt hatte, krebsrot. Egal, er musste jetzt weg von diesem hässlichen, lauten Platz. Es war zwar schon relativ spät am Abend, aber noch eine Nacht neben der Straße wollte er sich nicht antun. Ein Blick in die Karte verriet ihm, dass nicht allzu weit entfernt, in der Nähe des Stuart Highways, ein Primitiv-Campground verzeichnet war. Devils Marbles – ja, es war an der Zeit, dass er wieder ein paar Sehenswürdigkeiten Australiens zu Gesicht bekam. Er hatte die Ödnis satt. Bis er dort bei diesen Teufelsmurmeln ankäme, würde es schon dämmern und die Touristen säßen vermutlich längst in ihren Campern.

Kapitel 17

Helga hatte die Kamera beiseitegelegt, die sie auf dem Beifahrersitz normalerweise immer schussbereit hatte. Stattdessen schlug sie ihr Notizbuch auf, zückte den Kugelschreiber und schrieb:

Endlos und schnurgerade dehnt sich die Fahrbahn bis zum Horizont, - ein zweispurig dunkelgraues Asphaltband, gesäumt von einem Bankett in kräftigem Rostrot – der Farbe Australiens. So eintönig die Landschaft manchmal ist – die satten Farben und der tiefblaue Himmel machen das wieder wett. Australien ist ein Land, das man buchstäblich erfahren muss.

Sie ließ ihr Notizbuch sinken und warf stattdessen einen Blick in die Karte: »Wenn wir am Roadhouse ›Three Ways‹ auf den Stuart Highway nach Süden abbiegen, können wir heute noch bei den Devils Marbles übernachten. Das wäre auf jeden Fall schöner und stimmungsvoller als ein Roadhouse-Campground.«

»Ja, aber am Roadhouse gäbe es kaltes Bier und Steaks oder Burger«, warf Jürgen ein.

»Kaltes Bier haben wir im Kühlschrank und für die gegrillten Steaks bist du zuständig. Außerdem schmeckt mein Salat mit Sicherheit um Klassen besser als der vom Roadhouse.«

»Schon kapiert, ich komm nicht ums Grillen herum.«

»Genau«, bestätigte Helga. »Leiser als auf dem Roadhouse Campground, der garantiert direkt neben der Straße liegt, ist es bei den Devils Marbles auf jeden Fall!«

»Oh ja und schöner auch!«, schwärmte Jürgen, als er auf dem kleinen Campingplatz aus dem Wohnmobil stieg. Die tief stehende Abendsonne tauchte die riesigen Granitkugeln in warmes Licht und ließ sie rostrot leuchten.

»Ja, bei diesem Anblick kann man gut verstehen, warum dies für die Aborigines ein heiliger Platz ist. Sie nennen diese riesigen Steinkugeln übrigens *Karlu Karlu*«, dozierte Helga aus ihrem Reiseführer. »Und für sie sind das nicht die Murmeln des Teufels, sondern die Eier der mythischen Regenbogenschlange!«

»Ganz egal, was man darin sieht, bei dieser herrlichen Abendsonne sollten wir jetzt gleich zu einer Fototour durch dieses märchenhafte Gelände aufbrechen«, schlug Jürgen vor. »Grillen und essen können wir später auch noch.«

Später am Abend, als Helga die vielen Fotos auf dem Laptop abspeicherte, beschlossen sie, am nächsten Tag länger zu bleiben und weitere Fotos in der Morgensonne zu schießen.

Sein Double war schon startklar. Kein Wunder, der junge Kerl benötigte weder Toupet noch massenhaft Schminke. Außerdem zeigte die Kamera nicht dessen Gesicht, sondern nur den wilden Ritt durch die faszinierende Gesteinslandschaft. Früher hatte er für diese Stunts kein Double benötigt, aber mittlerweile überließ er die Action lieber den Jüngeren. Jason fragte sich inzwischen, was ihn überhaupt geritten hatte, die Rolle des Dan Taylor in diesem albernen Film anzunehmen. *Amerikanischer Cowboy, der sein Glück in Australien sucht, rettet nicht nur schöne junge Frau vor Outlaws, die hier Bushranger hießen, sondern auch arme vertriebene und unterdrückte Aborigines vor landhungrigen weißen Siedlern.* Er machte sich nichts vor, der Grund war der schnöde Mammon. Vor allem das viele Geld, das ihn die Scheidung von Ehefrau Nummer drei gekostet hatte. Das musste wieder eingespielt werden, genau wie das kleine Vermögen, das er für das Haus in Kleinaltheim hingeblättert hatte.

Die Maskenbildnerin pinselte ein letztes Mal an seinem Gesicht herum und überprüfte den Sitz des Cowboyhuts, während er die ledernen Chaps über seinen Bluejeans festband. Regisseur und Produzent legten Wert darauf, dass er als amerikanischer Cowboy auch optisch von australischen Stockmen, Schaffarmern und Bushrangern zu unterscheiden war, - denn in amerikanischen Filmen waren die Helden immer Amerikaner.

Ruby Adams und Rianna Palmer kamen soeben auch aus ihren Garderobenwagen und warteten darauf, von Dan Taylor gerettet zu werden. Ruby, als schöne Tochter eines Schaffarmers in einem weiten, langen Rock, der fast bis zu den Knöcheln reichte, zu dem sie eine weite, weiße Bluse mit hochgekrempelten Ärmeln trug. Ihren breitrandigen Hut hatte sie mit einem Tuch unter dem Kinn festgebunden. Neben ihr ging Rianna als zerzauste Aborigine-Frau, die nur mit einem ausgefransten Hängekleid bekleidet war. Während Ruby Stiefel trug, hatte Rianna als schwarzes Hausmädchen nur alte Latschen an.

Dabei war Rianna eine ausgesprochen schöne Frau. Sie hatte ihm erzählt, dass unter ihren Vorfahren immer wieder Weiße aus aller Herren Länder waren: Iren, Skandinavier, Italiener, aber auch ein Afroamerikaner und Asiaten waren darunter. Er hatte den Eindruck, dass Rianna von allen Vorfahren immer das Beste in sich vereinigte. Bouddi, ihr pfiffiger 12-jähriger Sohn, der eine kleine Nebenrolle im Film spielte und die deutlich dunklere Haut seines Vaters geerbt hatte, streunte mit seiner Kamera zwischen den Darstellern herum und schoss Fotos.

Durchs Fenster des Wohnwagens sah er, dass der Aufnahmeleiter wie immer aufgeregt auf dem Campground herumrannte und schimpfte. Er wäre fast ausgeflippt, als er bei der Ankunft am frühen Morgen gesehen hatte, dass noch ein Wohnmobil auf dem Campground stand, weil der Platz gestern nicht, wie vereinbart, abgesperrt worden war.

Geweckt von dem plötzlichen Lärm, waren Helga und Jürgen mit großen Augen und noch reichlich verschlafen, aus ihrem Mobil geklettert. Es hatte etwas gedauert, bis sie Dieter Rödel und Jason West unter einen Hut gebracht hatten. Das Angebot, bei den Dreharbeiten dabei sein zu dürfen, hatten sie natürlich sofort angenommen.

»Kommt mit«, forderte Bouddi Helga und Jürgen auf, »ich zeig euch eine Stelle, wo ihr besonders gut fotografieren könnt! Da sieht man dann, wie Ruby ihren Retter anschmachtet!« Er grinste von einem Ohr zum anderen und streifte die schwarzen Locken aus dem Gesicht.

Bouddi trug noch die abgerissene Hose und das schmutzige, zerrissene Hemd, das er für seinen vorherigen kurzen Auftritt getragen hatte. Jetzt zückte er selbst seine Kamera, hatte das Teleobjektiv ausgefahren und nahm die Szene ins Visier.

»Danke für den Tipp! Das müssen wir unbedingt auch fotografieren, sonst glaubt uns zuhause keiner, dass wir den berühmten Jason West höchstpersönlich, und dann auch noch bei einem Filmdreh getroffen haben!«

»Ja, der ist echt cool«, bestätigte Bouddi, »und auch sehr nett. Ich hab auch schon ein paar tolle Fotos von ihm geschossen!«

»Du hast ja wirklich eine sehr gute Fotoausrüstung«, stellte Helga bewundernd fest.

»Hat mir mein Vater geschenkt, weil der sich ne neue Kamera gekauft hat.«

»Das ist großzügig von deinem Vater. Ist er ein Profifotograf?«

»Nein, mein Vater ist Ranger im Kakadu Nationalpark. Er kennt dort natürlich die schönsten Stellen und kommt auch dort hin, wo Touristen nicht hinkommen. Er macht ganz tolle Fotos. Die verkauft er oder stellt sie in die Webseite des Parks rein.«

»Was fotografierst du denn am liebsten?«, wollte Jürgen wissen.

»Ach, eigentlich alles, was mir vor die Linse kommt.« Stolz scrollte er auf dem Kameradisplay durch seine Aufnahmen.

»Du hast ein gutes Auge!«, lobte Helga. »Das Foto, das du vom Kameramann geschossen hast, ist echt originell. Wie er sich da am Bauch kratzt. Richtig witzig! Und erst das vom Regisseur, wie er dasitzt, die Beine von sich streckt und sich die nicht vorhandenen Haare rauft!«

»Ich mach solche Schnappschüsse gerne«, gestand Bouddi. »Besonders wenn die Leute nicht merken, dass sie fotografiert werden. Ich darf die nur nicht meinem Vater zeigen. Er sagt, das macht man nicht, dass man ahnungslose Menschen fotografiert. Man verletzt die Privatsphäre.«

»Das stimmt schon«, erläuterte Helga. »Du darfst solche Fotos keinesfalls im Internet hochladen oder in sozialen Netzwerken posten. Außerdem musst du natürlich aufpassen, dass diese Fotos nicht in falsche Hände gelangen.«

»Ja, das ist mir klar. Ich mach die Fotos nur für mich!«, versprach Bouddi.

»Hier haben wir jetzt alle Szenen im Kasten«, verkündete der Regisseur. »Morgen früh brechen wir zeitig in Richtung Alice Springs auf, damit wir in den MacDonnel Ranges weiterdrehen können.«

»Ihr kommt doch sicher mit?«, fragte Jason. »Ich muss dort in den Schluchten eine ganze Aborigines-Sippe vor gierigen Siedlern retten«, witzelte er.

»Ist doch logisch, dass wir uns das nicht entgehen lassen!« Jürgen prostete Jason und dem Filmteam mit australischem Dosenbier zu. »Ein ganzes Jahr lang sind wir durch Nordamerika gezogen, waren in Kalifornien, in Hollywood, in den Universal Studios, aber wie ein richtiger Film gedreht wird, haben wir nicht gesehen. Dazu mussten wir erst bis nach Australien fliegen.«

»Wir wollen ja ohnehin in die Richtung. Ayers Rock und Olgas – oder vielmehr Uluru und Kata Tjuta. Die stehen ganz oben auf unserem Programm und die MacDonnels sind sowieso ein Muss«, fügte Helga hinzu. Sie genoss den Abend mit den Filmleuten und amüsierte sich über die Anekdoten, die sie zum Besten gaben.

»In drei Tagen fliege ich dann zurück«, verkündete Jason. »Dann werde ich endgültig richtig in mein Haus in Kleinaltheim einziehen. Und natürlich hoffe ich, dass ihr beide mich nach Eurer Rückkehr besuchen kommt«, meinte er, zu Helga und Jürgen gewandt.

»Aber klar. Doch zuerst geht es für uns noch rund um Australien. Nach dem Roten Zentrum werden wir Richtung Norden fahren. Mataranka, Katherine Gorge und auf den Kakadu Nationalpark freuen wir uns ganz besonders!«, verkündete Helga.

»Ihr müsst uns natürlich unbedingt besuchen kommen!«, sagte Rianna. »Wir wohnen im Park und Bouddi ist schon ganz begierig darauf, euch die schönsten Ecken zu zeigen!«

»Ja, das hat er uns schon erzählt. Wo ist Bouddi überhaupt?« Helga war plötzlich aufgefallen, dass sie den Jungen schon eine ganze Weile nicht mehr gesehen hatte.

»Der ist schon wieder mit seiner Kamera losgetigert«, antwortete Rianna. »Er wollte die Felsen in der untergehenden Sonne fotografieren. Vielleicht sucht er auch die Regenbogenschlange. Sein Vater und sein Großvater werden nicht müde, ihm die alten Traumzeit-Geschichten zu erzählen. Von seinem Großvater lernt er auch, wie man sich leise und fast unsichtbar bewegt, wie man in der Natur ohne Supermarkt überleben kann und solche Dinge. Aber mein Mann achtet auch darauf, dass er sich in der Schule anstrengt. Er hat keine Probleme damit, in zwei Welten zuhause zu sein, und auch Bouddi kommt gut damit zurecht. Ich bin in Darwin in der Stadt aufgewachsen. Meine Familie ist so bunt gemischt, dass ich, auch wenn ich äußerlich meiner Aborigines-Mutter ähnle, doch eher mit der Welt der Weißen vertraut bin. Das liegt natürlich auch an meinem Beruf. Meist drehe ich ja fürs australische Fernsehen.« Rianna hielt inne und lauschte: »Habt ihr das auch grade gehört? Ich glaube, Bouddi ruft um Hilfe!« Sie sprang so schnell auf, dass ihr Stuhl hintenüber kippte. Augenblicklich war das gesamte Filmteam auf den Beinen und rannte in die Richtung, aus der die Hilferufe gekommen waren.

Er war am Wegweiser abgebogen. Außerhalb des Campgrounds war ein Parkplatz für Tagesbesucher. Ein mit Ketten und rot-weißen Bändern abgesperrter Parkplatz! Ein großes Schild verkündete, dass Parkplatz, Campground, sowie der Zugang zu Karlu Karlu, den Devils Marbles, gesperrt wären. Was sollte das denn! Nein, von so einem Schild und ein paar Bändern ließ er sich doch nicht vertreiben! Er stellte den Motor ab und stieg aus. Von Weitem hörte er Stimmengemurmel und Gelächter. Für welch illustre Gesellschaft wurde hier alles dichtgemacht? Womöglich hielten hier Aborigines eine ihrer alten Zeremonien ab. Es könnte durchaus interessant sein, da im Verborgenen zuzusehen. Es würde ohnehin gleich dunkel sein. Sich vorsichtig am Rand der Felskugeln haltend, schlich er in Richtung Campground. Nein, das waren keine Eingeborenen! Große Wohnwagen, Pferdetrailer, ein Truck – und dann sah er das Wohnmobil! Dieses unverkennbare Fahrzeug aus Deutschland mit der Aufschrift am Heck: »Left Hand Drive«. Das gehörte ohne Zweifel den verhassten Brombachers! Er ballte die Hände zu Fäusten und starrte in die Menge.

Neben den Brombachers saß putzmunter dieser andere Typ. Der Filmfritze, dem Nadine ihr Haus verkauft hatte, und der sie mit ziemlicher Sicherheit damals in dem Lokal in Glen Innes erkannt hatte. Ganz offensichtlich hatte der Kerl die gelockerten Reifen an seinem Van unbeschadet überstanden. Es war an der Zeit, dass er diese lästigen Leute loswurde. Er brauchte etwas Handfestes. Eine Waffe! Er musste Lars Schulte in Brisbane anrufen. Der wusste garantiert, wer ihm ein Schießeisen organisieren würde! Und dann – er hob die rechte Hand, die in der festen Bandage steckte, streckte den Zeigefinger aus, so als würde er zielen – »Peng!« Das »Peng« war ihm lauter herausgerutscht, als beabsichtigt. Im ersten Moment erschrak er, beruhigte sich aber selbst. Niemand konnte ihn bei dem Gelächter gesehen und gehört haben. Trotzdem war ihm plötzlich, als wenn er ein Geräusch gehört hätte. Er drehte sich um. Hatte er nicht eben eine Bewegung hinter den Felsen vernommen? Langsam schlich er um den Felsen herum. Nichts. Aber dann – ein leises Knacken. War jemand auf einen Zweig getreten? Jemand, der ihn die ganze Zeit beobachtet hatte?

Bouddi richtete sich auf. Er hatte seine Kamera auf einem flachen Felsen abgestützt, weil die einsetzende Dämmerung längere Belichtungszeiten erforderte. Aus allen nur denkbaren Positionen hatte er die riesigen Granitkugeln fotografiert, die sich im Schein der Abendsonne rostrot gefärbt hatten. Oder waren diese Devils Marbles, wie sie die Weißen nannten, am Ende doch die Eier der Regenbogenschlange? Sein Großvater behauptete das. Und sein Vater? Der wollte es nicht ausschließen und hatte ihm eingeschärft, sich in dem Gelände respektvoll zu verhalten. Und er, was glaubte er? In der Schule hatte er gelernt, dass sie durch Erosion und Verwitterungsprozesse entstanden wären, was ja im Grunde logisch war. Aber vielleicht hatten ja beide irgendwie recht.

Bevor es endgültig zu finster wurde, wollte er noch die fröhliche Runde am Campground ablichten. Er hängte seine Kamera um, wollte außen rum über den Parkplatz zu den anderen zurückgehen, als sich ein Wohnmobil auf dem Zufahrtsweg dem Parkplatz näherte. Bouddi drehte die ISO hoch, um kürzere Belichtungszeiten zu erhalten, stützte sich an einem Felsen ab, fuhr das Telezoom ein Stück aus und drückte ab.

Ein Mann stieg aus, bückte sich unter der Absperrung durch. Bouddi drückte ab, zoomte das Gesicht heran und drückte noch einmal ab. Es war zwar nicht mehr sehr hell, aber der Kerl sah seltsam aus. Der untere Teil seines Gesichts war feuerrot. Vermutlich ein dummer Tourist, der die australische Sonne unterschätzt hat. Jetzt drückte er sich näher an die Felsen heran, beobachtete den Campground, streckte die rechte Hand vor, die aussah, als wäre sie bandagiert, zielte, als hätte er eine Pistole in der Hand und sagte »peng«. Auch Bouddi hatte gezielt, mit der Kamera, und er hatte abgedrückt. Er hoffte, dass das Foto noch scharf und nicht verrauscht war. Der Mann sah sich um, wirkte irritiert. Bouddi verdrückte sich vorsichtig hinter einen Felsen. Jetzt kam der Mann näher, Bouddi wich zurück, trat auf einen Zweig, es knackte – hörbar. Auch der Mann hatte es gehört. Bouddi wollte weiter um den Felsen herum, da wurde er unversehens grob gepackt.

»He, du schwarzer Bengel, was treibst du hier? Hast du mich fotografiert?«

»Nein! Nein, hab ich nicht!«, stotterte Bouddi.

»Doch, hast du! Gib her!« Der Kerl wollte ihm die Kamera entreißen. »Wo hast du schwarzer Strolch die überhaupt her? Die hast du sicher geklaut!«

»Nein, die gehört mir! Lassen Sie mich los!«

»Nein Bürschchen, du kommst jetzt mit mir mit!«

»Neeeiiin!« Der Kerl drückte ihm die Hand auf den Mund, wollte ihn am Schreien hindern. Bouddi biss zu. Biss so heftig, dass er Blut im Mund spürte. Sein Hilferuf übertönte den Schmerzensschrei des groben Kerls. Der ließ Bouddi los, sah, dass die Leute vom Campground aufgesprungen waren, und rannte zu seinem Wohnmobil zurück. Er ließ den Motor an, wendete und beschleunigte so stark, dass die Reifen durchdrehten.

Seine Mutter drückte und umarmte ihn. Sie zitterte und die Tränen liefen ihr übers Gesicht. Eigentlich war das ja peinlich, er war schließlich 12 und er war cool. Wollte es zumindest sein. Trotzdem konnte er nicht verhindern, dass auch er zitterte. Ein paar Tränen hatte er schon weggewischt. Heimlich, ohne dass es jemand bemerkt hatte. Hoffte er. Alle redeten auf ihn ein. Was hatte der Kerl gesagt? Was wollte er? Das war echt gefährlich, dass du ihn heimlich fotografiert hast! Am meisten wurmte ihn, dass dieser Typ ihn einen schwarzen Bengel und Strolch genannt und ihn bezichtigt hatte, die Kamera gestohlen zu haben. Und warum? Weil er schwarz war. Wie seine schöne Mutter – nein, die war viel heller, aber schwarz wie sein Vater, der Parkranger, und schwarz wie seine Tante, die Detective war. Ja, die sollte den jagen und einbuchten! Bouddi schniefte und putzte seine Nase.

Helga, die deutsche Touristin aus dem tollen Wohnmobil, löste die Kamera, die er immer noch umklammert hielt, von seinem Hals und sagte: »Schau ‘n wir doch mal, was du als letztes so alles fotografiert hast!« Sie pulte den Speicherchip heraus und steckte ihn in ihren Laptop.

»Jachnik!«, sagte sie. »Eindeutig! Auch wenn das Foto leicht verrauscht und etwas unscharf ist.«

»Er sieht etwas anders aus, als der, den ich in Brisbane fotografiert hab, aber ich glaube auch, dass er es ist«, fügte jetzt ihr Mann dazu.

»Hast du seine rechte Hand gesehen?«, fragte Helga Bouddi.

»Nicht direkt. Er hatte da eine Bandage oder so was Ähnliches herum. Dann hat er mit dem Zeigefinger gezielt und gesagt: ›peng!‹«

»Bandage? Na klar, er will das Mal verstecken«, war sich Helga sicher.

Jetzt beugte sich auch Jason über den Laptop. »Ich glaub, den kenn ich! Also nicht wirklich. Aber er saß zumindest mit einer Frau, die ich der Stimme nach für Nadine Brandmüller hielt, in einem Lokal in Glen Innes. Er sah ganz finster drein, wohl weil er fürchtete, dass ich sie erkannt hätte.«

»Woher kennst du Nadine Brandmüller?«, fragte Helga erstaunt.

»Woher? Ich hab doch ihr Haus gekauft.«

»Dass du ein Haus in Kleinaltheim gekauft hast, das wussten wir ja, aber nicht, dass dieses Haus die Brandmüller Villa ist!«, rief Helga erstaunt aus.

»Nun, ich hab schon immer von so einer Villa geträumt. Kurz nach dem Notartermin musste ich allerdings weg. Ich hab das Haus ja noch nicht bezogen. Dann fragte die deutsche Polizei bei mir an, ob ich meine Zustimmung zu einer Hausdurchsuchung geben würde. Ich war ja schon der neue Eigentümer. Natürlich habe ich zugestimmt. Was dabei rauskam weiß ich zwar nicht, aber ich denke mal, die hatten schon ihre Gründe.«

»Na, das ist ja ein Ding!«, rief Helga aus. »Die Brandmüller hat vermutlich ihren reichen Mann um die Ecke gebracht und wurde ihrerseits vermutlich von diesem Jachnik ins Jenseits befördert. Kein Wunder, dass er was dagegen hat, fotografiert zu werden!«

Der Regisseur stand auf, verschwand in seinem Wohnwagen und kam gleich darauf mit einer zerknüllten Zeitung zurück, die er auf den Tisch legte: »Ich kann euch allen nur ans Herz legen, ab jetzt äußerste Vorsicht walten zu lassen! Ich will nicht, dass uns ein Killer den Film vermasselt!«

Dan Taylor, alias Jason West, alias Dieter Rödel, hatte die Aborigines Sippe in den Schluchten der MacDonnell Ranges vor den landhungrigen Schaffarmern gerettet. Die Aborigines hatten anschließend ihre roten Lendenschurze abgelegt und die wilde Bemalung abgewaschen, die von einer Maskenbildnerin aufgepinselt worden war. Sie trugen jetzt wieder Jeans und Shirts und griffen als Erstes nach ihren Smartphones, um zu checken, ob sie Empfang hatten.

Ruby und Rianna waren aus den Fängen der Bushranger befreit, die Schaffarmer in ihre Schranken verwiesen, die letzte Szene war im Kasten. Jason entledigte sich des Cowboyhuts und des Toupets und verabschiedete sich von Helga und Jürgen. Zusammen mit der Filmcrew wollte er gemeinsam nach Alice Springs fahren, und von dort aus nach Sydney und von dort weiter in die USA fliegen, bevor er einige Wochen später sein Haus in Kleinaltheim beziehen würde. Rianna und Bouddi hatten vor, von Alice Springs nach Darwin zu fliegen, von wo aus es nicht mehr weit zum Kakadu Nationalpark war.

»Ihr kommt uns doch ganz bestimmt besuchen!«, hatten sie Helga und Jürgen ans Herz gelegt. »Wir freuen uns, wenn wir Euch den Park in seiner ganzen Schönheit zeigen können!«

Kapitel 18

Hanno Jachnik hatte sich sein Leben in Reichtum anders vorgestellt. Er hatte geplant, nach einer Weile des unbeschwerten Reisens wieder nach Deutschland oder in irgendein anderes europäisches Land, in dem es sich angenehm leben lässt, zurückzukehren. Alles war doch bis ins Detail ausgetüftelt! Aber wer hätte gedacht, dass Nadine alles verpatzen würde. Wo waren ihr Fehler unterlaufen? Wie und wann war ihr die Polizei auf die Schliche gekommen? Anfangs hatte doch alles wie am Schnürchen geklappt. Der Alte war mit Pomp beerdigt worden, sie hatte, wie geplant geerbt und die noble Hütte verkauft. Dass der Käufer dieser Schauspieler sein würde, der dann ausgerechnet hier in Down Under den nächsten Film drehen musste, war wohl Schicksal und wäre nicht weiter schlimm gewesen, wenn nicht längst Interpol nach ihr gefahndet hätte.

Er hätte jedoch nie damit gerechnet, selbst in den Focus der australischen Polizei zu geraten. Es war sein Fehler, Nadine so nah an einem Billabong zu deponieren, wo immer wieder Wohnmobilfahrer übernachteten. Er hätte auch nie damit gerechnet, dass sich die Brombachers hier herumtreiben würden. Vermutlich hatten sie ihn schon vorher irgendwo zusammen mit Nadine gesehen. Er nahm sich vor, zukünftig äußerst vorsichtig sein. Denn es würde sehr schwierig werden, den Kontinent wieder zu verlassen. Er musste für alle Eventualitäten vorsorgen und sich sämtliche Rückzugsmöglichkeiten offenhalten.

Nachdem er festgestellt hatte, dass er das W-Lan vom nahen Roadhouse nutzen konnte, klickte er sich in seinen privaten Mail-Account und begann zu tippen:

Mein Liebling,

Ich vermisse Dich so sehr! Ja, fand er, das klingt gut . *Bald habe ich es geschafft. Ich stehe kurz vor dem Kaufabschluss. Die kleine Firma in Adelaide bietet für mich erstklassige Voraussetzungen für einen kompletten Neuanfang. Ich habe auch schon die Fühler nach einem hübschen Haus ausgestreckt. Adelaide wird Dir gefallen. Ich hoffe, dass ich den Preis für die Firma noch ein wenig drücken kann. Halte mir die Daumen. Bald sehen wir uns wieder.*

Dein Dich liebender Hanno

Er drückte auf »Senden«. Wenn alle Stricke reißen, dachte er, könnte er erzählen, dass der Aussie versucht hätte, ihn zu betrügen. Dann würde er es auch irgendwie schaffen, vom Kontinent herunterzukommen. Notfalls musste ihm sein alter Kumpel eine Mitfahrgelegenheit auf einer privaten Jacht organisieren. Unter Deck versteckt, käme er garantiert durch alle Kontrollen. Aber noch war es nicht so weit. Die Fahndung würde wieder in Vergessenheit geraten. Erst wollte er sich hier, so wie es ausgemacht war, noch ein wenig das Leben versüßen. Er nahm sein altes Prepaid-Handy und tippte: »Ich habe noch eine Kleinigkeit zu erledigen. Ich schreib Dir, wann ich Dich in Darwin abhole!«

»Ich hab dir doch gleich gesagt, du sollst ne Knarre nehmen!«, hatte ihm Lars Schulte am Telefon gesagt, ihm dann aber doch die Adresse von Jake Fuller gegeben. Der abgerissene Kerl mit den Zahnlücken und den vielen Tattoos, die sich von den Armen bis über den Hals zogen, hatte mit Sicherheit gewusst, dass er gesucht wurde, so wissend wie der ihn angegrinst hatte. Auch egal, wer braucht schon ein illegales Schießeisen.

»Fahr raus in den Busch und üb damit!«, hatte der Typ ihn aufgefordert und ausreichend Munition zu der Waffe dazu gepackt. Er hatte wirklich geübt. Mit bescheidenem Erfolg. Schon immer war er ein lausiger Schütze gewesen. Bei der Bundeswehr hatten sie gewitzelt, er würde nicht mal ein Scheunentor treffen. Aber es fühlte sich gut an, das Ding zu besitzen und wenn es darauf ankam, würde er ganz sicher treffen.

Er legte die Waffe ins Handschuhfach. Bevor er wieder auf dem Stewart Highway Richtung Norden fuhr, musste er noch tanken. Am besten bei dem großen Truckstop am Stadtrand. Er erinnerte sich, dass er dort auch einen Supermarkt gesehen hatte. Seine Vorräte gingen zur Neige. Er wollte ja weiter Richtung Ayers Rock und Olgas, um dort auf die verhassten Brombachers zu treffen. Notfalls würde er so lange warten, bis sie aufkreuzten. Er wusste auch schon wo: Am Sunset-Point des Ayers Rock. Dorthin kamen alle, um das Farbenspiel des magischen Felsens beim Sonnenuntergang zu bewundern. Und dann: peng!

Jawohl, peng, peng, peng, murmelte er vor sich hin, als er eine der Dieselzapfsäulen ansteuerte. Er öffnet den

Tankdeckel, griff nach dem Zapfhahn, als ein ganzer Fahrzeugkonvoi auf den Platz einbog. Die Filmleute! Sie stiegen aus den Fahrzeugen, umarmten sich, veranstalteten eine riesige Abschiedszeremonie und dann eilten einige auf die wartenden Taxis zu. Dieser Jason West war auch dabei. Der gehörte ganz sicher auch zu denen, die ihm die Polizei auf den Hals gehetzt hatten.

Unfassbarer Zorn erfasste ihn. Zorn darüber, dass alles schiefgegangen war, was nur schiefgehen konnte. Er hängte den Zapfhahn zurück, atmete tief durch, griff ins Handschuhfach und holte die Pistole heraus. Dummerweise zitterte seine Hand so sehr, dass er das Ding nicht ruhig halten konnte. Außerdem störte die starre Bandage. Er riss sie ab, aber bis er den Kerl erneut ins Visier nehmen konnte, war er schon in eines der Taxis gestiegen und der Fahrer verstaute gerade dessen Gepäck im Kofferraum. *Lass den Blödsinn*, befahl er sich selbst, *damit machst du alles noch viel schlimmer! Du kannst hier bei so vielen Menschen nicht einfach in der Gegend rumballern!* Jachnik ließ die Waffe sinken. »Ich muss noch mal zu diesem Jake Fuller raus«, murmelte er. »Ich brauch einen Schalldämpfer.«

»Sie an, sieh an«, murmelte Detective Greg Nolan von der Queensland Police hinter seinem PC-Monitor.

»Was soll ich denn ansehen?«, fragte Ron Finlay, der gerade an einem nervigen Bericht tippte.

»Erinnerst du dich an die Deutsche mit den Schlangenbissen?«

»Du meinst die Frau, die von Interpol gesucht wurde?«

»Genau die«, bestätigte Greg. »Aber eigentlich geht es hier nicht um die Frau, sondern um den Kerl, der in Verdacht steht, sie auf dem Gewissen zu haben.«

»Ja, daran kann ich mich gut erinnern. Auch ein Deutscher. Hat man ihn geschnappt?«

»Nein, noch nicht. Aber in Alice Springs liegt eine Anzeige gegen ihn vor.«

»Aha, war ja zu erwarten, dass der nicht irgendwo im Outback bleibt.« Finlay hatte aufgehört zu tippen. »Hat er schon wieder jemanden abgemurkst?«

»Das nicht, aber bedroht«, erklärte Nolan. »Sagt dir der Name Rianna Palmer was?«, fragte er.

»Ist das nicht diese schwarze Schönheit, die öfter mal in Fernsehserien zu sehen ist?«

»Genau die! Sie hatte neben dem berühmten Jason West eine Rolle in einem amerikanischen Abenteuerfilm, der hier in Australien spielt. Während der Dreharbeiten an den Devils Marbles wurde ihr 12-jähriger Sohn Bouddi von einem Mann bedroht. Bouddi hatte in der Dämmerung Fotos von ihm geschossen. Anhand dieser Fotos wurde der Kerl als Hanno Jachnik identifiziert. Und weißt du auch von wem?«

»Nein, aber ich denke mal, du wirst es mir gleich verraten.«

»Mach ich. Von unseren deutschen Wohnmobilfahrern, die damals am Billabong die Schlangenbissleiche identifiziert haben. Sie waren auch bei den Dreharbeiten dabei.«

»Na, die scheinen ja auch überall aufzukreuzen, wo es rund geht. Vielleicht sollte man mal ein Auge auf die beiden werfen. Doch auf jeden Fall müssen wir uns mit den Kollegen in Alice kurzschließen. Ich glaube, es ist an der Zeit, dass australienweit nach diesem Jachnik gefahndet wird!«

Kapitel 19

Irene Föhr hatte sich im Eiltempo einen Reiseführer besorgt, passende Klamotten gekauft, und einige Tage zusätzlichen Urlaub eingetragen. Dann hatte sie versucht, bei der Fluggesellschaft einen Platz neben Horst Federle zu reservieren. Leider war das nicht mehr möglich gewesen. Vielleicht würde sie es schaffen, im Bus neben ihm zu sitzen. Der würde Augen machen, denn noch hatte sie die Buchung für sich behalten, obwohl sie weitere Bücher und Zeitschriften in Federles Laden gekauft hatte. Sie verstand nicht warum, aber dieser Mann schien immun gegen ihre Reize zu sein. Nun, in den folgenden Wochen würde sie es schon noch schaffen, ihn zu umgarnen.

Im ICE nach Frankfurt hatte sie ihn nicht entdeckt. Der Zug war viel zu voll gewesen. Vielleicht war er ja auch nach Frankfurt geflogen. Beim Einchecken hatte sie noch einmal vergeblich versucht, einen Platz neben ihm zu ergattern. Der war dummerweise reserviert, aber im Mittelgang, zwei Reihen schräg hinter ihm, war noch etwas frei. Irene hoffte, dass er nicht doch irgendwo eine heimliche Freundin hatte, womöglich sogar eine junge, attraktive? Dann hätte sie unnötig viel Geld für eine Reise ans andere Ende der Welt zum Fenster hinausgeworfen.

Sie hatte soeben ihr Handgepäck verstaut, als er durch den Gang kam und suchend die Sitznummern checkte. Sie verkniff sich ein Winken, wollte erst sehen, wer den Platz neben ihm einnehmen würde. Er saß schon eine ganze Weile, als ein junger Mann den Gang entlangkam und sich nach einem kurzen Blick auf seine Boardingkarte neben Federle niederließ. Die beiden schienen sich nicht zu kennen. Der junge Mann hatte wohl nur durch Zufall diesen Platz gebucht.

Ihr eigener Sitznachbar entpuppte sich als der Schrecken aller Flugreisenden. Er mochte Ende fünfzig, Anfang sechzig sein und sah in etwa so aus, wie sie es von Federle befürchtet hatte.

Übergewichtig, rotgesichtig, und stark schwitzend, hatte er sich in den Sitz neben ihr plumpsen lassen und sich sofort als Klaus Schütte vorgestellt. Sie nickte kurz, hielt sich ihren Australienreiseführer vor die Nase, um dahinter unauffällig Horst Federle im Auge zu behalten. Neidisch beobachtete sie, dass der gleich nach dem Start mit seinem Sitznachbarn ins Gespräch kam. Okay, der junge Mann würde vermutlich nach der Zwischenlandung in Los Angeles, spätestens aber in Sydney von der Bildfläche verschwinden. Sie musste zusehen, dass sie wenigstens im Bus einen Platz neben Federle erwischte.

Ihr eigener Sitznachbar begann trotz des Buches, das sie sich vor die Nase hielt, pausenlos zu quasseln, und ließ sich von der Flugbegleiterin ein Bier nach dem anderen bringen, weshalb er Irene ständig mit den Worten hochscheuchen musste: »Entschuldigung, ich muss mal mein Bier wegbringen«.

Der junge Mann, der auf dem ersten Teil des Fluges neben Federle gesessen hatte, verschwand weder nach der Zwischenlandung, noch in Sydney. Er gehörte zur Reisegruppe und ehe sie sich versah, saß er sogar während des

Inlandsflugs nach Alice Springs und natürlich auch im Bus neben Federle. Der hatte sie zwar freundlich und sehr erstaunt begrüßt, aber keinerlei weiteres Interesse an ihr gezeigt. Stattdessen hatte sich der biertrinkende Schütte neben ihr breitgemacht und quatschte ihr die Ohren voll.

Der Bus düste mit seiner Touristenfracht als Erstes zu den Hauptattraktionen der McDonnell Ranges, und steuerte dann Yulara an. Morgen sollte die Touristenschar diverse Vorträge und das Informationszentrum besuchen und zum Abschluss des Tages den Sonnenuntergang am Uluru, dem Ayers Rock, bewundern.

Helga und Jürgen hatten die Dreharbeiten begeistert verfolgt, genossen es jetzt aber, in Ruhe die schroffe Landschaft zu erkunden, durch die faszinierenden Schluchten zu wandern und mit dem Teleobjektiv Jagd auf scheue Felsenkängurus zu machen. Am Abend begann Helga einen Brief an alle Freunde in Deutschland zu tippen, berichtete von den Dreharbeiten, in die sie unversehens geraten waren und stellte die Fotos zum Hochladen zusammen.

An Warnecke, Becker und Hagemann tippte sie eine zusätzliche Mail. Angehängt hatte sie Bouddis Fotos von Jachnik und den schon etwas zerknitterten, abfotografierten Fahndungsaufruf aus den Queensland News. Beim nächsten W-Lan-Hotspot wollte sie die Mails abschicken. Sie hoffte, dass sie dem Kerl auf der weiteren Reise nicht mehr über den Weg laufen würden, denn nun stand einer der Höhepunkte der Australienreise bevor.

»Yulara! Das ist ja der reine Wahnsinn«, staunte Jürgen, als sie ihr Wohnmobil auf dem Campingplatz abgestellt hatten. »Eine ganze Stadt nur für die Touristen, die Uluru und Kata Tjuta besuchen wollen!«

»Ja«, pflichtete ihm Helga bei. »Noch dazu ist Yulara mittlerweile die drittgrößte Stadt im Northern Territory. Aber es ist gut, dass es jetzt nicht mehr Ayers Rock und Olgas heißt, sondern dass man diesen Orten wieder die ursprünglichen Namen zurückgegeben hat!«

»Nicht nur die Namen, Uluru und Kata Tjuta gehören jetzt auch wieder den Anangu, wie sich der Stamm nennt, der hier schon seit jeher lebt. Und noch besser ist, dass dieser unselige Climb geschlossen wurde. Uluru ist den Menschen hier heilig und das muss respektiert werden! Es gibt genug andere Berge, wo man raufkraxeln kann.«

»Wir werden morgen um den Uluru herumwandern«, beschloss Helga.

»Ja, und du wirst an jeder Felsspalte und jeder Ecke ein Foto schießen«, witzelte Jürgen.

»Stimmt! Und am Abend werden wir den Sonnenuntergang genießen!«

Der Parkplatz am Sunset Point füllte sich zusehends mit PKWs, Wohnmobilen, Vans und Bussen. Touristen strömten in Massen nach vorne an die hölzerne Barriere, zückten Smartphones, kleine Digitalkameras, Videorekorder, teure Spiegelreflexkameras mit monströsen Objektiven oder schraubten die Ausrüstung gleich auf stabile Stative.

Manche stiegen sogar aufs Dach ihres Campers, um von dort oben freie Rundumsicht zu genießen. Jachnik hoffte darauf, dass die Brombachers aufkreuzen würden. Jake Fuller hatte ihm einen Schalldämpfer besorgt. Und er hatte geübt. Seine Treffsicherheit hatte sich tatsächlich stark verbessert. Jetzt lag die Waffe schussbereit auf dem Beifahrersitz. Langsam fuhr er um den Parkplatz herum. Einmal. Zweimal. Dann entdeckte er das Mobil der Brombachers. *Sie* war bereits ausgestiegen, während *er* ihr gerade eine Kamera und eine große Fototasche durch die Tür herausreichte.

Er beobachtete, wie sie nach vorne bis zu den hölzernen Begrenzungspfosten gingen, wo sich schon zahlreiche Reisende in Erwartung eines stimmungsvollen Sonnenuntergangs eingefunden hatten. Genau wie die anderen Touristen auch, hatten die Brombachers nur noch Augen für den Ayers Rock. Sie warteten darauf, dass die Sonne sank und den Felsen rötete. Niemand würde mehr nach hinten sehen. Jachnik überlegte: Sie oder er? Oder gar beide? Kopf oder Rücken? Rücken! Entschied er, den kann nicht mal ich verfehlen.

»Was meinst du, soll ich das Teleobjektiv nehmen oder lieber das Weitwinkel?« Helga befestigte nacheinander beide Objektive an der Kamera, sah durch den Sucher, probierte verschiedene Brennweiten aus.

»Bis die Sonne untergeht, wirst du dich schon noch entscheiden!«, neckte Jürgen. »Ich werde das Farbenspiel mit dem Handy filmen!«

»Auf jeden Fall bin ich froh, dass wir uns rechtzeitig einen Platz gesucht haben. Jetzt wird es richtig voll. Da kommen auch noch ein paar Reisebusse. Dabei waren wir doch heute bei der Wanderung um den Uluru fast alleine.«

»Bustouristen bleibt keine Zeit zum Wandern, die dürfen allenfalls mal für fünf Minuten an einem Viewpoint aussteigen und ein schnelles Foto schießen,« stellte Jürgen sachlich fest.

»Ja, das stimmt. Die können einem leidtun. Bezahlen eine Menge Geld, sind den ganzen Tag im Bus eingepfercht, und kriegen das Flair Australiens gar nicht mit.

»Tschuldigung, geht schon, passt schon!«

Erschrocken umklammerte Helga ihre Kamera. Ein Bustourist hatte sich schwer schnaufend rechts neben sie gequetscht und sie dabei mit seiner harten Schultertasche gestoßen.

»Schönen guten Abend auch, Klaus mein Name – Klaus Schütte«, begrüßte er sie überschwänglich.

»Guten Abend.« Helga nickte kurz und drehte wieder an ihrem Objektiv.

»Bin ja mal gespannt, ob der Trubel sich hier lohnt, oder ob ich besser im Bus geblieben wäre.« Der Bustourist stellte seine schwere Schultertasche klappernd am Boden ab, nahm eine Büchse Bier heraus und hängte sich die Tasche wieder über die linke Schulter. »Hab auf jeden Fall genug Stärkung dabei!« Schütte lachte laut, als hätte er einen ganz besonderen Witz gerissen, drehte sich dann um und winkte heftig: »Irene! He, Irene, hier bin ich, hier kannst du gut sehen!«

Die Angesprochene schien nicht zu reagieren, denn Schütte murmelte: »Na, dann eben nicht. Wirst es schon noch kapieren.«

Langsam sank die Sonne tiefer und Helga wünschte sich, dass der dicke Mann neben ihr endlich den Mund hielte, damit sie Ulurus Abendvorstellung mit allen Sinnen genießen konnte.

»Jetzt fängt er schon an, sich zu röten«, flüsterte Jürgen, der links neben ihr stand.

Helga schoss ein erstes Foto. Die Sonne sank tiefer. Jürgen hob sein Handy und aktivierte die Videoaufnahme.

»Na, wer sagt's denn«, kommentierte Klaus Schütte. »Das wird ja doch was. Das muss begossen werden! Prost Uluru!« Er hob die Bierbüchse, die vermutlich zu warm gewesen und im Bus herumgeschuckelt worden war, in die Höhe und riss sie auf. Das Bier spritze in hohem Bogen heraus. Helga sprang erschrocken zur Seite, der Dicke zuckte ebenfalls nach links. Im nächsten Moment explodierte mit einem lauten »Plopp« Klaus Schüttes Schultertasche, und der Inhalt von fünf Bierdosen spritzte schäumend in alle Richtungen. Helga schrie erschrocken auf. Sie war nach links gegen Jürgen geprallt, der sich strauchelnd im letzten Moment gefangen hatte. Jürgen Schütte stand da, triefend vor Bier und musterte verwundert das Loch in seiner Tasche, das verdächtig nach einem Einschussloch aussah. Ein Projektil war verdammt nah an seinem Körper ein- und wieder ausgetreten, hatte gottlob statt seiner Organe nur ein paar Bierdosen zerfetzt.

»Hol mich der Teufel«, murmelte er. »Da hat doch meine Ex-Frau ständig behauptet, die Biersauferei würde mich noch mal umbringen, dabei hat sie mir jetzt das Leben gerettet.«

Ungeachtet des entstandenen Aufruhrs zeigte der berühmte Monolith sein schönstes Farbenspiel, glühte erst in einem hellen Rot, das ganz langsam tiefrot und zum Schluss violett wurde, bis die untergegangene Sonne sein letztes Leuchten ausgelöscht hatte.

Sergeant Fred Cox vom Yulara Police Department hielt die Schultertasche weit von sich weg. Noch immer tropfte unten das Bier heraus, während sie weiter oben bereits klebrig wurde. Ärger gab es ja öfter mit diesen Touristen: Streitereien, Schlägereien, Randale, weil Alkohol in Strömen geflossen war. Aber dass geschossen wurde, noch dazu beim Sonnenuntergang des Uluru, daran konnte er sich nicht erinnern.

»Ist ja nicht zu fassen!«, fluchte er. »Da stehen die Touristen in Massen herum – und keiner will was gesehen haben! Das kann doch nicht sein!«

»Ist doch logisch, Sarge«, meinte Tim Ugle, der gerade erst als Rekrut bei der Polizei des Northern Territory begonnen hatte. »Die Leute standen hier, um Uluru im Sonnenuntergang zu sehen. Da haben die nicht nach hinten geguckt.«

»Hast ja recht. Zum Glück wurde außer, dass es eine kräftige Bierdusche gab, niemand verletzt oder gar getötet. Vielleicht war's ja nur ein Jux von ein paar Jugendlichen.«

»Schade um das schöne Bier!«, witzelte Constable Harry Brewer. »Fünf Dosen hat dieser deutsche Bustourist in seiner Tasche mit sich rumgeschleppt. Der hatte wohl Angst, im Outback zu verdursten! Aber ich hab hier ein Mädchen aufgetrieben, das angeblich doch was gesehen hat.«

Er schob eine Kaugummi kauende 14-Jährige nach vorne: »Das ist Lindi Woods. Sie hat gesehen, wer den Schuss abgegeben hat.«

Cox musterte die Piercings in Ohren, Nase und Bauchnabel des an sich recht hübschen Mädchens, die grünen, abstehenden Stoppeln auf ihrem Kopf, die mit unzähligen Rissen versehenen Jeans und er fragte sich erschrocken, ob seine niedliche kleine Tochter sich in ein paar Jahren wohl auch so verunstalteten würde. Er schob die schreckliche Vorstellung beiseite und wurde wieder professionell.

»Du hast beobachtet, wer hier geschossen hat?«

Lindi blies ihren Kaugummi zur Blase auf, ließ sie platzen und nickte.

»Hast du nicht den Sonnenuntergang beobachtet?«

Das Mädchen verdrehte die Augen: »So ein albernes Getue, nur weil ein Berg rot wird. Also, ich hab schon ein wenig zugesehen, aber ich wollte ein Selfie machen. Für meine Freunde, die jetzt alle in Surfers Paradise sind. Da wollte ich nämlich auch hin, aber ich musste mit meinen Eltern mit. Echt fad so was und total uncool!«, entrüstete sie sich.

»Okay, du wolltest also ein Selfie machen. Wie muss ich mir das vorstellen?«

»Na wie wohl! Ich hab mich umgedreht, das Handy in die Höhe gehalten, damit ich den Uluru im Hintergrund hatte und davor war ich im Bild. Ich hab auch mal abgedrückt, aber da war er noch nicht so rot. Und dann ist mir der Typ mit dem Wohnmobil aufgefallen.«

»Was war an dem so besonders?«

»Er hatte nicht eingeparkt, sondern stand vor den anderen Autos.«

»In Fahrtrichtung?«

»Ja. Der Motor lief. Er ist ja dann gleich abgehauen.«

»Kannst du ihn beschreiben?«

»Na ja, nicht so richtig. Auf jeden Fall war er alt.«

»Alt?«

»Ja. Mindestens vierzig oder noch älter!«

Cox registrierte, wie Harry und Tim grinsten. War er in ihren Augen auch alt? Blödsinn, er musste sich auf seine Arbeit konzentrieren.

»Wie sah der Mann aus?«

Lindi überlegte. »Normal. Ganz normal.«

»Wie normal? Groß? Klein? Dick? Dünn? Haarfarbe? Himmel, lass dir doch nicht jedes Wort aus der Nase ziehen!«, raunzte Cox das Mädchen etwas heftiger an, als beabsichtigt.

»Er war wohl ungefähr so groß wie er hier!« Sie deutete auf den Constable.

»Also so um die Eins fünfundachtzig?«

»Ja, ungefähr, nur ein wenig kräftiger. Die Haare hab

ich nicht gesehen. Er hatte so ein Käppi auf. Mit 'nem Schirm vorn dran. Der war tief ins Gesicht gezogen. Ach ja, jetzt fällt's mir ein! Er hatte ein Pflaster im Gesicht.«

»Pflaster?«

»Ja, am Kinn!«

»Und du hast gesehen, wie er den Schuss abgegeben hat?«

»Ja. Er stand am Wohnmobil, hat gezielt, geschossen, ist ums Wohnmobil rum zur Fahrerseite gerannt, eingestiegen und davongefahren.«

»Mit dem Wohnmobil sagst du? Weißt du, was das für eines war?«

»Ja, das war so ein neuer Winnebago.«

»Woher weißt du das so genau?«

»Weil mein Vater von so einem Teil schwärmt. Der redet von nichts anderem mehr.«

»Okay, hast du gesehen, was da für ein Basisfahrzeug drunter war? Ein Mercedes? Ein Iveco?«

»Nein, aber das Nummernschild konnte ich teilweise erkennen.«

»Das ist gut!«

»Es war eines aus Südaustralien, weil ich das S vorne erkannt habe, aber an die Nummern kann ich mich nicht erinnern.« Lindi zupfte überlegend an ihrem Nasenpiercing. »Hinten stand HBA - glaube ich jedenfalls. Mehr hab ich aber echt nicht gesehen.«

»Würdest du den Mann wiedererkennen?«

»Schon möglich!«

Harry Brewer saß am Schreibtisch und tippte immer wieder neue Suchoptionen in den Computer.

»Also«, verkündete er, »es muss ja nichts heißen; aber bei der Queensland Polizei in Tennant Creek hat der Fahrer eines Vans aus Südaustralien den Diebstahl seiner Kfz-Kennzeichen gemeldet: S459 – HBA!«

»Muss nichts heißen, kann aber. Wir sollten das Kennzeichen zur Fahndung ausschreiben«, entschied Sergeant Cox.

»Das ist aber noch nicht alles, was ich rausgefunden habe!«, verkündete der Constable triumphierend.

»Dann lass mal hören!«

»Die Zeugen Helga und Jürgen Brombacher, Helga ist diese Deutsche, die einen Teil der Bierdusche abgekriegt hat«, erklärte er. »Also jedenfalls sind die beiden mehrmals als Zeugen vernommen worden: In Queensland, im Northern Territory und außerdem soll auf dem Campingplatz bei den Babinda Boulders in Queensland jemand versucht haben, die Reifen an deren Wohnmobil zu manipulieren.«

»Die sind ja morgen Abend wieder auf dem Yulara Campingplatz. Wir sollten dringend mit den beiden sprechen. Womöglich galt der Frau der Anschlag. Ja, und mit dem anderen Deutschen müssen wir auch noch reden. Du weißt schon, dieser Bustourist Klaus Schütte, dem die vielen Bierdosen gehört haben. Womöglich hat ihm der Schuss gegolten.«

»Möglich«, stimmte Harry zu, »aber ich tippe eher auf das Ehepaar. Kann ja sein, dass die irgendwas wissen, was sie nach Meinung des Schützen nicht wissen sollten.«

Kapitel 20

Der Dicke hatte sich wie eine Klette an sie gehängt. Auch jetzt im Restaurant saß er wieder bei ihr am Tisch. Die Aussie-Bullen waren angerückt, hatten nicht nur den biertrinkenden Schütte, sondern auch sie befragt. Genau wie der kannte sie keine Australier, und schon gar keinen, der mit einem australischen Wohnmobil unterwegs war. Außerdem war sie zum ersten Mal in Down Under und hatte nicht vor, noch einmal wiederzukommen. Für das viele Geld läge sie jetzt lieber irgendwo an einem Strand in Thailand, auf den Malediven oder sonst wo.

Irene bezahlte eilig ihr Abendessen. Federle war aufgestanden. Sie kippte hastig ihre Cola hinunter und schickte sich an, ihm zu folgen.

»He Irene«, Schütte hielt sie am Arm fest. »Was willste denn von dem? Bei dem wirste nicht landen!«

Sie warf dem Dauerbiertrinker einen bösen Blick zu: »Geht Sie das was an?«

»Nee, geht mich nichts an. Ich weiß ja, dass der eigentlich wie der tollste Frauenschwarm aussieht, – aber mach doch endlich mal deine Augen auf!«

Sie befreite sich aus Schüttes Griff und folgte Federle, der Hand in Hand mit seinem jungen Sitznachbarn das Hotelrestaurant verließ und auf den Fahrstuhl zuging. Sie wusste, dass sein Zimmer im ersten Stock lag und hastete die Treppe hinauf. Dort sah sie gerade noch, wie die beiden händchenhaltend in Federles Zimmer verschwanden.

Helga hatte noch am Abend ihre biergetränkte Kleidung in eine der Waschmaschinen auf dem Yulara-Campingplatz gesteckt. Zum Glück hatte ihre Kamera keine Bierdusche abbekommen. Sie hatte sie instinktiv mit dem Körper geschützt. Ulurus Sonnenuntergang wollten sie am nächsten Abend nachholen. Nun saßen sie in der Yulara-Polizeistation und wiederholten das, was sie schon am Abend vorher zu Protokoll gegeben hatten.

Ob sie eine Ahnung hätten, wer es auf sie abgesehen haben könnte, hatte der Polizist gefragt. Man hätte nämlich das Projektil gefunden und festgestellt, dass die Waffe aus der es stammte, vor einigen Jahren bei einem Banküberfall in Alice Springs verwendet worden war, weshalb man einen Jux von Jugendlichen ausschließen könne. Außerdem sei ein Schalldämpfer verwendet worden, weil niemand den Schuss gehört hatte. Er, Sergeant Fred Cox und auch seine Kollegen gingen deshalb von einem gezielten Mordanschlag aus. Dass der Bustourist mit den vielen Bierdosen das Ziel des Anschlags gewesen sein könnte, wäre sehr unwahrscheinlich. Cox schaltete sein Aufnahmegerät ein und forderte Helga auf: »So, und jetzt erzählen Sie mal! Von Anfang an! Warum hat man es auf Sie abgesehen!«

Als Helga geendet hatte, staunte sie, dass Cox und Brewer über jeden Vorfall unterrichtet waren, bei dem sie hier in Australien als Zeugen bei der Polizei ausgesagt hatten. Nach Helga war Jürgen dran, nicht nur das zu Protokoll zu geben, was er gesehen, bzw. gehört hatte, nein, er hatte das Gefühl, dass die beiden Polizisten glaubten, er und Helga wären wegen eigener krimineller Machenschaften das Ziel des Anschlags.

Sie hatten nicht nur den Sonnenuntergang ohne Zwischenfall genossen, sondern waren auch am nächsten Morgen zeitig auf den Beinen um den Sonnenaufgang am Uluru zu erleben. Nun waren sie in ihre Trekkingschuhe geschlüpft, hatten etliche Flaschen Trinkwasser in den Rucksack gepackt und wanderten im Valley of the Winds zwischen den rostroten Gesteinskuppeln der Olgas umher.

»Der Name Kata Tjuta, wie die Olgas bei den Ureinwohnern schon immer hießen, bedeutet übersetzt ›Viele Köpfe‹. Das ist wirklich sehr treffend«, fand Jürgen.

Helga blieb bei einer Tafel stehen, die vor einer der Felskuppeln angebracht war: »›Heiliger Platz, bitte nicht klettern‹«, las sie vor. »Hier, zwischen diesen uralten Felsen kann ich durchaus verstehen, dass ihnen diese Berge heilig sind. Die Stimmung inmitten der vielen Köpfe ist einfach unbeschreiblich. Keine unserer von Menschenhand gebauten Kirchen und Kathedralen kann solch ein erhebendes Gefühl hervorrufen wie diese von roten Felsen umgebene Arena.«

»Ja, es ist ein ganz besonderes Gefühl, hier zu sein«, stimmte Jürgen zu. »Und weißt du, was mir noch gefällt? Dass wir hier fast alleine sind!«

Auch abends, als der Vollmond über Kata Tjutas ›vielen Köpfen‹ aufgegangen war, während gleichzeitig die untergehende Sonne die Felskuppeln mit einem glühenden

Rot überzog, hatten nur wenige Touristen den Weg dorthin gefunden.

Dumpf vor sich hinbrütend starrte Irene aus dem Busfenster. Draußen zog die Landschaft vorbei, gleichförmig und öde. Stacheliges Spinifexgras, Wüsteneichen, ab und zu ein schroffer Bergzug. Dann wieder ein Halt am nächsten Aussichtspunkt auf irgendeine Gorge, wie die Schluchten in diesem endlosen Land hießen. Während die Mitreisenden unter Aaahs und Ooohs ihre Kameras und Handys zückten, hatte sie oft nicht mal Lust auszusteigen. Wie hatte sie nur so blöd sein können und so blind? Sie wollte gar nicht nachrechnen, wie viel Geld sie verschleudert hatte. Verschleudert wegen Horst Federle, einem Kerl, der so offensichtlich schwul war, dass es ein Blinder mit 'nem Krückstock hätte sehen müssen.

Neben ihr quasselte Klaus Schütte pausenlos vor sich hin, unterbrochen nur von einem kräftigen Schluck aus einer der vielen Bierdosen, deren Vorrat er in jedem Ort und an jedem Roadhouse ergänzte. Zum Glück hatte sie von der kräftigen Bierdusche nichts abbekommen, die im Bus eine Zeit lang Gesprächsthema Nummer eins gewesen war. Sie war ja dem schwulen Federle hinterhergestiegen. Warum hatte Fabian Krämer ihr nichts gesagt, als sie nach einer Freundin gefragt hatte? Weil der Kerl sie ausgenommen hatte wie eine Weihnachtsgans, und vermutlich darauf spekuliert hatte, dass er sie noch weiter schröpfen könne. Oh nein, sie war geheilt.

Der Bus hatte die Runde durch die Schluchten der MacDonnels absolviert, seine Touristenfracht für ein schnelles Foto am Kings Canyon abgeladen und näherte sich nun wieder Alice Springs. Der Reiseleiter sollte seine Schutzbefohlenen durch diverse Souvenirshops führen, damit sie dort ihre Dollars für möglichst kostspielige Australien-Andenken locker machten, die ihm wiederum eine kräftige Provision einbringen würden.

Klaus Schütte ließ viele Dollars springen. Jacke, Hose Schuhe, – alles roch noch nach Bier, pappte eklig und musste erneuert werden. Aus dem Didgeridoo, das er kaufte, brachte er zwar keinen Ton heraus, aber es war dekorativ, zeugte davon, dass er ein weit gereister Mann war. Genau wie das riesige Gemälde in Punktmalerei, das er in einem Shop für Aborigines-Kunst erstanden hatte. Wir senden das für Sie nach Hause, hatten ihm die Ladeninhaber versichert.

»Wo wollen Sie das Riesenbild denn aufhängen? Das passt doch in keine normale Wohnung!« Irene schüttelte den Kopf. Bierdosen und Aborigines-Kunst, der Kerl hatte wirklich nicht mehr alle Tassen im Schrank.

»In meine Hoffheimer Mietwohnung passt das wirklich nicht rein, aber in meine neue Wohnung schon.«

»Sie ziehen um? Na dann viel Spaß! So eine Aktion ist immer mit scheußlich viel Arbeit verbunden. Wann soll der Umzug denn starten?« Es interessierte Irene zwar nicht wirklich, aber mit ein wenig Small Talk ließ sich die Pleite mit Federle leichter verkraften.

»Bis zum Frühjahr soll sie angeblich bezugsfertig sein.«

»Ach Sie ziehen in eine ganz neue Wohnung? Na, da wird die Miete vermutlich geschmalzen sein.«

»Ich habe die Wohnung gekauft.«

»Aha, in Hoffheim?«

»Nein, in dem neuen Baugebiet in Kleinaltheim!«

»Puh, da gehen die Preise zurzeit durch die Decke.« *Wenn ich blöde Kuh mein Erbe mit etwas mehr Verstand zusammengehalten hätte, wäre durchaus die Anzahlung für eine kleine Wohnung drin gewesen. Jetzt zahle ich weiter Miete und hab nichts davon.*

»Ich hab mir das Penthouse gekauft«, bemerkte Schütte so ganz nebenbei.

Irene schnappte nach Luft: »Das Penthouse?« Sie hatte sich den Hochglanzprospekt angesehen, den Rohbau besichtigt, als sie die Hoffnung noch nicht begraben hatte, doch noch ein größeres Stück vom Erbe zu ergattern. Das Penthouse, – 180 Quadratmeter Wohnfläche, weitaus komfortabler als die alte Brandmüller-Villa, moderner, mit Dachterrasse und Fernsicht, mit Fahrstuhl bis in die Wohnung, mit Tiefgarage und Hausmeister – davon hatte sie geträumt. Und dieser Schütte, dieser dauerbiertrinkende, rotgesichtige, schwitzende Prolet konnte es sich kaufen!

»Aha. Das Penthouse. Haben Sie geerbt?«

»Geerbt? Nein. Jackpot. Ich hab den Jackpot geknackt.«

Jackpot! In Irenes Kopf begannen die Gedanken zu rotieren. Den Jackpot! Der Dicke hatte den Jackpot geknackt! Wobei, so dick war der eigentlich gar nicht. Im Grunde hatte sie befürchtet, dass Federle so aussah. Und das viele Bier? Es gab Schlimmeres.

»Oh, da gratuliere ich Ihnen ganz herzlich!«

Schütte war zwar dick und er wusste, dass er kein Adonis war, auf den die Frauen flogen. Aber er war nicht blöd. Dass der Sarkasmus aus Irenes Stimme einer ungewohnten Freundlichkeit gewichen war, hatte er sofort registriert. Und weil er auch Realist war, akzeptierte er diesen plötzlichen Wandel durchaus erfreut.

Wann hatte es begonnen? Seit wann handelte er unüberlegt und impulsiv? Seit wann ließ er sich zu hirnrissigen, absolut kontraproduktiven Kurzschlusshandlungen hinreißen? Er, der sonst so kühl und nüchtern Planende? Seit wann? Seit er wusste, dass er gesucht wurde.

Wenn ich nicht aufpasse, dreh' ich noch durch, fuhr es ihm durch den Kopf. An *dem* Australienhighlight schlechthin, wo massenhaft potenzielle Zeugen mit Kameras herumstehen, auf die Brombacher schießen - so eine idiotische Aktion! Zum Glück hat mich niemand gesehen! Oder doch? Was ist mit dem Gör, das sich für ein Selfie umgedreht hat? Hat sie mich angesehen? Ich hab doch nicht damit gerechnet, dass Jugendliche auf die Idee kommen könnten, Selfies zu schießen, während alle anderen gebannt den Sonnenuntergang verfolgen.

Er atmete ein paar Mal tief durch und nahm einen Schluck aus der Whiskeyflasche, die er kürzlich gekauft hatte und die jetzt nur noch viertelvoll war. Dann versteckte er die Waffe zuhinterst in einem Staukasten. Das sollte genügen, ihn vor weiteren Kurzschlusshandlungen abzuhalten. Den Brombachers aus dem Weg zu gehen, war wesentlich sicherer, als auf sie zu schießen und damit die Aufmerksamkeit sämtlicher Bullen Australiens auf sich zu ziehen.

Auch wenn die Landschaft langsam grüner wurde, der Weg nach Norden zog sich. Immer mehr und immer größere Termitenhügel säumten den Stuart Highway, und es wurde zunehmend heißer. Sein Leben in Australien hatte sich Hanno Jachnik einfacher vorgestellt. Er fühlte sich gehetzt, glaubte an jedem Tankstopp beobachtet und erkannt zu werden, getraute sich kaum noch in den Supermarkt. Ich muss dringend ein paar Tage relaxen, nahm er sich vor. Ja, ausspannen, abschalten, egal wie viele Touristen im Mataranka Thermalpool herumschwimmen, ich leg da jetzt einen größeren Stopp ein, hüpf ein paarmal in den Pool und stell mich dann in eine abgelegene Ecke am Nationalpark-Campingplatz am Roper River. Die Aussicht auf ein paar Tage Ruhe hob seine Stimmung augenblicklich.

Nach dem Staub und der Hitze des Highways mutete der türkis schimmernde Pool geradezu paradiesisch an, obwohl bereits eine halbe Reisebusladung durchs warme Wasser planschte. Die andere Hälfte der Busladung stand mit gezückten Handys und Kameras außen rum und lichtete unter Begeisterungsrufen die Schwimmer ab. Egal wie viele Leute drin rumplanschten, er wollte da jetzt rein.

Er ließ sich ins Wasser gleiten, tauchte einmal durch den Pool und ließ sich auf dem Rücken treiben.

Zuerst sah er den Dicken mit der Bierdose. Dann sah er seine Begleiterin. Oh nein! Die kannte er. Das war doch diese komische Verwandte des alten Brandmüller, die alte Scharteke, die alle Nase lang in der Firma aufgetaucht war. Die kannte ihn natürlich auch. Was hatte die hier in Down Under verloren? Es konnte doch nicht sein, dass halb Kleinaltheim in Australien unterwegs war! Würde sie ihn auch erkennen? Mit nassem Haar vermutlich nicht. Außerdem hatte er ja das Pflaster am Kinn. Das Pflaster! Er griff ans Kinn – das Pflaster war weg! Hatte sich im warmen Thermalwasser abgelöst! Bevor er wieder untertauchte, hörte er noch, wie der Dicke zu seiner Begleiterin sagte: »Los Irene, auf gehts! Schmeißen wir uns in unsere Badeklamotten und hüpfen rein!«

Hanno tauchte vorsichtig wieder auf. Die beiden waren verschwunden. Vermutlich beim Umziehen. Er schwamm zur Badeleiter, und schnappte sich sein Handtuch. Er musste sich gleich in den abgelegenen Nationalpark verdrücken. Hier war einfach zu viel los. Außerdem war das Schwimmen im Fluss mit Sicherheit bei dieser Hitze erfrischender als der warme Pool.

Lindi saß vor dem Wohnwagen ihrer Eltern und spielte gelangweilt auf ihrem Smartphone herum. Ihre Freunde hatten Fotos und Videos geschickt. Aus Surfers Paradise. Die feierten Partys, hatten Spaß, tobten durch die Wellen, aalten sich am Strand. Da wäre sie jetzt auch gerne. Stattdessen saß sie hier in diesem abgelegenen Nationalpark auf einem Campground. Hier war absolut nichts los. Nichts. Gar nichts. Ab und zu war sie mal zum Schwimmen vom Badeponton in den Fluss gehüpft. Das war schon alles. Waren auch nur ein paar Kinder da. Babys. Die waren höchsten zehn oder so. Und alte Knacker. Die hatten mindestens 40 oder 50 Jahre auf dem Buckel, wenn nicht mehr.

Frustriert warf sie ihr Handy in den Wohnwagen, wo es auf dem Polster der Sitzecke landete. Es war verdammt heiß. Sie wollte doch noch mal zum Fluss. Schwimmen mit Babys, Oldies und Freshies. Die Freshies genannten Süßwasserkrokodile wären harmlos, - hatte der Ranger behauptet. Sie wären maximal drei Meter lang und sehr scheu. Außerdem gingen sie erst in der Dämmerung auf Beutefang. Ab da wäre Baden verboten. Zuerst hatte sie sich nicht ins Wasser getraut, aber dann hatte ihre Mutter gesagt: »Stell dich nicht so an. In Surfers Paradise würdest du auch baden. Da gibts aber immer wieder Haie. Die sind wirklich gefährlich!«

Lindi griff ihr Handtuch und wollte gerade runter zum Fluss, als ein Wohnmobil auf den Platz einbog. Ein Winnebago. Ein großer, neuer Winnebago. Wie gebannt blieb sie stehen, starrte auf das Nummernschild. Sie atmete auf. Das Wohnmobil kam aus New South Wales. Zumindest hatte es ein NSW-Kennzeichen. Der Camper fuhr langsam bis in die hinterste Ecke des Campgrounds. Den Fahrer hatte sie durch die Frontscheibe nicht richtig erkennen können. Sie hatte nur gesehen, dass er ein Baseballkäppi tief ins Gesicht gezogen hatte.

Grüne Haare! Stoppelkurz! Das war das Mädchen! Jachniks Herz blieb für einen schrecklichen Moment stehen, bevor es stolpernd weiter schlug. Das Gör hatte ihn angestarrt. Hatte sie ihn erkannt? Zum Glück hatte er gestern die Schilder getauscht. Er klaute sie reihenweise, benützte sie aber erst, wenn geraume Zeit vergangen war. Nicht dass übereifrige Aussiebullen nach den gestohlenen Kennzeichen fahndeten.

Er hatte die Schnauze gestrichen voll, wähnte sich von tausend Augenzeugen verfolgt, fühlte sich einsam und allein. Schluss mit dem Selbstmitleid befahl er sich. Zumindest die Einsamkeit lässt sich beenden. Ja, es war an der Zeit. Er sehnte sich jetzt nach ihr. Seit er wusste, dass er gesucht wurde, hatte er sich nicht mehr getraut, mit einer Frau anzubandeln. Das war ziemlich frustrierend.

Wenn sie erst hier wäre, ließe sich das Leben leichter managen. Sie könnte tanken, einkaufen, all dies erledigen, wozu man das Wohnmobil verlassen musste. Zumindest bis Gras über die gründlich schiefgelaufene Sache gewachsen wäre. Ohne noch länger zu überlegen, startete er das Wohnmobil und verließ den Platz. Er hatte nicht vor zu warten, bis dieses grünhaarige Gör ihm die Bullen auf den Hals hetzte. Erst in Mataranka hielt er an, parkte vor einem Supermarkt und zückte sein altes Prepaid-Handy.

»Flieg nach Darwin!«, tippte er in die Tasten. »Ich hol dich ab!«

Kapitel 21

Jürgen hatte aufgetankt und hängte den Zapfhahn ein.

Helga nahm ihren Geldbeutel: »Ich geh ins Roadhouse und bezahle!«

»Nimm ne Portion Geduld mit, hier ist grade eine ganze Reisebusladung eingefallen«, witzelte Jürgen.

Als Helga zurückkam, umkreiste einer der Busreisenden das Wohnmobil. Jürgen hatte sich, wie meist in solchen Situationen, ins Innere verdrückt.

»Sind Sie wirklich aus Kleinaltheim?«, fragte der Mann und legte sofort nach: »Wie haben Sie das Wohnmobil hierher gebracht?«

»Ganz einfach«, erklärte Helga, »unser Wohnmobil kam auf einem Ro-ro-Schiff. Roll on Roll off, wie auf einer Fähre. Aber wir sind ganz simpel geflogen. Und ja, wir sind wirklich aus Kleinaltheim.«

»Ach, jetzt erkenne ich Sie erst«, staunte der Busreisende. »Sie sind doch Frau Brombacher vom Bankhaus Wiebke und Söhne. Ich hab Sie dort schon lang nicht mehr gesehen!«

»Das liegt daran, dass ich schon eine ganze Weile in Rente bin«, lachte Helga. »Aber an Sie, Herr Federle, kann ich mich trotzdem gut erinnern, auch wenn es schon ein paar Jahre her ist, dass wir Ihren Ladenumbau finanziert haben!«

»Stimmt, aber das hat sich gelohnt. Das Geschäft geht prima. Jetzt habe ich mir nach langer Zeit mal einen richtigen Urlaub gegönnt. Nicht abenteuerlich, nur mit dem Reisebus.«

»Hauptsache, man kommt mal raus aus der täglichen Tretmühle!«

»Ach, Tretmühle würde ich meinen Laden nicht nennen. Aber mal andere Länder sehen, ist immer gut. Außerdem war Australien schon lange mein heimlicher Wunschtraum.«

»Das verstehe ich gut. Wir hatten das auch immer im Sinn, wollten es uns aber aufheben, bis wir wirklich mit Zeit den ganzen Kontinent bereisen können.«

»Das ist eine gute Entscheidung. Ich bin von dem, was ich hier auf die Schnelle gesehen habe, so begeistert, dass ich Sie wirklich um Ihre Art zu reisen, beneide!«

»Was nicht ist, das kann ja noch werden!«

Jetzt kam auch Jürgen aus dem Wohnmobil und vom Roadhouse näherte sich ein junger Mann. Ein sehr blonder, sehr junger Mann. Federle winkte ihn zu sich.

»Das ist Erik Ronge mein neuer Lebenspartner. Er kommt übrigens auch aus Kleinaltheim«, stellte er den schlanken, durchtrainierten Ankömmling vor.

Erik Ronge grüßte lässig, schüttelte mit einer kurzen Kopfbewegung eine lange, blonde Tolle aus dem Gesicht und gab Federle eine Dose Limonade. »Ich hoffe, sie ist noch kalt genug. Da drin ist der Teufel los.«

Federle nahm die Dose und lächelte seinen Begleiter verliebt an.

Dann zog er eine Visitenkarte aus seinem Geldbeutel und gab sie Helga: »Unsere Reise neigt sich leider dem

Ende zu. Aber wenn Sie mir ab und zu ein paar Fotos an meine Mailadresse schicken könnten, würde ich mich freuen. Dann fahre ich im Geiste noch ein wenig mit Ihnen mit.«

»Aber gerne«, Helga schrieb Federle ihre eigene E-Mail-Adresse auf. »Wir haben jetzt auch eine Webseite, in der wir unsere Fotos hochladen und ein wenig über die Route und unsere Erlebnisse erzählen!«

Später, als die Brombachers weiter Richtung Norden rollten, meinte Jürgen: »Dieser Horst Federle ist ja ein sehr sympathischer Mann, aber der Typ, den er sich da angelacht hat – ich weiß nicht so recht. Der kommt mir vor, wie das männliche Gegenstück zu Nadine Brandmüller.«

»Da kannst du recht haben. Aber Federle ist nicht reich, auch wenn sein Laden gut läuft.«

»Na, vielleicht will sich das Bürschchen nur aushalten lassen – und das geht uns echt nichts an.«

Es war wieder mal spät geworden. Seine Frau hatte ihm das Abendessen aufgewärmt, die Kinder waren, wie so oft, schon im Bett. Hauptkommissar Warnecke ließ sich aufs Sofa fallen, zappte sich ohne großes Interesse durch die Fernsehsender und fuhr dann seinen Laptop hoch.

Im Posteingang waren zwei Mails von Helga Brombacher. Kopfschüttelnd las er, was sie über das Erlebnis am Ayers Rock berichtete. Dass die örtlichen Polizeibeamten annahmen, der Schuss hätte ihr gegolten. Wenn das so war, steckte mit Sicherheit dieser verflixte Jachnik dahinter und die Brombachers schwebten in Gefahr. Er konnte nur hoffen, dass die australische Polizei den Kerl so bald wie möglich zu fassen kriegte.

Dann öffnete er die zweite Mail.

Liebe Freunde zuhause,
Das rote Zentrum Australiens mit den faszinierenden Schluchten, dem Uluru und den roten Kuppeln der Olgas haben wir hinter uns gelassen. Jetzt geht es unablässig nach Norden. War es in Alice Springs und Umgebung nachts mitunter eisig, so wird es jetzt zusehends heißer. Zum Glück können wir an herrlichen Plätzen campen, wo man wunderbar schwimmen kann. Am Anfang hat es uns doch einige Überwindung gekostet, in einen grünen Fluss zu steigen, in dem Süßwasserkrokodile leben, auch wenn die angeblich harmlos sind. Aber stellt Euch die Atmosphäre vor! Ein tropisches Paradies! Ein von Palmen und Eukalyptusbäumen gesäumtes Ufer, herrlich warmes Wasser und Vögel, die mit ihrem Geschrei und Gekreisch die passende Geräuschkulisse zu dieser Dschungelatmosphäre liefern!

Unser nächstes Badeparadies war der Katherin River, der sich eindrucksvoll durch die 60m hohen Felswände der Katherin Gorge zwängt. Auch in diesem Fluss hausen die Freshies. Man sieht sie nicht. Aber daran gewöhnt man sich. Denn im nächsten Badeparadies gibts die auch. Das ist für australische Verhältnisse direkt um die Ecke. Nur 90 km auf dem Stuart Highway und ein absoluter Traum! Stellt Euch einen kleinen, ca. 10 m hohen Wasser-

fall vor, der sich in einen erfrischenden, glasklaren Pool von ca. 190 m Durchmesser ergießt! Der schönste Pool, in dem wir jemals schwimmen waren!

Jetzt geht es weiter nach Norden. Wir freuen uns auf den Kakadu Nationalpark. Aber dort ist es mit Schwimmen vorbei, denn im Kakadu hausen die gefährlichen Salties, die Salzwasserkrokodile die bis zu 7 m lang werden können.

Es grüßen Euch aus Down Under
Helga und Jürgen

Klaus Schütte und Irene Föhr hatten gute Plätze reservieren können. Gute Plätze hieß, dass Schütte außen am Gang saß, damit er ohne Irene zu stören, »sein Bier wegtragen konnte«. Im Nachhinein fand Irene, war die Fahrt durch Australien gar nicht so schlecht. Sie hatte Schütte kennengelernt, für dessen Jackpot das Finanzamt keine Steuern kassieren konnte. Und Schütte hatte sie gefragt, ob sie ihm nicht beim Einrichten und Aussuchen der Möbel helfen könne, weil es doch schön wäre, wenn sie Lust hätte, im November zu ihm ins neue Penthouse zu ziehen. Ja, warum nicht, denn wenn sie ehrlich war, passte Klaus Schütte weitaus besser zu ihr, als Federle. Ganz davon abgesehen, dass der Kerl ja ohnehin schwul war. Schütte störte sich nicht an ihren Speckrollen und sie müsste nicht im Fitnessstudio mit Gewichten und Foltermaschinen ihre Figur optimieren. Ja, im Grunde war der Dicke ein Glücksfall.

Auch Horst Federle hatte sein Handgepäck verstaut, den Gurt geschlossen und lehnte sich zurück. Sein Urlaub war vorbei und er hatte erwartet, dass er mit dem Abheben des Fliegers in den Alltagsmodus schalten würde. In ein paar Tagen gingen die Schulferien zu Ende und in seinem Laden würde Hochbetrieb herrschen. Aber er konnte sich noch nicht mit dem Gedanken anfreunden, wieder in sein einsames, von Heimlichkeiten geprägtes Leben zurückzukehren. Zwar war auch in dem Kaff Hoffheim mittlerweile das 21. Jahrhundert angekommen, aber er hatte bisher die konservativen Bürger des Ortes nicht verschrecken wollen. So wie seine längst verstorbenen Eltern und den Bruder. Die Familie hatte, nachdem er sich geoutet hatte, nie mehr ein Wort mit ihm gesprochen. Wir könnten doch zusammenziehen und ganz offiziell heiraten, hatte Erik vorgeschlagen. Zuerst hatte ihn der Gedanke erschreckt, aber dann wurde die Vorstellung, nicht mehr alleine zu sein, immer verlockender.

»Zusammenziehen«, sagte er zu Erik, nachdem die Flugbegleiterin die obligatorischen Sicherheitsregeln erklärt hatte, »Ja, das könnten wir machen. Das mit dem Heiraten sollten wir aber gründlich überlegen. Du musst bedenken, dass du sehr viel jünger bist als ich. Wenn ich längst ein alter Mann sein werde, bist du noch im besten Alter.«

»Aber nein«, schmeichelte der, »ich werde dich auch lieben, wenn du ein alter Mann geworden bist.«

Eine Woche später zog Erik mit Sack und Pack in die Wohnung über Federles Laden.

Kapitel 22

Die Maschine der Qantas war pünktlich in Darwin gelandet. Die Frau hievte ihre Reisetasche vom Kofferkarussell und wartete an der Immigration, bis der Beamte ihr das Touristenvisum in den Pass gestempelt hatte. Als sie die Ankunftshalle verließ, entlud grade ein Bus am Abflugterminal seine Touristenfracht. Die Reisenden zogen Ihre Rollkoffer zu den Eincheckschaltern. In ein paar Stunden würden sie mit der Maschine retour fliegen.

Sie ließ ihren Blick über die weitläufigen Parkplätze schweifen, bevor sie in eines der wartenden Taxis stieg und sich zu einem Wohnmobilvermieter fahren ließ. Eine knappe Stunde später verließ sie ihn in einem kleinen Van.

Ursprünglich hatte Jachnik seine Freiheit genießen wollen. Seine ungebundene Freiheit als reicher Mann, weshalb er mit stets neuen Ausreden verhindert hatte, dass sie nach Australien kam. Aber aus der Freiheit war nichts geworden. Erst hatte Nadine alles vermasselt und dann er selbst. Jetzt hatte er Sehnsucht nach ihr. Er hatte sich viel zu lange alleine durchgeschlagen. Ja, jetzt freute er sich darauf, wieder mit einer anschmiegsamen Frau zusammen zu sein.

Am Morgen hatte er seinen ganzen Mut zusammengenommen und in einem Blumenladen rote Rosen besorgt. Zum Glück hatte ihn die Floristin nicht erkannt. Dass das mit den Rosen im Wohnmobil reichlich unpraktisch war, hatte er erst hinterher bemerkt. Er hatte keine Vase. Weshalb er erstens gezwungen war, sich noch mal ins Shoppingcenter zu wagen, und zweitens war es nötig, das Ganze umständlich zu fixieren, damit es beim Fahren nicht umkippte. Egal, er wusste, dass sie rote Rosen liebte, und er hoffte, dass sie nicht allzu sauer auf ihn war, weil er sie so lange hingehalten hatte.

Die Frau hatte ihren Mietvan auf dem Kurzzeitparkplatz des Flughafens abgestellt und geduldig gewartet bis er in seinem großen Wohnmobil nicht weit von ihr entfernt, quer über einige Plätze eingeparkt hatte. Einen australischen Buschhut tief ins Gesicht gezogen, vor den Augen eine große, verspiegelte Sonnenbrille, in der linken Hand einen Strauß roter Rosen, marschierte er eiligen Schrittes zur Ankunftshalle.

Die Maschine war noch nicht gelandet. Sie zögerte nicht, sondern stieg aus, und sah sich kurz um. Niemand war da, der sie beobachten könnte. Außerdem hatte er sein großes Mobil so schön quer geparkt, dass sie hinter dem Fahrzeug unbeobachtet war. Nur einmal kurz gebückt und schon war der Peilsender, den sie vorsorglich bereits zuhause gekauft hatte, angebracht. Dann bückte sie sich noch einmal um zu kontrollieren, ob das Ding auch fest genug haftete, und stellte ganz erfreut fest, dass Hanno seinen alten Gewohnheiten treu geblieben war. Ständig hatte er Schlüssel nicht nur verlegt, sondern auch verloren. Seither hatte er stets eine magnetische Schlüsselbox unter seinem Fahrzeug versteckt. *Ha, Angst gehabt, dass du irgendwo im Outback ohne Wohnmobilschlüssel da-*

stehst? Vielen Dank, dass du es mir so einfach machst! Sie fackelte nicht lange, sondern zog mit einem schnellen Ruck die Magnetbox ab und nahm den Reserveschlüssel heraus.

Ein kurzer Blick auf die Uhr hatte ihr gezeigt, dass noch Zeit war. Die Qantas-Maschine war vor gut fünf Minuten gelandet. Bis die Passagiere ausgestiegen waren, ihr Gepäck geholt und Zoll und Immigration hinter sich hatten, würde noch dauern. Sie packte die Gelegenheit beim Schopf und machte sich auf die Suche nach den Laptops. Systematisch durchforstete sie die Oberschränke, hob Wäsche und Pullover hoch, griff nach hinten. Bis ihre Hand etwas Hartes fühlte. Etwas Hartes, das in einer Plastiktüte steckte.

Als sie sah, dass die ersten Passagiere aus dem Terminal kamen, gab sie die Suche nach den Laptops vorerst auf. Stattdessen steckte sie ihren anderen Fund ein, schloss das Wohnmobil ab und versteckte sich in ihrem Van.

Die Rosen hatten sie milde gestimmt.

»Ich hab dich so sehr vermisst!«, flüsterte sie, als er sie leidenschaftlich umarmte.

»Ja, ich dich auch«, murmelte er. »Aber ich wollte dich nicht in Schwierigkeiten bringen, weil die Bullen hinter mir her sind. Aber ich war ganz verrückt vor lauter Sehnsucht nach dir!«

»Dann suchen wir uns jetzt ein Hotel!«

»Nein, widersprach Hanno. Das ist mir zu gefährlich.«

Sie sah ihn an: »Du bist doch kaum noch wiederzuerkennen mit deinem gefärbten Haar. Du hast es ziemlich wachsen lassen.«

»Ich verändere ständig mein Aussehen. Weil in dieser Zeitung stand, dass ich jetzt möglicherweise Bart trage, hab ich den abrasiert und klebe mir stattdessen ein Pflaster aufs Kinn. Das ging mir neulich beim Schwimmen ab. Ich fühle mich gestresst und gejagt«, seufzte er. »Nein, im Moment möchte ich noch nicht in ein Hotel. Obwohl ich falsche Papiere habe, ist mir das zu gefährlich. Ich hab ein bequemes Wohnmobil. Das wird dir gefallen. Auf den Campingplätzen fragt kein Mensch nach dem Pass und niemand schaut so genau hin.«

»Okay, ich bin gespannt auf dein Wohnmobil!«

»Man kann da drin auch kochen. Aber wenn du hungrig bist, holen wir uns einfach Fisch und Chips vom Takeaway.«

»Ja, das machen wir. Hauptsache, wir sind wieder zusammen.«

Automatik! Zum Glück! Das war das Erste, was sie registrierte, als er das Wohnmobil aufschloss. Schalten mit der linken Hand stellte sie sich schwierig vor. Es reichte schon, dass sie auf der linken Straßenseite würde fahren müssen. Von dieser Schwierigkeit mal abgesehen, fand sie die Idee mit dem Wohnmobil gut. Es war auch recht ansprechend. Vielleicht ein bisschen groß, wenn man bisher nur handliche PKWs gefahren hatte, aber das würde sie schon meistern.

Hanno atmete erleichtert auf, als er merkte, dass sie ein Wohnmobil nicht abschreckte, auch wenn sie sich vielleicht ein luxuriöses Hotel vorgestellt hatte. Er fuhr vom Airport nach Darwin hinein und hielt vor einem Takeaway.

»Geh du rein und hol uns was«, bat er sie. »Ich vermeide es, mich sehen zu lassen!«

Mein Gott, dachte sie, wie konnte aus dem großspurigen Hanno, der immer so getan hatte, als gehöre ihm die Welt und keiner könne ihm was, in so kurzer Zeit solch ein Jammerlappen werden?

Ranziger Fettgeruch schlug ihr entgegen. Ein ungepflegter Mittfünfziger in einem schmuddeligen Hemd, warf zwei Portionen panierten Fisch und frittierte Kartoffelstückchen auf ein großes Papier, und wickelte zum Warmhalten außen rum mehrere Lagen Zeitungspapier. Hanno musste wirklich panische Angst haben, wenn er sich von diesem Zeug ernährte.

Sie murrte nicht, als sie später im Wohnmobil das Paket aufwickelte, sondern ließ sich das fettige Mahl direkt aus dem Papier schmecken, als wäre es ein Menü aus einem Sternerestaurant.

»Wo möchtest du als Erstes hin?«, fragte er.

»Am liebsten möchte ich in den Kakadu Nationalpark«, antwortete sie und lächelte ihn verliebt an.

Langsam glitt das Touristenboot durch einen Teppich aus weißen Wasserlilien. Aufgeschreckte Wasservögel erhoben sich kreischend in die Luft. Über großblättrige Wasserpflanzen, die verschwenderisch in Weiß und Rosa blühten, lief auf riesigen Füßen ein kleiner, bunter Jesusvogel. Die Überschwemmungen der letzten Regenzeit gingen zwar zurück, aber noch immer standen im Brackwasser des Yellow Water die Bäume im Wasser. Sie war von der Landschaft fasziniert, besonders als sie die ersten Salties entdeckte, die sich auf im Wasser liegenden Baumstämmen dösend in der Morgensonne wärmten. Es waren nur kleine Exemplare, höchstens drei Meter lang, doch sie wusste, wo die großen, die wirklich gefährlichen Salzwasserkrokodile zu finden waren.

Sogar Hanno hatte es über sich gebracht, das Wohnmobil zu verlassen. Seinen breitrandigen Buschhut tief ins Gesicht gezogen, sah man von ihm fast nur noch die verspiegelte Sonnenbrille und das verpflasterte Gesicht. Auch er genoss die Bootsfahrt, hielt ihre Hand und war sichtlich froh, nicht mehr alleine zu sein.

Sie war geduldig, hatte die uralten Felszeichnungen am Nourlangie Rock und in Ubirr bewundert und fotografiert und geduldig ertragen, dass sie auf den einfachen Campingplätzen, die an urigen Billabongs gelegen waren, von Moskitos gepiesackt worden war. Hanno taute zunehmend aus seiner Panikstarre auf. Jetzt hatte sie vorgeschlagen, eine Wanderung am Steilufer entlang des East Alligator Rivers zu unternehmen. Hanno hatte das Wohnmobil geparkt, sie hatte einen kleinen Rucksack hergerichtet, Trinkwasser eingepackt und feste Schuhe angezogen. Hanno hatte wie üblich seine Augen hinter einer Sonnenbrille versteckt und den Buschhut tief ins Gesicht gezogen. Er sperrte das Wohnmobil ab und steckte den Schlüssel in die Hosentasche.

Sie waren erst gut 200 Meter gegangen, als ihr siedendheiß einfiel, dass sie dabei war, einen nicht wiedergutzumachenden Fehler zu begehen. Sie blieb stehen, fasste sich an die Stirn:

»Beinahe hätte ich was Wichtiges vergessen. Ich muss schnell noch mal zurück zum Wohnmobil.«

»Soll ich mitkommen?«

»Nein, lass nur. Gib mir nur schnell den Schlüssel. Ich bin gleich wieder da!«

Er griff in die Hosentasche und reichte ihr den Schlüssel.

»Ich beeil mich!«

Wenige Minuten später war sie zurück. Den Schlüssel behielt sie in ihrer eigenen Tasche.

Bouddi scrollte auf dem Kameradisplay durch die Fotos, die er heute schon geschossen hatte: Ibisse, Brillenpelikane, Seeadler, sogar einen ausgewachsenen Waran hatte er erwischt. Seine Eltern hatten gesagt, dass Helga und Jürgen heute kommen wollten, und er freute sich darauf, ihnen seine Bilder zu zeigen. Aber ihm fehlte noch etwas ganz Besonderes. Er wollte ein Saltie erwischen, wenn es aus dem Wasser schnellt. Natürlich hatte er seinen Eltern versprechen müssen, stets am sicheren Steilufer des East Alligator Rivers zu bleiben und keinesfalls nach unten zu klettern. Aber das war doch logisch. Er war ja kein Baby, das nicht wusste, wie gefährlich ausgewachsene Leistenkrokodile sind. Sein Vater hatte ihm erzählt, dass ein sechs Meter langes Saltie vergangene Woche das leichte Aluboot eines Anglers umgeworfen hätte. Den Angler hatte man noch nicht gefunden. Nur seine Angelrute. Nein, ihm reichte es, oben mit dem Teleobjektiv zu lauern.

Er war etwas vom Weg abgewichen und hatte sein Fahrrad über Wurzeln und Gestrüpp ein Stück in den Wald hineingetragen. Ein Wallaby war vor ihm hergehüpft. Okay, die hatte er zwar schon x-fach auf seiner Festplatte, – aber trotzdem. Jetzt saß es ganz possierlich da und das war doch echt ein tolles Motiv! Bouddi zoomte es näher heran. Dann hörte er die Leute, die den Weg entlangkamen. Ein Liebespaar! Er vergaß das Wallaby und visierte stattdessen das Paar an. Sie gingen eng umschlungen, blieben stehen und knutschten. Bouddi grinste. Er stellte scharf und drückte ab.

Natürlich hatte er seinen Eltern auch versprochen, nicht mehr heimlich irgendwelche Leute zu fotografieren. Aber dass er abgedrückt hatte, war irgendwie ganz automatisch geschehen. Jetzt schob der Mann auch noch seine Hand unter die Bluse der Frau.

Uiuiui, ganz schön spannend, was er hier vor der Linse hatte. Mit der anderen Hand fummelte der Mann an der Hose der Frau herum. Es war die rechte Hand und sie steckte in einer Bandage. Bouddi drückte ab und zoomte näher, um das Gesicht des Mannes genauer zu sehen. Im Grunde konnte er nur den unteren Teil des Gesichts und die Sonnenbrille erkennen – aber trotzdem. War *er* es? Bouddi war sich nicht sicher.

Die Frau schob jetzt die Hände des Mannes von sich und deutete nach unten aufs Wasser. Sie sagte etwas, das er nicht verstand. Vermutlich war das Deutsch. Der Mann antwortete ihr. Es klang staunend. Vermutlich sah man unten im Fluss große Krokodile, denn er hatte mehrfach das Platschen gehört. Es waren bestimmt zwei. Die hätte er zu gerne vor die Linse gekriegt, aber jetzt getraute er sich aus seinem Versteck nicht heraus. Der Mann hob sein Handy, um zu fotografieren. Das wird doch nix mit dem kleinen Ding, dachte sich Bouddi. Und dann sah er, dass die Frau zwei Schritte nach hinten machte und beide Hände ausstreckte – Bouddi drückte ab. Die Frau schnellte nach vorn, versetzte dem Mann einen kräftigen Stoß. Der strauchelte, verlor das Gleichgewicht und stürzte nach unten.

Bouddi hatte noch einmal abgedrückt, ganz automatisch, doch jetzt stand er da wie gelähmt. Die Frau drehte ihm noch eine Weile den Rücken zu und beobachtete, was unten im Fluss vor sich ging. Sehen konnte Bouddi es nicht, aber als er das laute Platschen hörte, lief es ihm trotz der Hitze eiskalt den Rücken hinunter. Dann drehte sich die Frau um und ging gemessenen Schrittes den Weg zurück, den sie gekommen war. Obwohl Bouddis Hände viel zu stark zitterten, um die Kamera für ein scharfes Bild ruhig genug zu halten, schoss er noch ein Foto von der Frau.

Ich müsste ihr nachgehen, sehen, wohin sie verschwindet, in welches Auto sie steigt – aber Bouddi zitterte noch immer, seine Beine fühlten sich an wie gelähmt. Als sich die Schockstarre endlich löste, ging er nach vorne auf den Weg und sah nach unten. Der Fluss lag da, friedlich und unbewegt. Nichts zu sehen. Kein Krokodil. Kein Mann. Nichts. Die Person, die unbemerkt nicht nur ihn, sondern auch das schreckliche Geschehen beobachtet hatte, war ebenfalls nicht mehr da.

Sie zwang sich, nicht zu rennen. Nur nicht auffallen. Aber so früh am Tag waren noch keine Touristen unterwegs, denen sie aufgefallen wäre. Am Parkplatz stand nur ein weiteres Fahrzeug. Ein kleiner Van. Zu sehen war niemand. Sie schloss das Wohnmobil auf, atmete ein paarmal tief durch und setzte sich dann auf den Fahrersitz. Er war für Hannos Einsfünfundachtzig eingestellt. Sie schob ihn ein Stück nach vorne. Ihre Hände zitterten, als sie den Schlüssel ins Zündschloss steckte. Der Motor sprang sofort an. Um wegfahren zu können, musste sie ein Stück zurückstoßen. Dankbar registrierte sie, dass die Rückfahrkamera ansprang, als sie den Schalthebel in den Rückwärtsgang zog. Ein wenig unsicher ob der ungewohnten Fahrzeuggröße lenkte sie auf die Straße hinaus. Sie hatte unwahrscheinliches Glück gehabt, dass ihr niemand begegnet war. Jetzt wollte sie den Nationalpark auf dem schnellsten Weg verlassen. Mit beiden Händen am Steuer konzentrierte sie sich angespannt auf die relativ schmale Fahrbahn. Hätte sie einen Blick in die Rückspiegel geworfen, dann hätte sie einen Jungen auf einem Fahrrad gesehen, der angestrengt dem Wohnmobil nachsah.

»1HZ 4RD«, murmelte Bouddi. »1HZ 4RD ... 1HZ 4RD ... 1HZ 4RD ...« Dann trat er in die Pedale, als wenn der Teufel hinter ihm her wäre. »1HZ 4RD«, sagte er immer wieder vor sich hin.

Als er daheim ankam, stand ein Wohnmobil vor dem Haus. Helga und Jürgen waren schon da. Bouddi ließ das Fahrrad fallen. »1HZ 4RD« Von der Terrasse her hörte er Stimmen und Gelächter. Er ging ums Haus herum. Da saßen alle beisammen. Seine Eltern, Helga und Jürgen.

»1HZ 4RD!«

»Bouddi!« Rianna sprang auf. »Bouddi, was ist mit dir?«

»1HZ 4RD«, murmelte Bouddi.

»Bouddi, bist du krank? Du zitterst ja!«

»1HZ 4RD«

»Bouddi, wo zum Teufel kommst du her?«, fragte sein Vater.

»1HZ 4RD«

»Ich glaube, er steht unter Schock«, mischte sich Helga ein.

»1HZ 4RD«

»Bouddi, was soll das bedeuten?« Rianna fasste ihn an den Schultern und bugsierte ihn zu einem Stuhl.

»1HZ 4RD – das ist das Kennzeichen«

»Bouddi, was für ein Kennzeichen?«, Noel Palmer, war sichtlich besorgt.

»Von dem Wohnmobil. Die Frau ist damit weggefahren«, Bouddi zitterte immer noch.

»Bouddi, welche Frau?«

»Sie hat ihn gestoßen. Absichtlich!«

»Gestoßen? Wen? Ist etwas passiert? Dann muss ich die anderen Ranger benachrichtigen!«

»Den Mann. Sie hat den Mann gestoßen. In den Fluss. In den East Alligator River!«

Noel Palmer griff zu Telefon und Funkgerät und alarmierte seine Kollegen, während die anderen versuchten, so nach und nach das ganze Geschehen aus Bouddi herauszuholen.

»Hat diese Frau bemerkt, dass du sie beobachtet hast?« Rianna bekam es mit der Angst zu tun.

Bouddi schüttelte den Kopf. »Ich hab sie fotografiert«, gestand er.

Rianna holte ihren Laptop und lud die Fotos von Bouddis Kamera herunter.

Nachdem der Junge zwei Gläser Wasser getrunken hatte, wurde er langsam ruhiger. »Ich glaube, sie haben deutsch gesprochen.«

»Deutsch? Bist du sicher?«

»Es klang wie bei Helga und Jürgen, wenn sie miteinander sprechen.«

»Das kann gut sein«, meinte Rianna. »Viele Deutsche besuchen den Kakadu Nationalpark.« Sie scrollte durch die vielen Tierfotos, die Bouddi vorher geschossen hatte. »Hier, sind das die Leute, die du beobachtet hast?«

Bouddi nickte. Alle beugten sich jetzt über das Display.

»Bouddi, Bouddi«, schimpfte sein Vater, als er die Bilder mit den Liebesszenen sah. »Ich hab dir doch gesagt, dass du das nicht darfst!«

Rianna scrollte weiter. »Oh!«, stieß sie hervor. »Du hast tatsächlich fotografiert, wie diese Frau ihren Begleiter absichtlich in den Fluss stößt! Hast du Krokodile gesehen?«

»Gesehen nicht, aber gehört. Ich hatte mich ja versteckt.«

Jetzt griff Helga zur Maus und zoomte das Foto größer, das die Frau von der Seite zeigte.

»Ich bin mir nicht sicher ...«

»Aber das könnte die Kreuzer sein«, fügte Jürgen hinzu.

»Wir werden deine Tante Allira anrufen«, entschied Bouddis Vater.

Kapitel 23

Der Rückruf kam schnell. »Eine Simone Kreuzer ist tatsächlich vor fünf Tagen in Sydney eingereist und anschließend sofort nach Darwin weitergeflogen«, erklärte Allira Palmer. »Wir werden noch versuchen, ihr Passfoto mit Bouddis Bildern abzugleichen, aber man sieht zu wenig vom Gesicht der Frau. Hat Eure Suche am East Alligator River etwas ergeben?«

»Die Kollegen haben einen Hut gefunden. Aber den kann auch ein Angler verloren haben. Den Mann selbst haben wir nicht entdeckt. Noch nicht. Aber du weißt ja, dass Krokodile ihre Beute unter Wasser ziehen und Teile davon in Wurzeln oder Geäst verstecken. Es ist also gut möglich, dass die Kollegen oder auch Angler in den nächsten Tagen einen Fund melden. Die Fotos sind allerdings eindeutig. An dieser Stelle des Steilufers gibt es über mehrere Hundert Meter nichts, woran sich der Mann hätte festhalten oder wieder hinaufklettern können. Außerdem hat Bouddi das Platschen gehört.«

»Wir gehen jetzt von einem gezielten Tötungsdelikt aus«, bestätigte Detective Allira Palmer ihrem Bruder Noel. »Bitte kommt in mein Büro nach Darwin. Ich muss Bouddi selbst befragen. Er ist vermutlich der einzige Zeuge. Außerdem möchte ich mit dem deutschen Ehepaar sprechen, das bei euch zu Besuch ist.«

Es überraschte Helga und Jürgen nicht, dass Allira Palmer eine resolute Frau war. Sie hätte sich sonst nicht in einem von Männern dominierten Beruf so weit nach vorne gekämpft. Schon gar nicht als Aborigine-Frau, die so dunkel war, wie ihr jüngerer Bruder Noel. Ihr Haar, das sie straff nach hinten gekämmt hatte, wirkte genauso streng, wie ihre schwarze Hose und die weiße Bluse mit den hochgekrempelten Ärmeln.

Sie hatte sich die ganze Geschichte von Anfang an angehört. Denn längst hatten ihre Kollegen herausgefunden, dass im Zusammenhang mit dem gesuchten und nun vermutlich ermordeten Hanno Jachnik, auch immer wieder die deutschen Gäste ihres Bruders und ihrer Schwägerin auftauchten. Jetzt, da diese mutmaßliche Mörderin Simone Kreuzer auf der Bildfläche erschienen war, vermuteten die beiden einmal mehr, dass alles mit der Ermordung eines Firmeninhabers in Deutschland zusammenhing, denn alle Beteiligten, stammten unmittelbar aus dessen Umfeld. Sie musste unbedingt mit den Kollegen in Deutschland Kontakt aufnehmen.

Dass das Kennzeichen aus Victoria, das sich Bouddi gemerkt hatte, gestohlen war, hatte der Polizeicomputer sehr schnell ausgespuckt. Überhaupt waren in der letzten Zeit auffallend viele Kennzeichen geklaut worden. Allira hatte umgehend die australienweite Fahndung nach der deutschen Staatsbürgerin Simone Kreuzer in die Wege geleitet, die in einem großen australischen Wohnmobil, vermutlich ein Winnebago, mit dem entwendeten Victoria-Kennzeichen 1HZ 4RD geflüchtet war. Vorsorglich sollte auch nach den anderen gestohlenen Kennzeichen Ausschau gehalten werden. Bouddi hatte das Wohnmobil nur von hinten gesehen und sich auf die Autonummer konzentriert. Aber die Vermutung lag auf der Hand, dass es sich um jenes Fahrzeug der Marke Winnebago handelte, mit dem der mutmaßliche Schütze am Uluru geflüchtet war.

Das Telefon klingelte. »Sergeant Detective Allira Palmer, Darwin Police, Australien« Hauptkommissar Warnecke fiel fast der Hörer aus der Hand. Schon wieder die australische Polizei! Eilig bedeutete er Frank Becker, das Gespräch mitzuhören.

»Was sagst du dazu!«, staunte er, als das Gespräch beendet war. »Hanno Jachnik ist als Krokodilfutter geendet!«

»Zum Glück hat das Krokodil nicht alles auf einmal verputzt. Die australische Ermittlerin sagte, dass Teile davon wieder aufgetaucht sind. Die richtigen Teile, sodass anhand der Fingerabdrücke zweifelsfrei festgestellt werden konnte, dass es sich wirklich um Jachnik handelte.

Auch Hagemann war dazugestoßen und hatte das laut gestellte Gespräch mitverfolgt. »Bin ich froh, dass wir das nicht machen mussten! Krokodilfutter identifizieren! Nein, das ist nichts für einen unbedarften Mitteleuropäer.«

»Und was sagt ihr dazu, dass Simone Kreuzer, die so unschuldig wirkende Sekretärin des alten Brandmüller, tatverdächtig ist?«, fragte Warnecke die Kollegen.

»Dann wäre sie womöglich die Drahtzieherin des Mordes am BraMüTec-Chef?«, sinnierte Becker.

Warnecke lud die Fotos hoch, die einer Mail aus Australien angehängt waren. »Krass! Aber sie könnte es sein. Die hatten wir echt nicht auf dem Radar. Es war auch kein Motiv erkennbar.«

»Wir müssen zum Glück nicht nach ihr fahnden«, stellte Becker zufrieden fest. »Das machen die Aussies, denn weg kommt sie von dort nicht mehr. Vermutlich gäben sämtliche Computer Alarm, wenn sie am Flughafen ihren Pass vorzeigen müsste.«

»Dann hoffen wir mal, dass die Kreuzer schnell gefasst wird und in Australien vor den Kadi kommt. Damit wäre nämlich auch unser Fall Brandmüller aufgeklärt!« Warnecke schloss im Geiste schon mit einer großen Geste die Akte.

»Trotzdem bleibt uns noch eine unangenehme Aufgabe«, erinnerte Becker.

»Stimmt! Wir müssen Jachniks Witwe einen Besuch abstatten.« Jan Warnecke stand auf und zog seine Jacke über. »Bringen wir's hinter uns!«, forderte er Becker auf.

Nicole Jachnik war nicht zuhause. »Es ist Vormittag, sie wird arbeiten«, vermutete Warnecke. »Wo genau ist sie beschäftigt?«

»Sie ist IT-Spezialistin bei der Assekuranz-AG. Die haben hier am Ort eine Zweigstelle.«

»Na, da schauen wir doch mal kurz vorbei, dann haben wir diese unangenehme Aufgabe hinter uns«, entschied Warnecke.

»Frau Jachnik hat Urlaub genommen«, erfuhren sie im Personalbüro der Versicherung.

»Urlaub? Wie lang?«

»Im Ganzen drei Wochen.«

Draußen zogen sie den Kalender zurate: »Wenn man das Wochenende mitrechnet, sind das 10 Tage, dass sie weg ist«, überlegte Becker. »Wir sollten ihr eine Mail schreiben, oder sie anrufen.«

»Oder einfach mal spekulieren und fantasieren?«, schlug Warnecke vor.

Detective Allira Palmer hatte versucht, über das Auswärtige Amt die Ehefrau des Ermordeten zu benachrichtigen. Als man sie nicht hatte erreichen können, hatte sie ihre Fantasie bemüht und ebenfalls ein wenig spekuliert. Kurze Zeit später hatte einer der Kollegen gemeldet: »Treffer!«

Jetzt fahndete die australische Polizei nach zwei Fahrzeugen. Dem Wohnmobil mit dem gestohlenen Victoria-Kennzeichen und nach einem kleinen Mietvan der Firma Rental Vans mit der Nummer CB 85 AT. Tankstellen- und Campingplatzbetreiber wurden aufgefordert, die Augen offenzuhalten.

Bis jetzt war alles wesentlich problemloser abgelaufen, als sie befürchtet hatte. Nur die Sache mit dem Jungen bereitete der Frau Kopfzerbrechen. Der Junge war ganz sicher nicht das Kind solch entwurzelter Ureinwohner, die sie alkoholisiert und mit leerem Blick in Darwin hatte herumlungern sehen. Die teure Kamera mit dem Teleobjektiv, das Mountainbike – war er ein kleiner Dieb? Eher nicht. Vermutlich hatte der Junge gut situierte und womöglich sogar einflussreiche Eltern. Der Bub wusste, wie man mit der Kamera umgeht. Er war Simone nachgefahren, hatte sich garantiert das Kennzeichen gemerkt. Wenn der Junge nicht so schnell auf einem schmalen Seitenweg verschwunden wäre, hätte sie sich den Bengel geschnappt. Jetzt hatte er vermutlich längst seine Eltern alarmiert, die wiederum mit Sicherheit die Polizei benachrichtigt hatten. Somit fahndeten wahrscheinlich längst die Aussie-Bullen nach Simone.

Das konnten die ruhig tun, sollten sie für den Rest ihres Lebens hinter Gitter bringen. Aber nicht, bevor sie sich die Laptops geholt hatte. Auch für sie als versierte Hackerin war es ohne die Laptops schwierig. Sie durfte nicht zögern, sondern musste Simone auf den Fersen bleiben.

Simone Kreuzer hatte den Nationalpark auf dem Arnhem Highway verlassen. Das Fahren mit dem ungewohnt großen und schweren Fahrzeug strengte sie trotz der Automatikschaltung an, zumal immer, wenn sie den Blinker betätigen wollte, stattdessen der Scheibenwischer über die trockene Frontscheibe rumpelte. Dass sie auf der ungewohnten linken Straßenseite fahren musste, machte die Sache nicht einfacher. Zweimal hatte sie bereits an einer kleinen Rest Area eine Pause einlegen müssen, hatte einen Apfel gegessen und eine halbe Stunde geschlafen. Ursprünglich hatte sie vorgehabt, den Litchfield Nationalpark aufzusuchen, weil im Reiseführer von den paradiesisch-schönen Pools geschwärmt wurde, in denen man so wunderbar schwimmen konnte. Aber ihre innere Stimme riet ihr, schnellstmöglich nach Darwin zu fahren und mit dem ersten Flug nach Deutschland zurückzukehren.

Ein Blick auf die Tankanzeige signalisierte ihr, dass sie am nächsten Roadhouse halten sollte. Außerdem meldete sich der Hunger. Sie hatte keine Muse, sich etwas zu kochen. Lieber wollte sie im Restaurant etwas essen.

Simone war an die Zapfsäule gefahren, war ausgestiegen, nur um festzustellen, dass der Tankstutzen auf der anderen Seite des Fahrzeugs war und der Schlauch nicht außen herum reichte. Sie fuhr noch einmal im Kreis und steuerte die Zapfsäule von der anderen Seite an. Ein paar Trucker, die in der Nähe standen, grinsten. Dann verschwand sie im Roadhouse, um zu bezahlen. Auch die Kassiererin im Roadhouse hatte sie beobachtet. Sie zog die Kreditkarte durch das Lesegerät, warf einen Blick auf den schwierigen Namen. Den Namen hatte sie sich nicht merken können. Aber als Simone zu ihrem Wohnmobil zurückkehrte, ging die Kassiererin kurz vor die Tür und sah ihr nach. Ja, das war die gesuchte Autonummer. Noch bevor sie den nächsten Kunden abfertigte, griff sie zum Telefon.

Sie tankt. Verdammt, die Zeit, die sie braucht, um zu bezahlen, reicht nicht aus für mein Vorhaben! Es fiel der Frau schwer, geduldig zu sein, doch das musste sie, wollte sie nicht alles vermasseln. Dann stellte die Frau jedoch erfreut fest, dass Simone das Wohnmobil von der Zapfsäule wegfuhr, den großen Parkplatz ansteuerte und ganz hinten parkte, wo genügend Platz war und sie nicht rangieren musste. Sie stieg aus, schloss ab und ging wieder aufs Roadhouse zu. Vermutlich hatte Simone Hunger. Die Frau war auch hungrig, aber das musste warten. Sie durfte die Gelegenheit nicht ungenützt verstreichen lassen.

Alle Schränke und Staufächer hatte sie jetzt durchsucht, die Laptops aber nicht gefunden. Sie sah sich um: die Sitzbank! Vermutlich waren sie dort versteckt. Sie lupfte ein Stück den Deckel der Sitzbank. Ja, dort konnte sie zwei Laptops erkennen. Um sie zu erreichen, musste sie jedoch die Polster entfernen. Sie nahm das Rückenpolster ab, wollte es auf dem Tisch ablegen, da hörte sie, wie das Schloss klickte. Simone kam aufs Wohnmobil zu und hatte mit dem Funkschlüssel geöffnet.

Die Frau stellte das Polster wieder an seinen Platz, trat einen Schritt zurück und drückte sich in die Ecke. Ohne sich umzudrehen, setzte sich Simone auf den Fahrersitz und steckte den Schlüssel ins Zündschloss. Sie kam nicht mehr dazu, den Motor anzulassen, denn etwas Kaltes, Hartes drückte sich von hinten gegen ihren Kopf.

»Ich muss mich bei dir bedanken, dass du mir die Arbeit abgenommen hast, diesen Mistkerl Hanno ins Jenseits zu befördern!«

Simone Kreuzer erstarrte. »Wer ... Nicole?«, stammelte sie, »Was machst du hier?«

»Das merkst du doch! Ich halt dir ein Schießeisen an den Kopf. Das hab ich oben in einem der Staufächer entdeckt. Das Ding ist geladen. Sogar ein Schalldämpfer ist dran. Kriegt also keiner was mit, wenn ich jetzt abdrücke. Und eines kann ich dir verraten: Im Gegensatz zu Hanno kann ich damit wirklich umgehen!«

Die blufft. Lass dich nicht kirre machen! »Was soll der Blödsinn?«, stieß Simone hervor. »Wie kommst du überhaupt hierher?«

»Ganz einfach, mit dem Flieger.«

Hanno, dieser Mistkerl hat ihr gesteckt, wo wir sind! »Und woher weißt du, wo wir waren und wo ich jetzt bin?«

»Ich wusste immer, wo sich dieser Mistkerl rumgetrieben hat. Und wo du warst, wusste ich auch. Ich bin eine versierte Hackerin. Das wusstest du vermutlich nicht und Hanno sowieso nicht. Den hat nie interessiert, was ich mache. Ist nur hinter allen möglichen Weibern hergestiegen. Dir zum Beispiel und dieser Nadine mit dem schönen, dicken Erbe. Hat Hanno das eingefädelt oder warst du das? Den Alten um die Ecke zu bringen, meine ich, und dann das Geld kassieren?«

»Die Idee kam von mir. Drum hat er nämlich mit Nadine angebandelt. War für ihn nicht schwer, sie rumzukriegen, wo sie doch mit dem alten Knacker verheiratet war.«

»Und die Idee, Nadine über den Jordan zu schicken, war auch von dir?«

Reden, hör nicht auf zu reden! Erzähl ihr, was sie wissen will. Halt sie hin! »Natürlich. Ich wollte doch auch das Geld. Und Hanno, diesem Weichei, hätte ich es bestimmt nicht überlassen. Ich sag dir, als ich hier ankam, ging der auf dem Zahnfleisch. War nur noch ein Nervenbündel. Zuerst hatte Nadine gepatzt und die Bullen auf den Plan gerufen, und dann hat Hanno einen Bock nach dem anderen geschossen.«

»In die Riege kannst du dich mit einreihen. Du wurdest beobachtet. Nicht nur von mir. Ein Aborigine-Junge hat dich fotografiert.«

Die blufft, da war niemand ...

»Drum glaub ich, dass die Zeit knapp wird, weil dir vermutlich schon die Bullen auf den Fersen sind. Du gibst mir jetzt die Laptops, die Hanno in der Sitzbank versteckt hat und dann kannst du weiterfahren. Den Rest lasse ich die Polizei erledigen.«

»Wozu brauchst du die Laptops? Sagtest du nicht, du wärst eine Hackerin?«

»Bin ich auch. Aber mit der Original-Banksoftware und den richtigen Passwörtern komme ich einfacher an das viele schöne Geld.«

»Nein, von mir kriegst du die Laptops nicht!«

»Dann blas ich dir jetzt das Hirn weg. Macht keinen Krach, aber ne Riesensauerei. Schade um das schöne Wohnmobil. Wobei, das brauchst du dann ja nicht mehr.«

»Du hast dann auch ein Problem!«

»Nein, ich fahr mit dem kleinen, handlichen Van davon, steig in Darwin in den Flieger und hau ab. Aber vorher stehst du auf und holst die Laptops aus der Sitzbank!« Als Simone zögerte, verstärkte Nicole Jachnik den Druck mit der Waffe. »Los jetzt! Ich kann mir die zwar auch selbst holen, aber da müsste ich dir sicherheitshalber ein Loch in den Kopf schießen. Das muss ja nicht unbedingt sein. Also los jetzt!«

Simone stand langsam auf.

»Los, räum die Polster weg!«

Langsam entfernte sie die Rücken- und Sitzpolster, legte sie auf den Tisch.

»Hol die Laptops raus und leg sie auf die Polster!«

Simone tat wie ihr geheißen. Unter den Laptops kam eine Plastiktüte zum Vorschein.

»Was ist in der Tüte?«

»Weiß ich nicht.«

»Hol sie raus und sieh nach!«

»Nummernschilder!«

»Oh wie praktisch! Die nehm ich auch mit. Und die Leine da! Die ist vermutlich für die Markise. Zum Festzurren. Sehr nützlich!«

Nichts, sie sah keine Möglichkeit, diese schreckliche Nicole unschädlich zu machen.

Den Schlag auf den Hinterkopf spürte sie nicht bewusst, denn ringsum versank die Welt in Dunkelheit und Schwärze.

Geräusche drangen von fern durch die Schwärze. Dumpfe Geräusche, die sich einen Weg durch das Pochen und Dröhnen in ihrem Kopf bahnten, lauter wurden. Motorengeräusche, Autotüren, Schritte. Feste, schwere Schritte. Schritte, die näher kamen. Und Stimmen. Stimmen, die sich aus einem fernen, undefinierbaren Gemurmel herauslösten, lauter und deutlicher wurden. Stimmen, die direkt über ihr Englisch sprachen:

»Da hat uns doch tatsächlich jemand die Arbeit abgenommen!« *Eine Männerstimme.*

»Abholfertig verschnürt!« *Noch eine Männerstimme.*

Ein Albtraum! Einer, der sich entsetzlich realistisch anfühlte. Weil ihr ganzer Körper schmerzte und sie unfähig war, sich zu bewegen. *Werd endlich wach und mach die Augen auf,* befahl sie sich selbst. Langsam hellte ihr wiederkehrendes Bewusstsein die Schwärze um sie herum auf. Sie blinzelte. Vor sich nahm sie erst undeutlich, dann immer schärfer zwei dunkelblaue Hosenbeine wahr. Ihr Blick glitt an den Hosenbeinen nach oben. Die Hosenbeine gehörten zu einer Uniform. Zu einer Polizeiuniform, in der ein Mann steckte! Er hatte die Hände in die Hüften gestemmt und blickte auf sie herunter. Mit einem Aufschrei erkannte sie, dass sie wach war. Ans Tischbein gefesselt! Sie zerrte und riss an der Leine, mit der Nicole ihre Hände zusammengebunden und am fest im Boden verankerten Tischbein verknotet hatte. Vergeblich. Der Mann in der Polizeiuniform sah eine Weile ihrem verzweifelten Befreiungsversuch zu und sagte dann zu seinem Kollegen, der hinter ihm stand:

»Okay, dann nehmen wir mal das hübsch verschnürte Geschenkpaket mit und bringen es Allira. Die wird sich über das Präsent freuen.«

Die Laptops waren sicher in ihrer Reisetasche verstaut.

Du hast, was du brauchst. Mach nicht so lang rum, sondern fahr nach Darwin und flieg postwendend zurück nach Deutschland, riet die innere Stimme. Aber jetzt war sie schon mal hier in Down Under. Am anderen Ende der Welt. Selbst wenn Geld kein Problem mehr war – der lange Flug strengte an. Zumindest den Litchfield Nationalpark wollte sie mitnehmen. Im Reiseführer hatte sie von den herrlichen Pools gelesen. Bei der allgegenwärtigen Hitze wäre so eine Erfrischung genau das Richtige. Nach einem kurzen Blick in die Karte startete sie den Van.

Sie hatten eine ganze Woche im Kakadu Nationalpark verbracht, uralte Felszeichnungen bewundert, die exotische Vogelwelt und sogar einen ausgewachsenen Waran fotografiert. Natürlich waren sie auch am East Alligator River entlanggewandert und hatten von oben die riesigen, Salties genannten Leistenkrokodile entdeckt. Nun übernachteten sie auf einem kleinen Campground, der romantisch an einem Billabong lag. Normalerweise wären sie noch ein wenig vor dem Wohnmobil geblieben und hätten den Abend genossen. Aber Noel hatte erzählt, dass auch in diesen Billabong genannten Wasserlöchern Salties hausten. Der Schrecken über Jachniks grauenvolles Ende saß noch zu tief, als dass sie das so einfach hätten verdrängen können. Außerdem brütete dort auch anderes Getier. Zwar winzig, aber nicht weniger blutrünstig. Helga hatte trotz der Hitze die Tür geschlossen, stattdessen die Fenster geöffnet und die Moskitonetze vorgezogen. Auf dem

Tisch verdampfte ein Mittel gegen die stechenden Plagegeister.

»Der arme Bouddi ist immer noch ziemlich geschockt«, sinnierte sie. »Ein 12-jähriger Junge sollte solch eine grässliche Mordtat nicht mitansehen müssen!«

»So was will niemand mitansehen. Und niemand hat solch ein schreckliches Ende verdient«, sagte Jürgen. »Auch nicht, wenn er selbst ein Mörder ist.«

»Nein«, bekräftigte Helga, »aber wir sollten jetzt auf andere Gedanken kommen und die Mails lesen, die ich heute Morgen bei Rianna noch schnell heruntergeladen habe.«

Sie fuhr ihren Laptop hoch und klickte sich in den Posteingang. »Oh, dieser Horst Federle hat geschrieben. Stell dir vor, er überlegt, ob er nicht den Laden und seine Wohnung vermieten soll, um auch mit einem Wohnmobil in der Welt herumzuziehen.«

»Tatsächlich?«, fragte Jürgen ungläubig. »Das Bürschchen, das der dabeihatte, sah mir nicht so aus, als würde es da mitmachen wollen.«

»Na hoffentlich geht's ihm mit dem nicht so, wie Jörg Brandmüller mit seiner Nadine.«

»Das hoffe ich auch.«

Von unserem Freund Dieter Rödel, alias Jason West ist auch eine Mail da. Schauen wir doch mal, was der zu berichten hat.«

»Es freut mich für ihn, dass es ihm in Kleinaltheim so gut gefällt«, meinte Jürgen, als er den Brief gelesen hatte. »Ist ja auch ne schicke Hütte, die er sich da gekauft hat.«

»Wärst du statt Buchhalter Hollywoodstar geworden, hättest du dir auch so ne schicke Hütte leisten können«, witzelte Helga.

»Genau. Ich wollte schon immer mal Tarzan sein! Leider war ich wohl nicht überzeugend genug. Aber unser Actionstar will jetzt ganz schlicht und einfach wandern gehen. Ohne Action. Da staune ich schon.«

»Für längere Wanderungen ist es hier am Top End zu heiß«, bedauerte Helga. »Schwimmen ist wegen der Krokodile auch nicht drin. Ich schlage vor, dass wir uns morgen in Richtung Litchfield Nationalpark auf den Weg machen. Dort ist es zwar auch heiß, aber man kann in herrlichen Pools schwimmen!«

Gut, dass sie im Supermarkt noch Vorräte für ein paar Tage besorgt hatte. Der Park war einfach herrlich. Mit System arbeitete sie sich von einem Pool zum nächsten vor, genoss das glasklare, erfrischende Wasser, paddelte in der natürlichen Gegenstromanlage kleiner Kaskaden und schwamm ausgiebig im tiefen Pool der Florence Falls. Am Campground bei den Wangi Falls waren gerade noch zwei Plätze frei. Sie stellte ihren Van ab. Eigentlich war sie jetzt hungrig, aber weil sie schon wieder schwitzte, wollte sie lieber erst eine Runde in dem paradiesisch anmutenden Pool schwimmen.

Bis sie zurückkam, war auch der letzte Platz neben ihr besetzt. Mit einem Wohnmobil. Einem deutschen Wohnmobil.

Als sie sich umgezogen und eine Kleinigkeit zum Essen hergerichtet hatte, kamen die Leute aus dem Nachbarcamper vom Schwimmen zurück. Sie grüßten freundlich. Mehr als ein Nicken und ein gemurmeltes »Hi« brachte Nicole nicht zustande, denn sie stellte mit Schrecken fest, dass sie die Frau kannte. Ein selten blöder Zufall, dass diese Frau aus der Bank hier zur gleichen Zeit Urlaub machte. Wenn das überhaupt ein Urlaub war, denn wegen ein paar Wochen hätten die kaum ihr Wohnmobil ans andere Ende der Welt verschifft.

So schön der Litchfield Nationalpark mit seinen herrlichen Pools auch war, sie wollte nicht bleiben. Gegen sie lag nichts vor, aber ein ungutes Gefühl vermieste ihr die Entspannung. Eilig schlüpfte sie in Shirt und Bermudas und startete den Van.

Ihre Reisetasche war gepackt, der Van, wie vereinbart vollgetankt. Nicole Jachnik war in die Straße des Autovermieters abgebogen, setzte den Blinker und wollte durch die Einfahrt auf den Hof fahren. Das Polizeiauto auf dem Gelände des Autoverleihers sah sie gerade noch rechtzeitig. Sie gab Gas und fuhr geradeaus weiter. Waren die wegen ihr hier? Sie fuhr bis zum Airport. Konnte sie es riskieren, einzuchecken? Was wollte man ihr vorwerfen? Waffenbesitz? Körperverletzung? Vorsicht ist die Mutter der Porzellankiste, dachte sie sich, stellte den Van ab und stieg in ein Taxi. Sie würde die Nacht in einem Hotel verbringen und dann weitersehen. Jetzt, da sie Zugriff auf Brandmüllers fetten Nachlass hatte, eilte es nicht.

Dummerweise wartete am nächsten Morgen bereits die Polizei auf sie.

Kapitel 24

»Detective Allira Palmer teilt uns mit, dass Simone Kreuzer verhaftet wurde. Man wird sie in Australien vor Gericht stellen«, las Jan Warnecke aus dem amtlichen Schreiben vor, das gerade eingegangen war. »Nachdem die Sachlage ziemlich eindeutig ist, wird sie wohl für lange Zeit hinter schwedischen Gardinen landen. Sie versucht zwar, sich rauszureden, mit Notwehr usw. aber der 12-jährige Neffe der Polizistin war Zeuge und hat obendrein Fotos geschossen.«

»Und was ist mit Nicole Jachnik?«

»Tja, wie die Aussies das sehen, weiß ich nicht. Sie hat zwar die Kreuzer mit einer Waffe bedroht und niedergeschlagen, behauptet aber, sie wäre selbst von der Kreuzer bedroht worden. Außerdem hat die ja ihren ›geliebten Ehemann‹ den Krokodilen zum Fraß vorgeworfen. Wenn sie einen cleveren Anwalt findet, wird sie vermutlich mit einem blauen Auge davonkommen.«

»Wir können jetzt jedenfalls die Akte schließen, denn das ist nicht mehr unser Bier!«, stellte Becker zufrieden fest. »Nur eines würde mich ja doch noch interessieren: Was geschieht jetzt mit den Millionen des alten Brandmüller?«

Warnecke zuckte mit den Schultern: »Keine Ahnung! Das ist ja bekanntlich auch nicht unser Bier! Aber Detective Allira Palmer hätte ich gerne kennengelernt. Das muss ne starke Frau sein.«

»Wenn die Brombachers zurück sind, werden die allerhand zu erzählen haben.«

Hagemann rollte die große Australienkarte auseinander, auf der er die Reise der Brombachers nachvollzog: »Nun, vom Litchfield Nationalpark sind sie durchs Kimberley-Gebiet im nördlichen Westaustralien gefahren und dann in den Karijini Nationalpark weiter im Süden. Das war hier«, er zeigte mit dem Finger auf das Areal. »Die Nullarbor Plains haben sie auch schon durchquert, waren in Südaustralien, in Victoria mit den Great Snowy Mountains auch. Sogar auf Tasmanien waren sie schon. Leute, es wird nicht mehr lange dauern, bis sie wieder in Deutschland sind.«

Helga und Jürgen hatten ihre Reisetaschen gepackt und verbrachten den letzten Abend vor dem Heimflug in einem Hotel in Brisbane. Helga nützte das Hotel-W-Lan um eine letzte E-Mail zu tippen:

Liebe Freunde zuhause,
unser Jahr in Australien neigt sich dem Ende zu. Wir haben Down Under ausgiebig erkundet, sind 35 000 Kilometer über einsame, teils nur einspurig oder auch völlig ungeteerte Straßen gefahren. Natürlich sind wir nicht nur durch das Outback gezogen, sondern haben auch die großen, quirligen Metropolen besucht. Das war Kontrastprogramm pur!

Anfangs verlief unsere Reise ja sehr aufregend, aber seit den schrecklichen Ereignissen im Kakadu Nationalpark trübten keine Verbrechen unsere Erkundung des fünften Kontinents. Ob schroffe Schluchten, Ödnis, Wildblumen, die Snowy Mountains, die Great Ocean Road, oder das grüne Tasmanien. Die Vielfalt der Landschaften war überwältigend. Klickt Euch einfach mal durch die vielen Fotos, die wir hochgeladen haben, dann bekommt Ihr einen kleinen Eindruck dessen, was wir in den vergangenen 12 Monaten erlebt haben.

Gestern haben wir in Brisbane unser Wohnmobil am Hafen abgegeben und nun heißt es für uns selbst, Abschied von Down Under zu nehmen. Das Wohnmobil wird viele Wochen unterwegs sein. Uns selbst steht ein anstrengender Flug bevor, denn wir werden ohne Stopover direkt nach Hause fliegen.

Aus Brisbane grüßen Euch
Helga und Jürgen.

Erik Ronge, gab sich verliebt wie zu Beginn der Reise, schnitt immer wieder das Thema Heirat an. Dummerweise wollte sich Federle nicht drängen lassen, zog sich mehr und mehr zurück, gab sich zunehmend zugeknöpft. Das lag zum großen Teil auch an den verflixten Mails von diesem grässlichen Rentnerehepaar. Die hatten Horst einen Floh ins Ohr gesetzt. Ständig sah er sich deren Australienfotos an. Mittlerweile spielte er immer häufiger mit dem Gedanken, den Laden und die Wohnung zu vermieten und mit einem Wohnmobil loszuziehen. Er hatte zwar heimlich auf Federles Computer die Mails dieser schrecklichen Leute als unerwünschte Spam markiert, was leider wenig genützt hatte. Längst hatten die eine Webseite mit Reiseroute, Berichten und Unmengen an Fotos erstellt. Fabian und Gerauer wurden immer ungeduldiger. Die verteilten längst das Fell des Bären, obwohl er noch gar nicht erlegt war.

Der Postbote brachte wie üblich einen Stapel Briefe. Zumeist Rechnungen. Mit einer Ausnahme. Federle drehte den Umschlag um. Der Absender lautete »Christian Gerauer, Rechtsanwalt, Behring Straße 17, Kleinaltheim«.

Der Anwalt war ihm unbekannt. Federle öffnete den Brief und las. Er las ihn dreimal, bis ihm wirklich der Inhalt des Schreibens in seiner Gänze bewusst wurde. Angeblich stand ihm ein Millionenerbe zu. Erblasserin war eine Nadine Brandmüller, geb. Federle, die Tochter seines verstorbenen Bruders. Federle musste sich setzen und las den Brief ein viertes Mal. Wenn er das Schreiben richtig verstand, war er der einzige Erbe. Es gab allerdings ein Problem. Die Millionen waren auf diverse Konten in der Schweiz und in Offshore-Steueroasen hin- und hergeschoben worden. Wenn er, Horst Federle, ihm, dem Anwalt Christian Gerauer den Auftrag erteilen würde, könnte er das Erbe für ihn beim Nachlassgericht einfordern. Dann wäre es auch einfacher, das verschobene Vermögen zusammenzuführen.

Mehrere Millionen – Federle war die Sache mit der Erbschaft nicht geheuer. Womöglich wollte ihm der Typ nur das Geld aus der Tasche ziehen. Er würde es herausfinden.

Am Ende des Schreibens hatte der Anwalt seine Geschäftszeiten angegeben. Federle sah auf die Uhr. Heute würde er es nicht mehr schaffen, aber morgen oder übermorgen könnte er am Vormittag den Laden schließen. Mehrere Millionen! Erik würde Augen machen! Doch solange die Sache nicht sicher war, wollte er die Angelegenheit erst einmal für sich behalten.

Christian Gerauer, Rechtsanwalt, stand auf dem glänzenden, polierten Messingschild neben den Türklingeln. Das Umfeld war weniger glänzend. Unsanierte Altbauten, uniforme Betonklötze aus den 70ern, keine angesagte Adresse für einen erfolgreichen Anwalt. Besonders wohlhabend schienen die Mandanten dieser Kanzlei nicht zu sein. Federle nahm sich vor, wachsam zu sein, nicht, dass hier jemand versuchte, ihn über den Tisch zu ziehen.

Die Haustür war mit einem Lederpolster über der Türklinke gegen unabsichtliches Zufallen gesichert. Die Kanzlei lag im ersten Stock. Horst Federle nahm die Treppe und blieb vor der Tür stehen. Auch die war mit einem Polster gegen Zufallen gesichert. Er trat in den Flur, wollte die Anmeldung suchen. Er vermutete sie in dem Raum, dessen Tür halb offenstand, wollte anklopfen, blieb aber stehen, als aus diesem Zimmer Stimmen laut wurden. Stimmen, die ihm bekannt vorkamen.

»Wir haben ausdrücklich ausgemacht, dass du warten sollst, bis wir dir das Okay geben!«

Federle kannte die Stimme. Aber woher?

»Das dauert mir alles zu lange! Ich bin pleite!« Diese Stimme war ihm unbekannt.

»Bis wir offiziell verheiratet sind! Das war vereinbart!« Erik! Die Stimme gehörte Erik! Federle erstarrte. Im nächsten Moment hatte er sich wieder gefangen, griff in die Jackentasche und schaltete das Mikrofon seines Smartphones ein.

»Ich brauche aber jetzt die Provision!« Das war wieder die unbekannte Stimme.

»Und was ist, wenn er jetzt Lunte riecht?« Das war wieder die andere Stimme. Die Stimme, die er kannte, aber nicht wusste, woher.

»Mensch Fabian, ich brauche Geld! Ich bin auf das Honorar angewiesen, um mich fürs Erste über Wasser zu halten.« Fabian, Fabian ... Natürlich! Fabian Krämer aus der Bank. Den hatte er dort zwar schon lang nicht mehr gesehen, aber er war's.

»Trotzdem! Ich brauch auch dringend Geld. Was glaubst du, was die Australienreise gekostet hat. Mein Konto ist hoffnungslos überzogen! Und wofür? Dafür, dass ich tagaus tagein in einem Bus mit lauter alten Knackern durch Australien gekarrt wurde! Ständig muss ich den Verliebten markieren und ihm auch noch im Laden aushelfen.«

»Dann musst du halt noch ein wenig heftiger den Verliebten markieren! So schlimm kann das doch nicht sein. Er sieht doch gut aus!« Das war wieder die unbekannte Stimme.

»Was ist, wenn er jetzt alles hinschmeißt, ein Wohnmobil kauft und abhaut? Und zwar ohne mich vorher zu heiraten? Dann ist nix mit Erben und Geld aufteilen. Dann hast du Dussel alles vermasselt!« Erik!

Einen kurzen Moment lang überlegte er, ob er Erik zur Rede stellen sollte, aber dann machte er auf dem Absatz kehrt und verließ das Haus.

Wie in Trance fuhr Federle nachhause. Was war er nur für ein Idiot! Fiel auf so ein hübsches Bürschchen rein. Wenn Dummheit wehtäte, müsste er jetzt laut schreien!

Aber er hatte sich schnell wieder im Griff. Ohne lange zu fackeln, warf er zuhause Eriks Sachen in dessen Koffer, stopfte, was nicht mehr hineinpasste in zwei große Müllsäcke und rief den örtlichen Schlüsseldienst an, damit der das Schloss an der Wohnungstür austauschte.

Kapitel 25

»Mann Dieter, du wohnst hier ganz schön nobel!«, staunte Jürgen, als die Brombachers kurz nach ihrer Rückkehr Jason in seiner Villa besuchten.

»Ganz ehrlich«, gestand Jason, alias Dieter, »ob ich den riesigen Klotz behalten will, weiß ich noch nicht so recht. Ich komme mir ein wenig verloren da drin vor. Mein Haus in Kalifornien ist zwar auch groß, aber es ist offener, wirkt luftiger, während ich jetzt merke, dass dieser piekfeine Kasten doch irgendwie bedrückend auf mich wirkt. Vielleicht ist es auch die schlimme Geschichte, die mit dem Haus zusammenhängt. Das Haus einer Mörderin! Ob ich das jemals wieder gut verkaufen kann?«

»Ganz bestimmt«, versicherte Helga. »Jetzt ist es nämlich das Haus eines berühmten Filmstars.«

»Davon abgesehen, gefällt es mir in meiner alten Heimatstadt sehr gut. Ich wusste gar nicht mehr, wie schön es hier ist, auch wenn es keinen Pazifik und keine Strände gibt. Ich habe mir bequeme Wanderstiefel gekauft und marschiere über sämtliche Wanderwege hier in der Umgebung. Meist habe ich auch Verpflegung und Wasserflaschen im Rucksack, weil unter der Woche viele Wirtshäuser geschlossen sind. Erst gestern habe ich im Internet einen interessanten Wandertipp gelesen. Startpunkt ist ein Wanderparkplatz etwas außerhalb von Hoffheim. Was ist, habt ihr Lust mitzukommen?«

Sie kamen gemeinsam in Jasons Auto und parkten pünktlich um halb neun auf dem Waldparkplatz. Fünf Stunden Gehzeit waren für die Strecke veranschlagt. Zusammen studierten sie die große Tafel mit den verschiedenen Wanderwegen. Die Route, die Jason ausgesucht hatte, zweigte mehrmals auf unterschiedliche Markierungen ab. Zwar hatten sie Handys dabei, aber alle waren daran gewöhnt, ganz altmodisch Karten zu benützen und die hatten sie zuhause vergessen.

»Sind wir nicht vorhin an einem Laden vorbeigekommen?«, fragte Jason. »Dort könnte es Wanderkarten geben!«

»Aber ja, das ist Horst Federles Buchhandlung. Der hat auf jeden Fall Wanderkarten. Da können wir gleich die Gelegenheit beim Schopf packen und guten Tag sagen!«, schlug Helga vor.

Sie setzten sich noch einmal ins Auto und fuhren in den Ort zurück.

Im Schaufenster waren nicht nur Bücher und Schreibwaren ausgestellt, sondern auch Wanderführer und Landkarten. Dieter Rödel ging voraus und drückte die Ladentür auf, die sich mit einem nostalgischen Bimmeln öffnete. Innen war das Geschäft allerdings nicht nostalgisch, sondern überraschend modern gestaltet. Gleich nach dem Eingangsbereich entdeckten sie die Wanderführer und einige Karten aus der näheren Umgebung. Sie suchten gemeinsam eine passende Wanderkarte aus und gingen in Richtung Kasse. Bis jetzt hatte sich noch niemand blicken lassen. Helga drückte auf die Klingel, die auf dem Ladentisch angebracht war und rief: »Hallo Herr Federle, wir würden gerne bezahlen!«

Nichts rührte sich. Ungeduldig trommelte Jason mit den Fingern auf den Ladentisch. Dann verstummte plötzlich das Trommeln. »Die Kasse!«, rief er. »Die Kasse ist aufgebrochen!« Dann ging er um die Ladentheke herum. Der Schrei blieb ihm im Hals stecken.

Der Tatort war bereits großräumig abgesperrt, als Warnecke und Becker in Hoffheim eintrafen. Drinnen in Horst Federles Laden hatte bereits Dirk Hagemann das Kommando übernommen.

Bevor die Kommissare jedoch dazu kamen, den Laden zu betreten, stürmte eine aufgeregte Irene Föhr mit Klaus Schütte im Schlepptau den Ort des Geschehens. Sie ignorierte die Polizeibeamten, die vergeblich versuchten, sie aufzuhalten, und schlüpfte unter dem Absperrband hindurch in den Laden, wo die Leute von der Spurensicherung in ihren weißen Anzügen zugange waren.

»Ist etwas mit Horst Federle? Ist er etwa ...?«

»Sie dürfen hier nicht rein! Das ist ein Tatort!« Dirk Hagemann packte Irene Föhr am Arm und wollte sie zur Tür hinausbugsieren.

»Die Figur ist weg!«

»Welche Figur?«

»David. Ungefähr so hoch!« Irene deutete die Größe mit der Hand an. »Sie stand immer auf dem Ladentisch!«

»Oh nein!«, stöhnte Warnecke, »Die Föhr! Das darf nicht wahr sein!«

Jetzt erst entdeckte Irene die Kommissare. »Ich sag Ihnen, das war dieses Bürschchen!«

»Bürschchen? Welches Bürschchen?«, fragte Becker.

»Irene!« Klaus Schütte bückte sich schwer schnaufend unter dem Absperrband durch. »Irene, das geht dich nichts an!«

»Doch! Dieses Bürschchen, das auf der Australienreise dabei war. Der dumme Kerl hat sich mit dem ne richtige Laus in den Pelz gesetzt. Das hat bestimmt dieser Krämer eingefädelt.«

Jan Warnecke atmete einmal tief durch. »Frau Föhr, wenn Sie uns sachdienliche Hinweise geben können, werden meine Kollegen das gerne protokollieren. Doch nun sollten Sie uns erst einmal unsere Arbeit tun lassen.«

»Ja, tun Sie das. Verhaften Sie das Bürschchen!«

»Er liegt da hinten!«, Hagemann wies mit dem Kinn hinter die Ladentheke, wo sich gerade der Rechtsmediziner über die Leiche von Horst Federle beugte. »Erschlagen. Mit einem schweren Gegenstand. Er wurde dann hinter die Theke geschleift. Ist noch nicht lange her!«, war seine knappe Erklärung. »Ich nehme an, dass dies der Inhaber dieses Geschäfts ist.«

Warnecke und Becker sahen sich wortlos um.

»Die Kasse wurde aufgebrochen«, fügte Hagemann noch hinzu. »Wie, weiß ich noch nicht, und ob viel drin war auch nicht.«

»Wer überfällt denn morgens eine Buchhandlung, wo es weder Zigaretten noch Alkohol gibt? So früh am Tag kann doch kaum mehr als ein wenig Wechselgeld in der Kasse gewesen sein«, überlegte Warnecke. »Womöglich sollte es nur nach einem Raubüberfall aussehen. Wer hat ihn gefunden?«

»Die Leute sitzen da hinten in der Leseecke.«

»Leute? Gleich mehrere Personen?«

»Drei Personen. Einem hat der Notarzt, der dem Toten hier nicht mehr helfen konnte, gleich ne Spritze verpasst«, erklärte Hagemann. »Wirst überrascht sein, wenn du siehst, wer das ist!«

»Mach‘s nichts so spannend!«

»Der große Leinwand-Actionheld Jason West und die Brombachers!«

»Die Brombachers? Ich glaub’s nicht! Kaum zurück und schon stolpern die über die erste Leiche?«

Jan Warnecke fasste sich, zückte sein Notizbuch und ging nach hinten in die Leseecke, wo der Actionheld ziemlich mitgenommen und wenig heldenhaft kreidebleich im Sessel hing.

»Hauptkommissar Warnecke«, begrüßte ihn Helga Brombacher, »Ich hoffe ja nicht, dass Sie uns verdächtigen, den armen Herrn Federle umgebracht zu haben. Wir haben ihn gefunden, weil wir hier eine Wanderkarte kaufen wollten.«

»Sie kannten den Herrn Federle?«

»Ja«, bestätigte Helga, »von früher aus der Bank. Außerdem haben wir ihn durch Zufall an einem Roadhouse in Australien getroffen. Ihn und den jungen Mann, den er auf der Reise kennengelernt hat.«

Dirk Hagemanns Spurensicherung arbeitete effektiv. Sie sammelten die Papiere ein, die ein Windstoß beim Öffnen der Tür im Laden verstreut hatte.

»Diese Irene Föhr ist zwar lästig wie eine Schmeißfliege, aber als Zeugin ist sie nicht zu unterschätzen«, sinnierte Jan Warnecke. »Habt ihr schon was über diese Figur herausgefunden, die angeblich auf dem Ladentisch stand? Die war wohl so was wie ein Briefbeschwerer.«

»Ja«, bestätigte Hagemann. »Wir haben alle Mülltonnen in der Straße durchsucht. Die standen nämlich zum Leeren draußen. Zum Glück konnten wir das verhindern. Ein paar Häuser weiter haben wir tatsächlich in einer Tonne zwischen Kartoffelschalen und den verschimmelten Resten eines Gemüseauflaufs diese Marmorfigur gefunden. Das ist wohl so ein Souvenir aus Florenz, das Michelangelos David im Kleinformat darstellen soll.«

»Und?«

»Es ist vermutlich die Tatwaffe. Am Sockel kleben noch Haare und Blut. Außerdem haben wir Fingerabdrücke gefunden. Dieser David wurde zwar abgewischt, aber nicht gründlich genug.«

»Treffer?«

»Leider nein. Zuordnen konnten wir die sichergestellten Abdrücke nicht. Noch nicht. Aber wir sind ja noch am Auswerten.«

Warnecke sichtete die aufgesammelten Papiere: »Hier ist eine quittierte Rechnung von einem Schlüsseldienst. Das Datum ist von gestern. Oben in Federles Wohnung wurde das Schloss ausgetauscht. Mit dem Mann müssen wir unbedingt sprechen.«

Irene Föhr war pikiert. Was bildeten sich diese Kommissare ein, sie so brüsk abzufertigen. Sie wickelte gerade die Tassen eines nostalgischen Kaffeeservices, eines der wenigen Dinge, die Klaus Schütte aus seiner Hoffheimer Mietwohnung ins neue Penthaus mitnehmen wollte, bruchsicher in Luftpolsterfolie, hielt aber inne.

»Ich hätte denen erzählen können, dass es bei diesem Mord hundertprozentig um das Erbe geht.«

»Um welches Erbe denn?«

»Na um das Millionenerbe meines Cousins.«

»Ach du hast einen Cousin?«, fragte Schütte erstaunt.

»Hatte. Ich hatte einen Cousin. Einen entfernten zwar aber immerhin. Er wurde ermordet. Von seiner Frau. Wegen seiner Millionen. Die Ehefrau wurde ebenfalls ermordet. Federle wäre nämlich deren rechtmäßiger Erbe. Also der Erbe der ermordeten Mörderin.«

Klaus Schütte kratzte sich überlegend am Kopf. Er musste erst mal sortieren, wer hier wen um die Ecke gebracht hatte. *Ach so ist das. Jetzt kapier ich erst, warum du hinter dem her warst. Nicht weil er so ein toller Typ war, sondern ... Ach ist ja egal. Zu mir zieht sie auch nicht, weil ich so ein toller Typ bin.*

Irene nahm sich das Milchkännchen vor. »Okay«, beschloss sie, »wenn diese Kriminalbullen glauben, sie können mich so zur Seite schieben, bis mal einer von denen Zeit hat, - dann gehe ich mit meiner Story dahin, wo man mir ganz bestimmt mit Kusshand zuhört!«

»Das Schloss an der Wohnungstür war intakt«, gab der Mann vom Schlüsseldienst zu Protokoll. »Ein gängiges Sicherheitsschloss. Ich sollte es trotzdem wechseln. Ich vermute, dass Herr Federle auf diese Weise jemanden ausquartieren wollte. Es standen nämlich ein Koffer, ein paar graue Müllsäcke und ein Karton vor der Tür!«

»Jetzt müssen wir nur noch rausfinden, wen er ausquartiert hat, dann haben wir vermutlich unseren Täter!«, mutmaßte Becker.

»Oder auch nicht!« Warnecke hatte inzwischen das Handy abgehört, das Hagemann vor dem Abtransport der Leiche aus Federles Jackentasche gefischt hatte.

Dass es sich bei dem ausquartierten Mitbewohner um das »Bürschchen« handelte, von dem Irene Föhr gesprochen hatte, fanden Warnecke und Becker schnell heraus. Sie hatten die Tonaufnahme von Federles Handy den Brombachers vorgespielt.

»Den einen kenn ich«, hatte Helga nach dem zweiten Anhören erklärt. »Diesen Fabian. Das müsste Fabian Krämer sein. Der arbeitete damals, zu meiner Zeit, bei der Bank. Ob er da jetzt noch ist, weiß ich natürlich nicht. Die anderen Stimmen sagen mir nichts!«

Das hat sicher dieser Krämer eingefädelt, erinnerte sich Hauptkommissar Warnecke an Irenes Vermutung. Diese Frau war zwar lästig, aber nicht zu unterschätzen.

In Krämers Wohnung stießen Warnecke und Becker nicht nur auf Fabian Krämer, sondern auch auf den ausquartierten Erik Ronge. Allerdings konnte der mit einem wasserdichten Alibi aufwarten. Erik Ronge arbeitete bei einem Herrenausstatter in Nürnberg und hatte zur Tatzeit einen Stammkunden bedient.

Dass die dritte Stimme dem zwielichtigen Rechtsanwalt Christian Gerauer gehörte, hatten Krämer und Ronge nach kurzem Zögern zugegeben. Außerdem hatten in der Zwischenzeit Hagemann und Kollegen Federles Wohnung durchsucht und den ominösen Brief mit der Erbschaftsankündigung gefunden. Selbstverständlich fanden sich auf dem Brief aus der Kanzlei auch die Fingerabdrücke des Anwalts. Dass die mit den verwischten Abdrücken auf dem marmornen Briefbeschwerer identisch waren, hatte Hagemann schnell herausgefunden.

Der Inhalt des Schreibens erwies sich als noch brisanter:

»Was sagst ihr dazu?«, staunte Warnecke. »Nadine Brandmüller war Federles Nichte und damit wäre er der Erbe des Millionenvermögens!«

»Nadine Brandmüller, geb. Federle, die Tochter von Horst Federles Bruder Axel Federle«, bestätigte Becker die Eintragungen aus dem Einwohnermeldeamt.

Die Polizei, befürchtete er bei jedem Klingeln. *Nein, bestimmt ein Mandant,* versuchte er zu hoffen.

»Christian Gerauer?«

Er nickte. Doch die Polizei.

»Wir haben einen Haftbefehl!«, erklärten die Kriminalbeamten, die ihm zuerst ihre Dienstausweise und dann den Haftbefehl unter die Nase hielten.

Leugnen war zwecklos. Zu erdrückend waren die Beweise gegen ihn. Wie ein Häufchen Elend saß Rechtsanwalt Gerauer im Vernehmungsraum.

»Er hat auf mein Schreiben nicht reagiert«, jammerte der verkrachte Advokat. »Aber ich brauchte dringend Geld. Spielschulden. Mir sitzen die Buchmacher im Nacken. Ich habe zurzeit keine zahlungskräftigen Mandanten. Drum hoffte ich auf fette Gebühren und eine hohe Provision. Ich habe Herrn Federle morgens in seinem Laden aufgesucht und wollte ihn überreden, mir den offiziellen Auftrag zu erteilen, das Erbe für ihn sicherzustellen und möglichst auch einen Vorschuss zu zahlen. Aber dieser Federle hat mich einen Gauner und Betrüger genannt und gesagt, wenn er einen Anwalt bräuchte, dann würde er sich einen seriösen suchen, keinen Rechtsverdreher und Winkeladvokaten!« Christian Gerauer hielt inne, schnäuzte sich schniefend und schnaubend und wischte sich anschließend die Nase am Ärmel seines zerknautschten Anzugs ab. »Dann hat er mich stehenlassen. Einfach so. Als wär ich gar nicht da. Hat sich umgedreht und Bücher einsortiert.« Wieder schniefte er. Sein Papiertaschentuch begann sich bereits aufzulösen.

»Ja. Und dann?«, fragte Warnecke, »was war dann?«

»Ich weiß nicht mehr so richtig, wie das war – aber auf einmal hatte ich diese komische Figur in der Hand -« Gerauer stockte, schniefte und schwieg.

»Und dann?«

»Dann lag er plötzlich da. Und blutete.«

So nach und nach gestand Gerauer, wie er den toten Federle erschlagen, hinter den Ladentisch geschleift und zum Schluss die Kasse aufgebrochen hatte.

»Da waren aber nur ein paar lausige Kröten drin«, beeilte sich der Überführte anzumerken. »Und außerdem – meine Idee war die Sache nicht!«

»Wessen Idee war es dann?«, hakte Warnecke nach, ohne sich anmerken zu lassen, dass er keinen Schimmer hatte, um welche Idee es sich überhaupt handelte.

»Fabian. Es war Fabian Krämers Idee. Der hackt sich gerne in fremde Computer und wusste, dass dieser Federle mit der Millionenerbin verwandt war. Der schwule Erik Ronge sollte sich an Federle heranmachen und ihn zur Heirat überreden. Dann hätten wir das Erbe geteilt.« Wieder schniefte Gerauer und wischte mit dem Ärmel über die Nase.

»Erben kann man erst, wenn der Erblasser das Zeitliche gesegnet hat. Das sollte Ihnen als Rechtsanwalt bekannt sein.«

»Da hätte dann Erik ein wenig nachgeholfen ...«

Warnecke nickte. Für ein dickes Erbe wurde oft gemordet. Aber so oft, wie für dieses Erbe schon gemordet worden war - bisher hatte es allen Beteiligten nur Unglück und Verderben gebracht.

Kapitel 26

Sandra Diepold legte den Hörer auf. Oh ja, das war echt ein Knüller, den ihr diese Frau gerade am Telefon berichtet hatte. Sie musste die Einzelheiten der Story zwar noch mit dem Chefredakteur absprechen, besonders die Höhe des Honorars, das die Anruferin für ihre Information gefordert hatte. Aber im Geiste formulierte sie schon die Überschrift. »Tödliches Erbe« würde der Online-Artikel heißen.

Die fantasiebegabte Tochter des Friedhofsgärtners Norbert Diepold, hatte durch die Story über die Exhumierung Jörg Brandmüllers tatsächlich eine Festanstellung bei den Daily News erhalten, und nun war sie dabei den nächsten Volltreffer zu landen.

Der Täter saß in Untersuchungshaft, Warnecke und Becker wollten Feierabend machen und hatten bereits die Schreibtische aufgeräumt. Morgen stand ihnen die unangenehme Aufgabe bevor, eine Todesnachricht zu überbringen. In Federles Wohnung hatten sie ein Testament gefunden, in dem er seinen gesamten Besitz, damit meinte er das Haus mit dem Laden und der Wohnung, seinem Enkel Tim Borisch vermacht. Von einem eventuellen Millionenerbe hatte er zu dem Zeitpunkt noch nichts gewusst.

»Der war doch tatsächlich als junger Mann ein Jahr lang verheiratet«, hatte Becker herausgefunden. »Seine Frau hatte sich scheiden lassen, nachdem sie seine wahren Neigungen entdeckt hatte. Sie hat kurz darauf wieder geheiratet. Den Kontakt zu seiner Tochter hat ihm seine Ex-Frau verwehrt. Aber dass er inzwischen Großvater geworden war, hatte Horst Federle wohl doch herausgefunden.«

Warnecke wollte gerade seinen Computer herunterfahren, und Becker war schon in seine Jacke geschlüpft.

»Eine Frau Anja Kreuzer möchte dringend die Herren von der Kripo sprechen«, wurde ihnen telefonisch angekündigt. »Es ist anzunehmen, dass es um den Fall Federle geht.«

Anja Kreuzer, sie erinnerten sich. Die hatten sie doch in der Wohnung ihrer Tochter Simone getroffen, die jetzt in Australien im Knast saß und auf ihren Prozess wartete.

Frau Kreuzer war stark geschminkt, perfekt frisiert und sie trug Schwarz. Warum auch immer. Auf jeden Fall passte das Traueroutfit zu ihrem verkniffenen Gesichtsausdruck. Sie hielt sich auch nicht lange mit erklärenden Floskeln auf, sondern hielt Warnecke ihr Smartphone vor die Nase und drückte auf einen Link.

»Donnerwetter«, staunte Becker. »Ich wette, die Informationen haben die von Irene Föhr!«

»Wer von wem Informationen hat, interessiert mich nicht«, unterbrach ihn Anja Kreuzer. »Ich bin hier, um Ihnen mitzuteilen, dass meine Tochter Simone die Halbschwester Nadine Brandmüllers ist. Sie hat damit ein Anrecht auf das Erbe!«

»Sie ist was?«, staunte Warnecke. »Nadine Brandmüllers Schwester? Das müssen Sie uns schon genauer erklären!«

»Halbschwester«, berichtigte Anja Kreuzer. »Nadine Brandmüller war eine geborene Federle. Ihr Vater, Axel Federle war auch Simones Vater.«

»Oha!« Warnecke war baff. Dass er eigentlich Feierabend machen wollte, hatte er längst vergessen.

»Axel Federle, dieser Mistkerl, hatte versprochen, sich scheiden zu lassen und mich zu heiraten.«

»Darf ich raten?«, warf Becker ein. »Das war, bevor sie schwanger wurden.«

»Genau! Plötzlich erzählte er, dass er ja mit seiner Frau schon ein Kind hätte. Nämlich seine Tochter Nadine. Außerdem würde er als geschiedener Mann seinen Job als Studienrat an einem katholischen Gymnasium verlieren. Auch wenn herauskäme, dass er ein außereheliches Verhältnis hatte.«

Warnecke nickte verstehend, während Frau Kreuzer fortfuhr:

»Selbst sein Vater bedrängte mich. Der war Vorstand in der Kirchengemeinde und fürchtete um den Ruf der Familie. Die typische Scheinheiligkeit sich ehrbar gebender Hurenböcke!«, stieß Anja Kreuzer wütend hervor.

»Ich schätze mal, die haben Sie überredet, in Simones Geburtsurkunde ›Vater unbekannt‹ anzugeben«, warf Becker ein.

»Genau. Sie versprachen, mich großzügig zu unterstützen. Sie bezahlten für Simones Unterhalt mehr als Axel offiziell an Alimenten hätte berappen müssen. Die wussten genau, dass ich andernfalls nicht geschwiegen hätte.«

»Ich verstehe nur nicht genau, warum sie mit dieser

Geschichte zu uns kommen. Für Erbschaftsangelegenheiten sind wir nicht zuständig«, erklärte Warnecke.

»Aber meine Tochter Simone ist doch die rechtmäßige Erbin Nadine Brandmüllers!«

»Schon, aber damit müssen Sie zum Nachlassgericht«, versuchte Warnecke ihr noch einmal klarzumachen.

»Das habe ich schon kapiert. Aber ich muss doch irgendwie beweisen, dass Axel Federle ihr Vater und Nadine ihre Schwester war. Nur leben die beiden ja nicht mehr. Wie komme ich denn jetzt zu einer DNA-Analyse?«

»Dazu brauchen Sie DNA-Material von Nadine Brandmüller. Aber ich bezweifle, dass hier noch etwas Brauchbares existiert«, überlegte Becker.

»Nadine Brandmüller wurde in Australien getötet. Vermutlich existiert dort bei den Asservaten noch entsprechendes Material«, überlegte Warnecke. Sie benötigen einen Anwalt, der eine offizielle Anfrage an die entsprechenden Dienststellen in Australien stellt. Wir werden Ihnen dabei gerne behilflich sein«, versprach er.

»Ich frage mich, woher die Schmierfinken dieses Skandalblatts wussten, dass es im Fall des ermordeten Buch- und Schreibwarenhändlers Federle um ein dickes Erbe ging?«, überlegte Warnecke.

»Ich tippe auf Irene Föhr. Die hat ja selbst auf ein größeres Stück vom Kuchen gehofft.«

»Damit kannst du richtig liegen. Auf jeden Fall wird dieses Erbe noch die Gerichte beschäftigen. Und Simone Kreuzer sitzt in Australien im Knast und wird im Falle einer Verurteilung so schnell nicht mehr auf freien Fuß kommen.«

»Wenn die gewusst hätte, dass sie auch ohne Mord ans Erbe gekommen wäre«, sinnierte Becker.

»Das nennt man wohl ›Ironie des Schicksals‹«, philosophierte Warnecke nachdenklich. »Es würde mich nicht wundern, wenn sie sogar die Drahtzieherin um den Mord an Jörg Brandmüller war. Zumindest aber eine Mitwisserin.«

»Wir haben zur Aufklärung beigetragen, was wir konnten«, stellte Becker zufrieden fest.

»Da hast du recht«, stimmte ihm Warnecke zu, während er endgültig seinen PC herunterfuhr. »Und weißt du, worüber ich froh bin?«

»Dass wir jetzt endlich Feierabend machen können?«

»Auch. Aber ich bin froh, dass wir keine Urteile fällen müssen. Weder in den Prozessen um die Morde, und schon gar nicht in den Streitfällen um das Erbe!«

Epilog

»Von außen sieht es unbeschadet aus«, stellte Jürgen Brombacher nach einem Rundgang ums Wohnmobil fest. Er bückte sich, um einen kritischen Blick unters rollende Heim zu werfen: »Ja, auf den ersten Blick scheint auch von unten alles okay zu sein.«

»Na dann, schließen wir auf und inspizieren es von innen!«

Helga atmete hörbar auf, als sie feststellte, dass auch das Innere die viele Wochen lange Seereise gut überstanden hatte, dass niemand Fenster oder Tür aufgebrochen und sich keine Langfinger am Inventar bedient hatten.

»Die Verschiffung ist doch immer der aufregendste Teil der ganzen Reise«, meinte Jürgen, als sie schließlich auf der Autobahn Richtung Heimat rollten.

»Schon, aber an Aufregungen hat es uns während der Reise nun wirklich nicht gemangelt.«

»Ja, stimmte ihr Jürgen zu, »aber auch wenn es mit Aufregung und viel Planungsarbeit verbunden war, – wir haben unsere Träume erfüllt.«

»Im Gegensatz zum armen Horst Federle, der erst durch unser Treffen am Roadhouse und durch unsere Berichte den Wunsch verspürte, länger und ausgiebiger zu reisen. Er hätte es bestimmt realisiert, wenn nicht dieses unselige Millionenerbe gewesen wäre,« sinnierte Helga.

»Ich bin gespannt, wem die Millionen letztendlich zufallen, – seinem kleinen Enkel oder Simone Kreuzer, die hoffte, durch kaltblütiges Morden in den Besitz des Vermögens zu gelangen.«

»Das müssen wir zum Glück nicht entscheiden, denn diese Millionen kosteten so vielen Menschen das Leben. Die sind ein wahrhaft tödliches Erbe.

Ende

Erklärungen typisch australischer Ausdrücke:

Der Kookaburra, (Jägerliest oder lachender Hans) gehört zur Familie der Eisvögel. Sein Ruf klingt wie hysterisches Gelächter. Weil der Kookaburra besonders in den frühen Morgenstunden sein lautes Gelächter erklingen lässt, wird er auch Buschmannwecker genannt. Die Aborigines sagen, der Kookaburra habe den göttlichen Auftrag, die Menschen am Morgen zu wecken.

Billabong

Billabong nennt man in Australien Gewässer, wie beispielsweise einen versickernden Flussarm oder ein Wasserloch in einem Flusslauf, das sich ähnlich einem Wadi in der Regenzeit mit Wasser füllt und während der Trockenzeit mehr oder minder stark austrocknet.

Suburb

Suburbs nennt man in Australien die Vorstädte der großen

Metropolen, die oftmals sogar eigene Namen und Postleitzahlen haben.

Roadtrain

Übersetzt, Straßenzug, sind riesige Lastwagen mit mehreren Hängern, die insgesamt bis zu 53 m lang sein dürfen. Sie versorgen hauptsächlich die abgelegenen, ländlichen Gebiete.

Rest Area

Australische Rastplätze sind oft weitläufige, ein ganzes Stück von der Straße entfernte Gelände, mitunter sogar mit Toiletten und kalten Duschen ausgestattet. Auf vielen dieser Plätze ist kostenloses Übernachten im Wohnmobil oder Wohnwagen erlaubt.

Roadhouse

Besonders in abgelegenen Gegenden gibt es am Roadhouse alles, was Reisende, aber auch die Fahrer der großen Trucks und Roadtrains benötigen. Große Parkplätze, Tankstelle mit Reparaturmöglichkeit, Campingplatz, Übernachtungsmöglichkeit, Restaurant, Café, Pub.

Bushranger

Sie waren in Australien die Outlaws zur Zeit der frühen britischen Besiedlung. Oft handelte es sich um entflohene Sträflinge, die sich in den Weiten des Buschs versteckten und mit Raub und Waffengewalt Siedler, Bergleute und Aborigines terrorisierten.

Flying Doctors
Der Royal Flying Doctor Service ist eine der größten und umfassendsten flugmedizinischen Organisationen weltweit und bietet Menschen, die auf den 7,69 Millionen Quadratkilometern Australiens leben, arbeiten und reisen, eine umfassende medizinische Grundversorgung und einen 24-Stunden-Notfalldienst.

Stockmen
Australische Cowboys.

Nachwort
An dieser Stelle folgen üblicherweise die Danksagungen. Hier fasse ich mich kurz, weil ich weiß, dass sie selten gelesen werden. Natürlich bedanke ich mich bei meinem Mann, der die Entstehung der Geschichte mit konstruktiver Kritik begleitet hat.
Besonders bedanke mich bei Andreas Schnell, der den Krimi vorab gelesen und mich auf einige weniger geglückte Passagen aufmerksam gemacht hat.

Liebe Leser,
Die Schilderungen von Schlangen, Krokodilen und anderem Getier halten Sie hoffentlich nicht von einer geplanten Australienreise ab. Ich selbst habe zusammen mit meinem Mann ein Jahr lang Australien im Wohnmobil bereist und ich kann Ihnen versichern, dass dies unter

Berücksichtigung gewisser Vorsichtsmaßnahmen absolut ungefährlich ist.

Wenn Ihnen dieser Krimi gefallen hat, freue ich mich natürlich über eine Rezension in den gängigen Buchportalen oder schreiben Sie mir über das Kontaktformular in meiner Webseite: https://www.schmoekerseite.de/

Sind Sie auf den Reisekrimi-Geschmack gekommen?
Dann empfehle ich Ihnen meinen Nordamerika-Krimi:
»HIGHWAY INS VERDERBEN«
Die Protagonisten sind auch in dieser Story die Wohnmobilreisenden Helga und Jürgen Brombacher.
E-Book: mobi und ePUB, € 2,99
ISBN: 9783750271258
ASIN: B083S5WYRS (Amazon)
Taschenbuch:
ISBN: 9783750289963
240 Seiten, € 9,99

Ein Chinesisches Sprichwort sagt:
»Unsere Wünsche sind wie kleine Kinder: Je mehr man ihnen nachgibt, umso anspruchsvoller werden sie.«
Kleine oder auch geheime große Wünsche haben Sie sicher auch. Nun stellen Sie sich vor, da liegen fünf Millionen Euro! Griffbereit! Niemand beobachtet Sie. Könnten Sie der Versuchung widerstehen? Sie wissen zwar, dieses Geld stammt aus einem Verbrechen – aber es verheißt auch die Erfüllung all Ihrer Wünsche.

Doch bevor Sie zugreifen, lesen Sie lieber erst meinen Krimi:

Buchbeschreibung:
Fünf Millionen Euro erpressen Kunstdiebe für das geraubte Gemälde »Die Leopardin«. Das Bild taucht zwar bald wieder auf, doch das Lösegeld bleibt verschwunden.
Polizei und Versicherungsdetektiv ermitteln in verschiedene Richtungen. Führt die Spur der Millionen bis nach Kanada? Oder folgt der Detektiv in seiner irrwitzigen Jagd über die Highways Nordamerikas nur einem Phantom?

Leseprobe aus »HIGHWAY INS VERDERBEN«

Er hatte gewendet und das enge Sträßchen durch den Wald genommen. Hier war zwar die Durchfahrt verboten, aber er benützte diese Abkürzung öfter. Die Hundehalter, die ihre Vierbeiner im Wald Gassi führten, parkten stets am Rand gleich nach der Einfahrt. Sonst befuhren höchstens mal ein Jäger oder ein Mountainbiker das Sträßchen. Jetzt am Vormittag waren noch keine Gassigänger unterwegs, die ihre Köter unangeleint herumspringen ließen und ihm böse Blicke zuwarfen, weil er sich nicht um das Verbotsschild kümmerte.

Sascha fuhr langsam. Er hatte das Fenster heruntergekurbelt und beglückwünschte sich zu seinem selbst genehmigten Kurzurlaub. Dafür, dass er nicht an Haustüren klingeln, keine geizigen Hausfrauen belabern, keine

schweren Staubsauger über steile Altbautreppen schleppen musste.
Den ersten Schuss beachtete er nicht. Wahrscheinlich ein Jäger. Er fuhr langsam weiter. Der zweite Schuss hörte sich sehr nah an. Er klang auch nicht nach einem Jagdgewehr, eher nach einer Pistole. Ein dritter Schuss zerriss die Stille des Waldes. Definitiv ein Pistolenschuss! Nah hatte der geklungen, sehr nah sogar. Er sollte besser verduften. Soweit er sich erinnerte, mündete nach der nächsten Kuppe ein breiter Waldweg in das Sträßchen. Dort könnte er ohne mehrmaliges Hin-und herrangieren wenden.

Weglaufen! Einfach umdrehen und weglaufen. Warum war er diesem ersten Impuls nicht gefolgt? Warum stand er da, starrte auf die Toten? Waren sie wirklich tot? Der eine, ein muskulöser Typ mit schwarzen Locken, hatte noch kurz geröchelt, bevor sein Kopf zur Seite kippte. Das Smartphone, mit dem er vermutlich hatte Hilfe holen wollen, war ihm aus der Hand gerutscht. Sascha besaß nur ein altmodisches Tastenhandy. Es war wie ein automatischer Reflex. Dort, wo der jetzt ist, braucht er das Edelteil nicht mehr, fuhr es ihm durch den Kopf. Wie fremdgesteuert bückte er sich nach dem verlockend glänzenden Teil, hob es auf und steckte es in die Jackentasche. Dem Impuls, auch die Pistole an sich zu nehmen, widerstand Sascha.

Er musterte den anderen. Obwohl er gekrümmt auf dem Asphalt lag, konnte Sascha erkennen, dass der Mann groß war. Und dass die Kleidung, obwohl blutgetränkt, nicht aus einem Billigkaufhaus stammte. Die Pistole war ihm aus der Hand gefallen. Mit der Linken hielt er noch immer den Umhängegurt einer großen Tasche fest - einer prall gefüllten, dunkelblauen Sporttasche. Sascha atmete tief durch, beugte sich vorsichtig über die Leiche und öffnete ein stückweit den Reißverschluss. Ihm stockte der Atem.

Weitere Leseproben und Rezensionen finden Sie in meiner Webseite: https://www.schmoekerseite.de/

Sollten Sie nach der Krimilektüre Lust aufs Reisen im Wohnmobil bekommen, dann empfehle ich Ihnen meine beiden Reisebücher, die im Conrad Stein Verlag erschienen sind.

Die Fernwehschmöker sind nicht nur unterhaltend, sondern auch informativ. Im jeweiligen Schlusskapitel finden Sie alphabetisch geordnet, alles, was man für derartige Reisen wissen und beachten muss.

»Tausend Tage Wohnmobil - In drei Jahren durch Amerika, Australien und Neuseeland«

von Hildegard Grünthaler

Conrad Stein Verlag, 3. Auflage,

350 Seiten, € 14,90 , 1 Karte, 29 Fotos

Infoteil neu recherchiert

ISBN: 978-3-86686-403-0

»On the Road - Ein Jahr mit Wohnmobil und Hund durch Nordamerika«
von Hildegard Grünthaler
Conrad Stein Verlag;
1 Karte, 55 Fotos 192 Seiten, € 10,90
ISBN: 978-3-86686-580-8

Viele Fotos und weitere Infos finden Sie in meiner Reiseseite:
https://www.wohnmobil-weltreise.de/
oder folgen Sie mir auf Facebook:
https://www.facebook.com/HildegardGruenthaler
und Instagram: https://www.instagram.com/worldtour86/

Auch für Ihre Kinder oder Enkel, Nichten und Neffen gibt es in meiner Schmökerseite spannenden Lesestoff mit Humor und Anspruch.

DIE BESCHWÖRUNGSFORMEL
Lesespaß für junge und jung gebliebene Leser von 9 bis 99 Jahren. Ein echtes All-Age-Buch und ein anspruchsvoller Fantasy- und Abenteuerroman, bei dem auch Spannung und Humor nicht zu kurz kommen.

Nach 3000 Jahren Bann wird Kalatur, der Geist des Rauches aus dem alten Babylon, aus seiner Flasche befreit, – in eine ihm völlig fremde, unverständliche Welt. Überall lauern unbekannte Gefahren: Autos, Hubschrauber,

Flugzeuge, – immer wieder gerät er in verzwickte und oft auch kuriose Situationen.

Weil aber nach 3000 Jahren niemand mehr lebt, der die Beschwörungsformel kennt, glaubt sich Kalatur von ihrem Zwang befreit. Denn wer die Formel spricht, ist Herr über Kalaturs Kräfte und kann ihn auch zu Bösem zwingen.Er ahnt nicht, dass ihm längst Dschinnjäger auf den Fersen sind, denn es existiert noch eine zerbrochene Keilschrifttafel.

E-Book: € 2,99
ISBN: 978-3-7427-8066-9
ASIN: B00YAOHVTA
ISBN: 978-3-7450-9026-0
Taschenbuch 328 Seiten, € 11,99
Leseproben, Rezensionen, sowie ein Interview mit Kalatur, dem Geist des Rauches, finden Sie in meiner Schmökerseite.
https://www.schmoekerseite.de/die_beschwoerungsformel

Römer, Ritter, Fußballhelden

Ein Abenteuerroman, spannend, witzig und ziemlich frech. Für junge und jung gebliebene Leser ab ca. 9 Jahren.
E-Book: € 0,99, bzw. € 0,00 mit kindle unlimited
ASIN: B00YCKQPYY
Taschenbuch: € 8,99 nur bei Amazon, 199 Seiten
ISBN 978-1516867462

ISBN 978-3-7549-6263-3
9 783754 962633 00005
www.epubli.com

Printed in Poland
by Amazon Fulfillment
Poland Sp. z o.o., Wrocław

52125207R00154